Heibonsha Library

古典BL小説集

平凡社ライブラリー

Heibonsha Library

古典BL小説集

ラシルド、森茉莉ほか著
笠間千浪編

平凡社

本著作は平凡社ライブラリー・オリジナル版です。

目次

凡例

一、本書は、一九世紀後半から二〇世紀半ばの、女性作家による男性同性愛をテーマとした作品を集めたものである。

一、翻訳作品のうち、『アンティノウスの死』『もうひとつのイヴ物語』以外の長編作品は、訳者によるあらすじ部分と原文翻訳部分からなり、あらすじ部分については教科書体、原文翻訳部分については明朝体で示した。

一、原文翻訳部分は原文どおりに訳出し、省略する場合は……としている。

一、原文中の（ ）はおおむねそのまま訳文に用いた。

一、大文字やイタリックによる強調は、訳文では「 」や傍点によって示した。

一、訳者による補足ならびに注記は、本文中に〔 〕を用いて挿入した。

自然を逸する者たち

Les Hors Nature

ラシルド／熊谷謙介　抄訳

I

ルトレールは三十二歳、ポール＝エリックはもうすぐ十九歳の、年が離れた兄弟である。父はプロイセンの男爵家の武官、母は第二帝政下のフランスの宮廷を彩った貴婦人であった。普仏戦争のさなか、父は戦死し、フランスに帰らされた母はポールを産み落とすと同時に亡くなった。赤子を胸に抱きかかえて苦難の時を生きたルトレールは、保護者として弟を育てていく。ポールはルトレールを父として、兄として、親友として、友人もいないこの汚れた社会の中で唯一愛情を注げる人として敬愛していた。一方ルトレールは、周囲がポールと呼ぶ弟をただ一人エリックと呼んで、秘かな愛情を抱いている。

二人は一八八九年の万国博覧会を前にした、世紀末の頽廃的なパリの中で暮らしている。ポールは自分よりはるかに年上のジュヌヴィエーヴ・ド・クロサック伯爵夫人の愛人となっていたが、そんな生活にも今夜のパーティーで終止符を打とうと画策していた。

壁一面を覆う大きな鏡が、静かに流れる川の水のように部屋を満たしていた。そこに存在する事物が二度と水面に上がってくることなく、現実の輪郭をなくしていく鏡の前で、ポール＝エリック・ド・フェルゼンは身づくろいをしている。彼の美しい顔には、この銀色の反射体から、真っ白な花冠とも言うべき光輪の眩い光が投げかけられていた。誇らしく咲くユリのつぼみのようであり、その残酷なほど冷たい光は彼を神々しく照らし出す。痩身で嫋《たお》やかな姿を見せるこの若い男は、鏡に映し出した全身を眺めている。猫のように上半身を屈曲させ腰を突き出し、ゆっくりとした動きで、腕を意識的に伸ばして、自分の分身と対面するのであった。頭を反らせ、快楽に打ち震えるかのようにパチパチとまばたきをしては、目を半ば閉じる。自分という酒に酔いながら、ポールは蒼白の顔を誇らしく昂然と上げ、さらに体を反らせた。鼻孔の陰によって形作られた二つの黒い闇が、陰気なビロード地の小さなシュロの葉のように、彼の顔色の輝きの上に置かれていた。それはまるで、わが身の美しさばかりに気をとられれば命取りになるぞ、という警告のようであった。

「この服の布地、僕が考えていたのとは全然違うよ、ジョルゴン！」ポールはきっぱりと言った。部屋の執事はその大きな体をうやうやしく折り曲げて、持ってきた服の袖口の空いているところを見せていた。

「仕立師がこれ以上ないものを見つけたことはご存じのはず――」

「もちろん。ファッション雑誌から出てきたような服装を目指すといったって、最高のものを実際に作るのは不可能ってもの。薔薇色のスズランはどう？　見つからなかったの？」

「ああ、ポール様。薔薇色のスズランなどございません！　通りの花屋を駆け回りましたが、みな私を馬鹿者のように見ていました。あなたの名で敬意こそ払ってくれましたが――。オルタンスの店では、アルプスと呼ばれるある種の植物と品種改良された種をかけ合わせて、調合した薬品を、名前を忘れてしまいましたが、お兄様ならご存知のはずです、それをかけてやると、変種が育つかもしれないと説明されました。しかしこんな幻想は現実よりも高くつくのではないでしょうか」

ポールは少し茶色の眉をひそめたが、それは羽根のペンで書いた二本の細い線にも見えた。

「幻想だけが価値のあること。そうじゃない?」

「おっしゃる通りで。ポール様」

若い男は服に袖を通し、頭を振って明るいブロンドの髪を揺らした。髪はスチュアート朝の女王のように二つに自然に波打ち、琥珀色にみなぎる流れとなって額を王冠のように飾っている。

彼は皇帝のような口調で命じた。

「真珠を」

ジョルゴンは宝石箱を差し出した。純白さが眠る宝石箱から、大きな真珠が三つ取り出され、シャツに付けられていく。真珠が放つ光の束に一つ一つ手を近づけていく瞬間、ポールの磨かれた爪の輝きと、彼が触れる真珠のきらめきとを見分けるのは難しいほどであった。

「天気はどう、ジョルゴン?」ポールは尋ねた。

「優れません、ポール様。泥でも降っているかのようでございます。十時に馬車を頼んではおりますが」

「そう、それじゃあここに兄さんを連れてきてくれない?。ここで兄さんに服を着せてやって」

ジョルゴンは部屋を出た。

ポールは一人、部屋の中心の方を向いた。彼は不安げに、目で何かを探していた。そして、彼の目は再び暗くなり、傲然とした顔には彼独特の、きっぱりとした表情が浮かび上がった。

ポール＝エリック・ド・フェルゼンの化粧室は、女王の閨房のように贅を尽くしたもので、エジプト風の幕に囲まれていた。黄昏のナイル川に反射する空のような濃い青色の幕には、黄金のスカラベが重々しい様子で光を放っている。化粧室には大理石でできた大きな洗面台とともに、幅広の大きな箪笥《たんす》がしつらえられている。ヒマラヤスギの木でできたこの箪笥には透かし彫りがされており、螺鈿《らでん》の渦巻装飾による透明感のある白さは、この家具がだんだんと月の光に包まれるのを見るかのような錯覚を与えてくれる。箪笥の各面には、人間の背ほどの道化人形が付けられているが、富を持て余した学童の怪物めいた玩具か、甘やかされた子供のお決まりの気まぐれからまだ癒えていない、狂える若者の奇矯さとでも言えるものである。右には、ピンクと黄色のツートンカラーのおどけた人形がぶら下がっているが、うんざりするほど色褪せていて、顔はよくあるようにワインに溜まった澱《おり》のごとく赤紫色に照り輝いている。おあつらえ向きにせむしで、巨大な帽子をかぶらされているが、そこに付けられた銀の鈴は、ドアを閉めると振動でちりんちりんと鳴る。左には、ランタンを備えた潜水夫が、たくさんの銅線とゴム管という重装備で置かれている。斧を脇に持ち、空洞の頭部は奇形と言ってもいいほどであるが、傷ものの水晶によって覆われており、それらは中身のない頭という秘密を封印するものだけに、空恐ろしいものに見える。

こうした人形を見下ろすかのように、象牙の引き出しの上にはヴェネツィアン・グラスの花瓶が置かれている。淡く、また生けられた枝が白く凍りついた朝を想起させるように冷たい肌をしたその花瓶は、人工的な香りと芝居がかったふるまいが錯綜するこの部屋に、甘美な一枝のミモザの素朴な姿を見せてくれるのであった。

ポールは洗面台と簞笥のまわりをぶらぶら歩いて、何かを探しているようだった。先のとがった、光沢のある靴に納まった彼の細い足は、彷徨する獣の爪のようにも見えた。雪のようになめらかな絨毯の上で、靴が光を放ちながら滑っていくのを見れば、みな心を締めつけられたであろう。潜水夫の前で立ち止まると、彼は必要としているものを見つけた。人形のベルトのところにぶら下がっている斧をとり外すと、跪いて手の甲で絨毯の熊の毛を寝かせて平らにしたところに、彼がまだつけていなかった三つ目の真珠を爪の先で固定した。そして、斧を振り上げて、真珠に叩きつけた。真珠は絨毯にめり込んだが壊れるには至らなかった。

「こんなもんか」ポールはつぶやいた。そして嘲るように付け加えた。「間違ってはいない。たまたまさ！」

彼は立ち上がり、真珠を手にとってよく見てみた。非常に長いまつげの下の目に、光が走った。

「絨毯の毛のせいで壊れなかったんだ。もういちど試してみよう」

ポールは真珠に赦しを与えるのを恐れるかのように、手早くこの石を洗面台の縁に置いて叩いた。二度目は当て損なって、大理石の方が割れてしまった。三度目で真珠は乾いた音を立てて粉々に砕けた。弾力性を感じさせる、小さな音が漏れたのである。やっと死んだ。ポールは独り思った。

「この通り」ポールは斧を放り出して息をついた。「本物の真珠を偽物と区別するのはただ一つ、本物の真珠ならそれを壊すのに三回叩く必要があるってこと。何てこと！」

憂鬱そうに、ポールは鏡のところに戻った。彼の目には、ただ自らの美しさだけが夢想の極点と映ったからである。顔の正面を、そして横顔を鏡に映してみる。肌から透けて見える静脈の網がどのように映るかを研究する。唇のまわりの薄いひげの毛を数えてみる――。長い時間かけて吟味していくうちに、口のところに一本だけ皺が、ほんの小さな皺があるのを見つけた。それは悪がきとは言わなくとも、少し意地悪な少年がするような不敵な笑みの痕跡であり、倒錯した神経に由来する、激しい感情を示す笑顔に打たれた句読点のようであった。

「これが兄さんの病的な笑いでなければ何？　悪魔に魂を持っていかれたとしか思えない！　顔をひきつらせて笑う癖を、兄さんからもらってしまったということ？　別のところが似てほしかったのに！」

彼はパフをつかみとって、試しもせずに頬に白粉をはたいた。

「どう使っていいか全然分からない」ふくれて彼は独り言《ひとりご》ちた。「ジュヌヴィエーヴ伯爵夫人に最後のレッスンをお願いしようかな」

ポールはパフを放り出した。

「十八歳で皺か――」彼は不機嫌そうに繰り返した。「ばかばかしいったらありゃしない、皺なんて！　老いた思想家の顔に刻まれるならまだしも、僕は考えるなんてまっぴらなのに！」

化粧室の幕が開かれた。ジョルゴンが戻ってきたのである。彼は自分よりはるかに背の高い三十代の男を中に通して、すぐに姿を消した。

この男は聖職者の短い上着のような、スリムなフロックコートを着ていた。きっちりと身を包んだその装いは彼をいかめしく見せた。彼は落ち着いた様子であったが、苦悩しているようにも見えた。顔は青白く、唇は閉じた歯の上でいらだたしげに震えていた。黒い水を湛《たた》えたかのような瞳は、じっと眼差すのを避けるかのようであるが、非常に大きく見開いていたので、そのぶん眉は額の上の方に位置していた。ある特定の場所に固定した瞳によってではなく、顔全体を目にして見ているようだった。

彼は一瞬化粧室の入り口で立ち止まったが、炎を守るかのように、開いた手を体の前に持ち上げた。

「エリック」彼は低い声で少し口ごもって言った。「こんなふうにアドニス〔ギリシア神話に出てくる美少年〕を気取るのはばかげているぞ」

彼は持ってきたものの覆いをとって、ポール＝エリックにスズランを一本見せた。軽く震えている花弁は奇跡のように、理想的な淡い薔薇色をしていた。

エリックは歓喜の声をあげ、花に飛びついた。

「どこで見つけたの？　ジョルゴンはこんな花はないって言ってた」

「見つけたのではなくて、創造したのだ。大げさな表現が許されるのであればな。高温と日光、それが一時間ほどあれば、おまえが望んだものすべて作れるのだ」

「ルトレール、兄さんは神だ！」

「それはどうも。神だとしたら、そもそも私が創造した植物の色を人間が変えるのを妨げるだろうけど——。ところで、今夜われわれはどこへ行くのだ？」

「別れを切り出すためド・クロサック伯爵夫人邸に行って、それから——ちょっとした結婚式——女の子たちと会って——でもまだ分からない——行き当たりばったりさ！」

しゃべりながらポールは、鼻の穴をすぼめて、貪るように花の匂いを嗅いでいた。

「このスズランはスズランの香りがちゃんとするね！　ジョルゴン、何してるの、兄さんに服を着せてやって！」

着替えはすぐに終わった。ルトレールは自分でフロックコートを脱いで、頓着することなく、ごくありきたりの布地の夜会服を着た。彼の密に生えている茶色の髪に、ジョルゴンは櫛を軽く通したが、それで十分だった。ルトレールは誰にも媚を売らない人間だと知っているので、彼の髪を漫然と梳かしても何の文句も言われないことを、ジョルゴンは重々承知しているのである。

ジャック＝ルトレールの顔は、幼年期にかかったいまわしい熱病による神経症的なチックが口元を歪ませ、苦悶を浮かび上がらせることがなかったなら、高貴な魂の調和が表れ出たにちがいない顔だった。彼はほとんど笑みを見せることはなかった。このようなチックが強調され、顔が歪んで醜く見えることを恐れたからである。ひげは生えておらず、機械的な動きで唇を動かすため、本当に口数の少ない彼の口には、えくぼのようなものが彫り込まれているように見えた。とはいえ、えくぼを作り出すのが陽気さであるとすれば、彼のそれについて解明することはできないだろうが。頭部は力強い印象を与え、撫でつけられた髪は中央から二つのこめかみに向かって楕円形の曲線を描いており、額の真ん中に一本髪を垂らしていた。大きな目は二本の黒い眉毛が織りなす曲線の下で、光輪のように輝いていた。

身づくろいが終わると、ルトレールは鏡の方に向こうとしたが、自分の姿が好きではないのでそっぽを向いてしまった。ぼんやりと弟を見ていると、上の方にミモザが挿さっているヴェネツィア風の壺を見つけた。

「ジョルゴン」ポールは命じた。「ルビーのボタンを三つ持ってきて」

「真珠はおやめになったのですか?」

「一つ壊したんだ――うっかりしてね」ポールは見下したように答えた。

「そうじゃないなら、金鎚ででも壊したのではないか」ルトレールは漠然と視線を漂わせながら、細かいところは見逃さなかった。

ポールは笑いをこらえきれなくなった。

「兄さんには何も隠せないな。そう、わざと壊したんです。硬いかどうか知りたかったんだ」

「気持ち良かったか?」

「すごく。魚の目を歯でちょっと噛むような感じ」

「魚の目のフリット、二つで千フランか! ちょっと破産的だね、わが弟の感覚は!」

その夜、彼らは予定通りジュヌヴィエーヴ・ド・クロサック伯爵夫人のサロンに出かけ、ポールは夫人に別れを告げた。広間を退去したポールは、夫人の読書係で侍女のジャーヌ・モンヴェルに偶然出会う。ポールの夫人に対する態度に怒り、奥様の名誉を守るために吠えかかる獣のように挑んでくるジャーヌを気に入って、ポールは彼女を新たに恋人とした。黒衣の似合う、両性具有的な彼女を、ポールは自らの脚本により女優として売り出そうとする。だが、『ピグマリオンヌ』と題された舞台の初日、ジャーヌは舞台の奈落に落ちるという事故で、悲劇的な最期を遂げてしまう。

*

二月がやってきた。兄弟は一緒にフェンシングのトレーニングをしている。ジャーヌの死に打ちひしがれたままのポールは、感情的になり突然兄の首にすがりついて泣き出したかと思えば、カーニヴァルが近づいていることに気がついて狂喜し、暗い思いを振り払うかのように、着ていく服装について夢想しはじめる。

カーニヴァルの夜、ポールはオペラ座の仮面舞踏会でビザンツの王女に扮して悪ふざけに興じる。これは母を知らないポールにとって、母の似姿なのであった。このような格好のまま寝入ってしまったポールの枕もとに、近づいてくる者があった。

このビザンツの王女が横たわっている豪華な寝台の前にルトレールは忍び寄り、跪いた。「彼女」はあたかも墓に眠っているようであった。そうぼんやりと考えていると、彼女の左手が滑り落ちて、この哀れな男の唇の近くで輝きを放った。彼女は非常に美しく、少年のような手は細く、長く、指先に向かって流線形を描いていた。とても女性的で、舞踏会の一夜の疲労で崩れ落ちるように眠る姿は、何とも柔弱な感じを与えた。ルトレールは彼女を見て震えた。

「いいや、これは弟の手ではない！　こんな手に見覚えなどない――」

彼は手をつかんで、理由もなく指輪を引き抜いた。それはジャーヌ・モンヴェルの指輪で、紋章が刻まれたつや消しの黄金の台座にオパールが嵌め込まれたものである。ルトレールは自分の薬指に素早く通してみた。が、彼の指には小さすぎて、関節のところで指輪は止まってしまった。

「あなたをこんなに愛した《ビアン・エメ》ことはなかった！」かつて、ポールはジュヌヴィエーヴに向かってこう熱く告白していたが、それは彼女の神経の発作を抑えようとしてのことであったのだろう。この哀れにも侮辱された恋する女が自堕落な生活を送っていたのに、私は嫉妬から彼女を見舞うということをしなかったのだ。

「くそっ！」ルトレールは体中を震え上がらせた。これは何かの兆しなのか？　弟を殺さなければいけないのか？　それとも許さなければいけないのか？　戻ろうとすべきなのか？

「愛した《ビアン・エメ》――愛した《ビアン・エメ》――」彼は頭の中で鳴り響く弟の声に応えるように繰り返した。

ポールはまだ目覚めない。

ルトレールは起き上がり、この少年のような弟が寝室として使っている部屋にそっと入った。大きな鏡がしつらえられた部屋では、眠れる森の美女の宮殿の守護者よろしく、ポールの幼年期の亡霊が皮肉な笑みを浮かべて立っていた。ピンクと黄色のツートンカラーのおどけた人形、水晶で覆われた目庇《まびさし》から生気のない瞳で虚空を暗く見つめている大きな潜水夫――。この鉄でできた哀れな人形の脇腹から、彼は小さな斧を取り出した。

「私も」いつものような低い声で彼は言った。「美しい真珠が壊れるさまを、私も見てみようか。彼を苦しませたくはないから、こめかみにこの斧を一気にふりおろそうか。扉を全部閉めなくては。そして命令を下すのだ。誰も現場を見に来ないように、わが罪が報いを得るまでは！ その瞬間、幻想のキメラが現れる！ われらの意志が同じであれば、われらの意志が本当に生の力となるのなら、われらは再び会えるのだ。さあ行こう、何も難しいことはない」

彼はポールの寝室に戻った。

王女は寝台に座っていた。彼女は疲れも知らず、ベルトの金属の留め金を外そうとしていた。

「何てこと！」シャンパンの酔いと寝起きのためひどく穏やかな口調で、あくび交じりに言う。

「手伝って兄さん、服を緩めてよ、窒息しちゃう！」

身動きできないまま、斧はルトレールの手から滑り落ちた。

「君と結婚する。愛する人よ《ビアン・エメ》」彼は小声で答えた。「もう後戻りはしない」

ルトレールは駆け出して扉を閉め、後ろを振り返ることもせず鍵を二回まわして立ち去った。

あたかも、あの巨大な目をした潜水夫や、黄色とピンクの服の色褪せた人形の姿をした亡霊に笑われ、追われているかのように――。

Ⅱ

二人が浮薄な生活を送ったパリから、領地ロシューズの城に移って一年が経った。

ポールの少女のようなあどけなさは消え、精悍な姿を見せるようになっていた。後ろ髪を短く剃ってうなじを露わにし、前髪を上げ王冠のように見せているポールは、いわば女性として成熟した後に、今度は男性へと変身したかのようであった。何も気を紛らわすもののない自然の中で、兄弟は表面上静かな生活を送るが、自然もまた背徳の愛の舞台へと変化して、二人の関係も緊張感に満ちたものとなる。ルトレールはあるとき、ポールに「ハドリアヌス」と呼びかけられる。ローマ帝国のハドリアヌス帝とその恋人アンティノウスの関係を想起させるこの言葉に、ルトレールは驚いて息もできず、眠れぬ夜を過ごすこととなる。世界の終わりを、死を想起して、彼は震えるのだった。

そんなある日、領地の教会が放火されるという事件が起こる。服をはだけたまま現場に向かって馬を走らせるポール。その後を追うルトレールの懊悩はもはや後戻りできないところにまで高まっていく。「禁断の愛であれ許された愛であれ、実現可能な唯一の絶対とは、死なのだ」とルトレールの心は叫ぶ。いまだ燃え続ける教会の中に二人で飛び込もうかと提案するルトレールに対し、ポールは、兄さんの秘密は知っている、僕を面と向かって見られなくなったら一緒に死にましょう、と応じる。城館に戻ろうと馬を走らせながら、ルトレールはついにポールへ告白をする決心をした。

「やっと分かった」ルトレールはつぶやいた。誇り高く背筋を伸ばし、頭のまわりには、この奇妙な夜の空に輝く星々が光輪のように取り巻いている。「ひとがなしうるのは、ひとが意志するものであるということに、やっと気づいた。泥というものは、その身を汚したいと強く望む者にとってしか存在しない。泥は周囲に漂っているものではない。われわれが作り出すものなのだ。土と水があって、両者の価値を落とすには、そこを歩かなければいけない――。

（彼は声を少し大きくした）いいや！ 愛を悪徳だと言っているのではない。一種の宗教だと、いや宗教そのものだと言いたいのだ。弟よ、知るがいい！ 私の神殿に入るには呪われた存在にならなければいけないことを。ああ、誰も悪魔を理解などしていない。悪魔の弟子たちは悪魔より格段に劣った存在だ。悪魔とは、恨みや罪の記憶、そうしたものすべてが寄り集まってできた悲しみなのだ。私の内にはそんな魔物がいる。私の存在を示すものとなるのだ。私の悪の魂を定義するなら、他人の涙によっては慰められない、一人の悲しい人間を描くであろう。なぜなら、自らが流さない涙など彼にとっては苦悩をもたらすだけだからだ――。

神なのか、悪魔なのか？ すべてが人間の内にあることを思うなら、何と意味のない言葉だ！ そう、人間とは聖体を入れる箱のようなものであるが、われわれが手にしているのは鍵だけなのだ。確かに、私は絶対に誤りのない存在ではない、しかし、そうあるべきだという私の意志は非常に崇高であるがゆえに、すでにそうなのだ。私は自然を自らの意志の舞台装置とした。自然を自らのヴィジョンに応じて変形し、人工物にすることができる神のように、私は自然の外に、自然の上に超脱したのだ。自然は私にわなを仕掛けることもあろうが、もはや恐怖など覚えない。誘惑者たるさまざまな姿を見せるけれど、常に変わらず、結局は同じところに行き着くのだから！ 弟の足がどんな娼婦の足に変化しようと、私が堕落するきっかけとはならない。嘘ではない！　少女も女性も好きではないし、彼女たちの幻像はなお好まぬ。どんな場合でも良心を曲げないのは、私が犯した罪を十分すぎるほど意識しているからだ。――あるいは美徳かもしれぬ！私が他の人々より劣っていることを示すものなど何もない。何しろ、私は孤独なのだから。

　エリック、どこにいる？　ああ、近くにいる！　おまえの馬は私の少し先を走っている。夜の帳《とばり》の中、おまえの白く輝く姿は、私の体に入り私の体から発せられる吐息によって投影された光のようだ。なぜわれわれの馬はこんな道で、これほどまでに震えているのか？　エリック、おまえに思いを向かわせてくれ。よくやるように偶然などでごまかしたりせずに、おまえにただ打ち明けたいことがある。私は情熱と軽々しく戯れることはできないのだ。全身全霊をかけてしまう、重たすぎる人間なのだから。おまえのように冗談を言うこともできないし、お芝居もたくさんだ。これ以上自分を偽っておまえの声を聞き続けるなら、私は滑稽な人間に成り果てかねない。

　次はおまえについてだ。エリック、よく聞いてくれ。愛している。からかっているのではないし、情熱的な身ぶりまでつけてふざけているのではない。とはいえ、私の秘密はおまえには謎のままだろう。それは変わらず私の秘密のままだ。こんな告白をされても、おまえは理解に苦しむだろう。いくら知性に優れ、駆け引きや美しき裏切りを好むおまえでも、ここに狂気しか見てとれないはずだ。――あるいは恥辱だろうか。しかしそれこそ、私の勝利なのだ。私は狂気に向かって出発し、おまえはもう到達している。私たちが同じ場所で再会することはないだろう！　人間の名を持たない苦悶と絶望の約十年間を過ごした今、私は眩暈《めまい》を覚え、おまえと一緒に迷い子になったような気がする。だが意志を持つという習慣は、言うならば雄《おす》の活動の一つであるが、すぐには失われないのだ。意志はわれわれを見張り、絶壁の縁にあるわれわれをしっかりとつかまえておいてくれる。わが子を抱き返す母親のようなものだ。私の意志は長年私をしっかりと包んでくれた。それゆえ、心ならずも私を麻痺させてしまう。懐疑の時にあって成就する奇跡のようなものなのだ、意志とは！

しかし実際には、火がすべてを清めてくれる。単なる象徴などではない！　われわれは試練をくぐり抜ける。試練の始まりのときよりも幾分か純粋な存在となって。「われわれ」と言ったのは、おまえが私の体であり、私がおまえの魂だからだ！（自嘲気味に続けて）おまえが魂の欠けた身体になりかねない、ということだ。白いぼろ人形のようなおまえ、なぜおまえを愛する必然があるのか。それは隠されたこと、自分が担うことができず、そうすることも望まない唯一のことであり、どれほど理性的な学者であっても世界が何から始まったか——大地の根源のようなもの——を探究できないようなものなのだ。だから、行き着く先の方を考えたい。自分自身をだますことはできない。自分に忠実なままでいたいのだ！　私は間違いようがない。これは遺伝のためだろうか、私の父とおまえの母から受け継いだ、血に陶酔を感じる頭脳のせいだろうか。あるいは、寄せては返す波のように心に浸食していくカトリックの祈りのせいだろうか。つまり、私にあの毒を流し込み、まだ名づけられていないような、狂おしい絶望と言えるものを伝えた、おまえの体現する美しさのためなのか。あの、恍惚と犠牲でできた情熱を私に与えた、おまえの美しさ——。分からない！　どちらにしても毒を飲み続けなければいけないのだから、かまうものか！　日々、私はおまえと釣り合わないのを実感してしまう。そしてそれと同時に、少しずつおまえを愛しく思うのだ。

　ああ、エリック！　おまえはどこに快楽を探しに行こうとしているのだ？　私の狂気は度が過ぎるほど純粋なワインに酔っている。だから、私の自制心にかかわらずふらついているのを見ても驚かないでくれ。私を怖がらせるおそれがあるのは、おまえの目に映る私自身の姿、私が時折おまえの目に見る私の姿ではない。おまえに向かう私の思い以上に、正常で自然なものはないと思われるのだ。今まで黙っていたのは、恥ずかしいからではなくて、おまえと二人でいることを決して望まなかったからだ。私が言葉にしたのは、おまえが嘆かわしくも軽蔑されないようにするためで、私の私生活が純潔であろうとなかろうと、おまえには関係ないはずだし、私自身にとってもどうでもいいことなのだ。私が骨の髄まで燃えて灰になってしまいそうになった、この夜の神秘的な時間、ただ一人自分と向かい合った挙句、私はおまえを少したりとも疑うことなどなくなった。おまえが顔を紅潮させているのか――そうだったら驚くべきことだが――あるいはおまえのしなやかな足を両腕でつかんだときに私に見せていた、少し陰険なしかめ面をしているのか、私には分からない！

　ところで、本当にあれを失くしてしまったのかい？　お気に入りの真珠で縁どりされたサンダルを！　あれはきっと教会の炎の中だ、でももうそれだけの価値にすぎないではないか、認めるだろう？　私の王女よ、寒そうではないか。とても心配だ。答えてくれ。寒くはないか？　ああ、泣いているのか？　何ということ！　激情は抑えきれぬものなのか。おまえには、至極単純なことしか言ってやることができない。神経をとがらせて、複雑に考えないでくれ！　こんなふうに泣かないでくれ！　涙は笑いよりも不健康だ――女性の可愛げに見える弱いところは、すべて不健康なのだ！　変わった坊やだよ、おまえは。乳母の乳と一緒に何を吸っていたのだ。

　ああ、エリック！　覚えているかい？　おまえがまだ子供で、何が原因でか、ずっと泣き止まないときに、自分が泣いているのを見るのが悲しいと私に言っていたことを？　そして、鏡の前に立って、自分の姿を醜いとひどく嘆き悲しんだりしていたのだ。おかしな子供だよ、おまえは。すらりとした色白の体は、ゆらめく光を放つ両目で全身照らし出されて、その瞳は猫の目のように、楕円形になったり、小さく絞られたりしたかと思ったら、突然大きく見開かれる。光を飲み込み、燐に変えるように、おまえの瞳は、青く光る二つの炎となる。吹きすさぶ風の中でも真っ直ぐに立ち、そうかと思えば二十分ほどしか続かない、いつもの愛情のそよ風には身を横たえてしまう炎！

　ああ、女！　甘美な存在たる女、私は女を嫌悪する。エリックよ、おまえの中に追い求めるのは女ではない。私の情熱に病的なものは何もない。欲望しないのだ。何かを渇望するがゆえに、何かを得るというわけではない。おまえのすべてはすでに私の中にあるのだ！　私の行くところどこへでもおまえを連れて行っているし、おまえのことを追いかけるのは、私が現在こうあるところの私なのだから。おまえとの一体感が強すぎるからこそ、神経の高ぶっている女のようなおまえの足を温めるときがあると、見たことのない獣の足に対するような恐怖を覚えるのだ！

――」

告白は続き、それを聞き終えると、ポールは手でブロンドの頭を抱えて泣いた。「答えてくれ、愛している」。ルトレールが再度返事を求めると、ポールは激情のあまり、馬をピストルで撃つと叫んでしまう。

そのとき、森の奥深くからうめき声が聞こえた。見るとポールと同じくらいの年頃の娘が、髪の毛を茨に絡ませて身動きがとれないでいる。二人は彼女に興味を示し、城に招き入れた。どうやらこの農民の娘、マリーが教会に放火したらしい。自然の衝動に身を任せるような女であるマリーは、ポールにとって亡きジャーヌを髣髴《ほうふつ》とさせた。彼はマリーに欲望を覚えるが、マリーが好意を抱いたのはルトレールであった。しかし、彼女からの視線を感じるルトレールはそれを避けるため、マリーにポールの世話を命じる。顰蹙《ひんしゅく》を買うような言動をくり返すポールに対し、マリーはルトレールの命令のため従わざるを得ない。

やがて、マリーが兄の方に恋をしていることに気づいたポールは、嫉妬に苛まれ彼女を襲い髪を切ってしまうが、マリーはルトレールにそれを告げることができない。

ある日、ロシューズの市長たちが城館に表敬訪問にやって来た。はだけた格好をして部屋に現れ奇矯なふるまいをするポールに手を焼きながらも、火事の本当の原因については何とかごまかし通したルトレールが、市長たちを見送って部屋に戻ってくる。

ルトレールは部屋に戻ってくると、鍵を二度回してドアを厳重に閉めた。

ルトレールはポールに飛びかかり、手首をつかんで立たせた。それ以外の何も彼の視界に入ってはこなかった（小柄な召使のマリーは彼らの視界の陰にあって気づかれなかったのだ！）。「さあ釈明してもらおうか！」ルトレールは色を失った唇を震わせて言った。「知っているだろうが、誰が私を侮辱しようと、弟に腹いせをするという考えなど私にはない。しかし、あのまやかしのお芝居は何だ？　おまけにあの女をここに呼ぶとは――彼女の敵、私の敵でもある市長どもに給仕させようとするとは？　ああ、いまいましい！――何も言うな！　私には嘘が恐ろしいし、悪徳も恐ろしい。しかし今ここで私が吸い込む空気にはそんなものしか感じられないのだ！あの女が何の責任も負わない、育ちの悪い貧民の出であろうと、それを侮辱するつもりはない。しかし、彼女を守るといっておまえがするふるまいについてはどんな形であれ、私に対する侮辱として、深刻な侮辱として拒絶する。私はおまえの共犯者ではないのだ、分かるか？　おまえのような汚らわしい存在が私の公の名誉を守ろうとするのは許せない。私が望み求めるのは、まずは私的な生活で私の名に敬意を払ってくれることだ。実際にそんな態度をとろうとるまいと、私には同じことだ！　ああ！　おまえを監禁してしまいたい！　私自身が狂ってしまわぬように、おまえを閉じ込めてしまおう――。もううんざりだ！　ああ、おまえは病気だ――おまえは死ぬだろう――私が殺すのだからな！」

「使用人の前でですか？　狂気にもほどがあるでしょう、兄さん！」ポールは蔑むように返事をした。

ルトレールは女に気づいて、うなるような叫び声をあげた。彼の持っていたプライドがずたずたに引き裂かれたかのように。

「おまえも聞いていたのか、女よ。殺そうとしているのはおまえの方だ。哀れな奴よ!」

彼は彼女に向かってつかつかと歩み寄り、彼女の手を強く握ろうとした。マリーは両手を合わせて、懇願するようにじっと彼を見つめた。

「ルトレール様、あなたは私に出ていくようにご命じにはならなかった。グラスを片づけるため控えていたのです——。私なんか殺された方がいいんです。死んで当然なんだから。彼は、ポール様は病気なんです! 分かるでしょう?」

ルトレールは歩けなくなり、よろめいて、ソファーの背に寄りかかった。

「ああ、この目は一体? どこかでこんな目を見たことがある!」ルトレールは妄想のような恐怖に卒倒して、けらけらと笑い始めた。こんなものなど見たはずがない。

「冗談だよ、お嬢さん! 私の様子で怖がらせてしまったようだな。怒るとまわりの者をみな怖がらせてしまうが、誰も殺さぬ——安心したまえ。ああ! 確かにポールは病気だ! 気をつけたまえ! 伝染性の病気だからな。もしおまえが純粋でいたいのなら、館からすぐに逃げ出すべきだ。さっきも言ったが、ここで吸える空気は悪徳だけだ。病人を? おまえが守るだと? 愚かさも極まったな! 無理に決まってるだろう! ポールの穢れのないブロンドの髪とおまえの組み合わせは、単純に滑稽きわまりない。おまえにはその悪魔のような短い髪の方が自然だ! 誓って言おう、おまえは何と美しいことか、あいつの道徳の醜さを前にすればだがな!」

ポールは身震いした。激情が呼び起こす風は真っ直ぐに立ち上る炎をねじ曲げ、別の偶像の足を舐めるように誘うかのようだ。兄さんは宗教を馬鹿にしているのか。神殿を荒廃させるつもりなのか、それとも宗教など取り換えがきくことを示そうとするつもりなのか。

「どちらが出ていくのか、誰かに決められるのを待つなんて、僕のプライドが許さない。さらば、兄さん。僕の方だ、出ていくのは」。ポールは口ごもりつつ言った。

ドアの方に向かうと、突然彼の頭に陶酔したような感覚が上ってきた。ポールは泣くのを恐れて、か細い叫び声をあげ、召使の女が兄と一緒にいるのを望まないかのように、外に出ていった。

マリーはルトレールの膝元に飛び込んで、彼の手にうやうやしく口づけをした。

「男爵様、どうか苦しまないでください！　ポール様はそのうち戻ってきます。兄弟のもめごとなんて大したことではありません！　彼が私のせいで気分を害したのなら、私の方がどこかへ行ってしまいましょう。私はろくでもない人間で、害になることばかりしてきた人生なのですから！　ルトレール様、全身血の気がないご様子――何か言ってください！　ああ！　あなた様は善い人間です。そんなに自分を苦しめてはいけない！　誰かを呼んでほしいのですか？　もちろんです、ポール様がかかっているのは奇妙な病です。意地悪という病気です！　最後に、遠慮なく私を殺してください。苦悶するあなたを見るより、そちらの方がずっとましです」

ルトレールの耳にはこんなことは何も入ってこなかった。彼は遠くに響く弟の歩く音だけを聞いていた。あいつは自分の寝室か実験室に入り、毒を飲んでいる。眠るかのような、腐敗することのない、美しい死――終わりだ。そして私は、プライドという形の定まらぬ幻想に縛られて、身じろぎひとつしないで、そこに居続けなければいけないだろう！　ああ、あの愛らしいビザンツの王女の顔！　そんなものではないと否定して馬鹿にできたと思っていたが、あれは黄金の髪の後ろで家来に扇を仰がせている頽廃的な君主の顔だ！　ありえないものが逃れ去ってしまうことはありうることなのか？　たった一人の女のために今生の別れになろうとは――しかしこんな女のために？

ルトレールはこの女の首を絞めて殺そうと思った。こんなみすぼらしい召使女など惜しくはない。

「ルトレール様！」女は狂喜していた。「ポール様が戻ってくる足音が聞こえます！　本当です。確かに聞こえます！　ああっ、ポール様！　急ぎ足でこちらに――ルトレール様！」

「私にはずっと聞こえていたが」ルトレールは必死に言葉をしぼり出した。「何しろあいつは足音を立てないのだからな！　これからも足音は聞こえるだろうが、もうあいつはいないのだ」

彼は絶望して両手を前に突き出し、目を閉じた。

ポールが戻ってくる！　あいつは笑っているが、その笑みは凶暴で陶酔しているかのようだ。酔っているといっても毒を飲んだのではなさそうだ！　そんな極端な行動をとる前に、復讐をしておきたいのだな。あの女が原因にちがいない。そしてあいつは返礼として彼女に大切なものを渡そうとしているのだ。最後の慈善というわけか、何という皮肉！　卑怯者であるのを望むときには、あいつはそれを皆に宣言してしまうからな。

ルトレールは驚いた。ポールがライオンのたてがみのような大量の髪を巻き散らかしたからである。

「ほら！」ポールはこのいまいましい絹の鞭とも言うべき髪で、ルトレールの顔を打ちながら叫んだ。「兄さんにあなたのうるわしの女性の髪の毛をあげるよ。奮発したよ。何しろ彼女の一番魅力的なものだからね。さあ、さあ、これにキスしてよ、兄さん！　僕は――寝たんだ。でも女なんて、兄さんはつきあっていられるのだろうけど、僕は全く関心がないのさ」

ルトレールはこの波打つ香りの束を強引に振り払って、弟の手首をつかんだ。

「おまえが――この髪を切ったのか？」

「えっ？　マリー、兄さんに何も言わなかったの？　彼女、本当にたくましいよ！　ええ、僕が切りました。爪を切るような小さな鋏でね。ほんと、楽しかった！」

ルトレールは人生で初めて、距離感と言えるものをすべて失った。嫌悪感に押し流されるままであった。

「鞭を持ってこい！　硬いやつを！」ルトレールはマリーに命じたが、彼女は彼を呆然と見るばかりであった。

「いやです！　ルトレール様はポール様の性格を直すことなどできません。愛が強すぎるのですから」

「私はこの館の主人ではないのか？」ルトレールは紅潮して言った。「従わないのか、愚か者よ。おまえは私の召使ではないのか！」

「ルトレール様、私は台所に行きます。私の場所ですから――。このためにあなたのお手伝いをすることはできません――」

そうこうしているうちに、ルトレールはポールを別の部屋に引きずっていった。そこには乗馬の鞭も普通の鞭もなかったが、隅に杖が置いてあった。

ポールは身をこわばらせた。マリーが部屋から出ていけば、自分はもう何も抵抗できないだろうと思った。不運だったのは、ロシューズの領主たるルトレールが、髪の毛から漂ってくるあの竜涎香《りゅうぜんこう》の香りを胸いっぱいに嗅いでしまったことで、さらに陶然となってしまったことであった。彼はそこにあった一八三〇年流行の優美なものすべてを破壊し、絹の布地を引き裂いた。そして白い肌の肉体を叩き、杖が折れるとその破片でなおも叩き続けた。

マリーは耳を塞いで逃げ出した。

ポールは抵抗しなかった。子供が眠りに落ちるように、ゆっくりと崩れ落ち失神した。

ルトレールは居間の真ん中にポールを寝かせたまま、後ろを振り返らずに自分の部屋へ向かった。

彼はベッドに身を投げ出して、すべてのものから解放されたかのように号泣した。「嘘だろう？　私はあいつを今日ほど愛しいと思ったことはなかった！」

＊

その後、ルトレールはマリーが自分に好意を寄せるのを怖れて、彼女に傷だらけのポールの世話を「妹として」するように命じる。ポールは強烈な香りが漂う部屋で、ハーレムの女のような生活を送ることとなった。

ポールのなかの男性的な部分はだんだんと死に絶えていった。頭だけの生に麻痺してしまい、官能を好む少年が元来持っていた悪習はみな極端なものへと転じた。煙草が耐えられなくなり、砂糖菓子を食べ尽くす毎日。彼は幸福ではなかった。夜にマリーは、ポールが枕辺で忍び泣く声を聞いた。「兄さんが僕を好きなのは知っている。僕を殺してしまうのも！」激しい言葉を投げつけ合いながらも、そのやりとりに本人たちが気づかぬ愛情があふれているのを感じ、マリーは愕然とするのであった。彼女はルトレールだけを愛し、彼が自分をポールに近づけようとするのに耐えられなかった。

二人の愛と嫉妬の関係に翻弄されたマリーは、城館を去りたい、とルトレールに告げるが、彼はポールがおまえを愛しているのだからと、それを禁じる。ある時、ついに彼女は裸になってルトレールを誘惑し、このような関係を終わらせようとするが、それは彼の最も忌み嫌うものであった。「おまえをポール＝エリックに委ねなければならない。彼の幸福のためでなく、おまえの幸福のためだ――。ぐずぐずしていると、みんなに体を売ることになるぞ！」と、ルトレールは激昂する。

一方、ルトレールがいつか結婚するのではないかという不安から、ポールはピストルを持って狂乱する。気を失ったポールを寝かせたルトレールのもとに、執事のジョルゴンがやってくる。弟を実験室に閉じ込めてどんな女のことも考えないようにしてしまえと言うルトレールに、ジョルゴンはマリーの部屋がもぬけの殻になったことを告げに来たのである。マリーは自らの愛を拒絶したルトレールの態度に傷つき、姿を消したのであった。ルトレールは召使を全員集め、マリーを血眼になって捜すように命じる。眠りから覚め、遠くからも近くからも笑い声が聞こえてくるという妄想に囚われるルトレールが見たものは、小部屋も廊下も階段も、祝祭のように光り輝く光景であった。マリーは城館を去る際、火を放ったのだ。

「弟よ、わが愛しき人よ、あなたのそばで死のう」ルトレールはポールの部屋に駆け込んだ。ポールは半裸のまま、キメラがちりばめられている柄の日本の絹布にくるまれていた。彼は男性的な仮面をすべて脱ぎ捨てて、眠っている。頬は左腕の黄金のブレスレットの上に置かれていたが、きれいな女性の頬のようであった。兄が髪をなでると、ポールは目を覚ました。兄弟はついに最期の時を迎える。

「私のことを好きか、エリック?」

「とても。兄さんの心臓、どきどきしている。兄さんの体、大理石なんかじゃない。熱い血が通ってるよ!」

「ああ!」ルトレールは苦しみを何とか言葉にした。「おまえに勇気を与えるには、この上ない勇気によってこの上ない美を与えるには、何をすればいい、息子よ!」

「兄さんの馬鹿! 僕のことを息子なんて呼ばないで! 年とるよ!」

ルトレールは偶像の前に跪いて声をあげた。「ビザンツの王女が、その熱烈な崇拝者である私のために、かつて見たことがないような、人間を超えた存在とならんことを。死を真正面から見据えて、微笑を浮かべてはくれまいか。最後の瞬間までだまし合い、嘘に生きようではないか」

ポール＝エリックは芝居の英雄のように、崇高な面持ちで立ち上がった。青地の服にはきらきら光るキメラの装飾がちりばめられていた。彼は白い腕を頭の上に伸ばして広げたが、その頭には赤く後光が射しているように見えた。

「王女であればこう返事をしましょう。覚悟はできています、と。もう嘘は言いません」

ルトレールは階下を覗こうと、床に取り付けられた揚げ戸を開けに走った。

「見においで。これは見物だ」

ポールは大かまどのように燃え盛る階下を見下ろすようにかがんだ。踊り場はすでに炎に包まれていた。階段の柱頭を飾るアカンサスの葉飾りに炎が取り巻く様子は、まるで優美な渦巻彫刻が施されているようにも見えた。階段の絨毯は、一段一段と炎に舐めつくされ、ワインのような緋色をした煙を噴き上げていた。桃色の煙も手すりにそって螺旋状に巻き上がっている。炎も煙も、ドームの天窓から入る新鮮な空気によって勢いを増し、垂直に上がっていた。城の主塔はもはや煙突がそびえたっているようにしか見えなかった。火の粉が花束のように広がり、ポール＝エリックの鼻にまではぜた。彼は後ずさりし、せき込んだ。ルトレールは戸を閉めた。

「わかったか?」ルトレールは困惑の笑みを浮かべた。

「まったく」ポールも笑うしかなかった。そして、歌うような涙声で付け加えた。「居間にかまどをしつらえるといいということだね、兄さん！　何と暑いこと！　扇を取って！」

彼の顔は透明と言っていいくらい色を失くしており、唇は震えていた。指は耄碌《もうろく》したように小刻みに震え、痙攣したように服のサテン地を皺くちゃにしていた。だが、まぶたを閉じることはなかった。

「ああ！　王女よ」ルトレールは声をあげた。「あなたは間違いなく神の域に達している！」

彼はポールに扇を差し出した。

ポール＝エリックはよろめき、長椅子の上に倒れ込んだ。ルトレールは額づいて彼の足に口づけをした。裸足の小さな足は、あまりの恐怖にわなわなと震えていた。

「誰も僕たちを助けに来てくれない！　こんなに高い場所にいたら！　冗談にもほどがある！」

ポールはそうようやく口にして、機械的に扇をあおいだ。「よじ登ってこられる人なんていない、中からでも外からでも！　何と神々しい、兄さんの姿は！　僕たちをほめたたえる者は、もういない！」力を失って、彼は兄の手の中に身を寄せた。「兄さん、あなたはもうこんな世界を経験してきたのでは！　あなたは神だとみんな信じている。だから、せめて僕が燃えるのだけは阻止してほしい。ピストルを！」

「いいや、もうピストルは持っていない！　私の最上の毒は、今しがたおまえが捨てさせたものではないか。おまえに夢を与えることができる、世にも甘美なポーションを」

「それならいい、むしろいい！　兄さん、もうはっきりとは見えない――。この色彩の喧騒に僕はクラクラしている。聞いて、とにかく聞いて！」

うなりが大きくなっていった。回廊が崩れ落ちた音がしている。古い樫のパネルは砕け、バチバチと猛り狂った音をあげている。薄いもやのようなものが部屋中に広がっている。偶像が燃えているのだろうか、硫黄の臭気が強くなってきた。床の戸の溝から、階下の桃色の煙が小さなあぶくとなって部屋に侵入してきている。

「僕はジョルゴンを信じている」ポールは無邪気につぶやいた。「ジョルゴンは死んだ——少なくともあいつのためには、それでよかった」ルトレールはポールを胸に抱きながら答えた。「愛しい人よ、火傷など大して痛くはない。爪を私の後ろの肩に這わせてくれ——何も感じないから——。この光景以外のことだって思うことができるさ、ポール」

ルトレールは微笑みを絶やさなかった。本当に幸せであるかのように。

「ああ、兄さんはすごく楽しそうに見える！」ポール＝エリックは、狂ったように立ち上がって声をあげた。「ねえ、僕も楽しくさせて、さもないと助けを呼ぶよ！　ああ、体が熱い、息苦しい、恐怖で死にそうだ！　理性なんて失わせてくれ！　僕は恐怖を感じるということが怖い。分かる、兄さん？」

ポールは乱暴に、上半身を覆っていたシルクの服をはぎとった。肌の白さの中に、炎の二つの点のように乳首が輝き、逞しい体の兄の目を刺した。

ルトレールは奇妙なものを見るような目つきをした。

「こんなのはあの召使女のやることだ」ルトレールはため息をついた。「われわれはこれほどの高みに到達する必要はなかったかもしれない。しかしエリックよ、おまえはまだ分かっていない！　本当の美とは、そんなものではない！」彼は弟の腰から滑り落ちそうになっていた布をおさえた。そして、とてもうやうやしく、父性的な態度で、キメラがちりばめられている優美な白布のひだを持ち上げて、のどのところまでかけてやった。最後に、顔を反らしているポールの華奢な首をつかんだ。「ああ、おまえを愛しているとも！　誰も呼ぶな、どうせ無駄だ！　われわれ二人だけで存在していることの幸福、それも自由に存在していること、それだけを考えるんだ！　顔を私の顔に近づけてくれ――私の断末魔はすさまじいものとなるであろう――しかし、私はおまえをもっと長く見ることにはなるのだ。そしてもうこれ以上の火傷を感じることはない。思い出してくれ、私のエリック、私の息子――私は自然を自らの意志の舞台装置とした！　目をそらさずに私を見るんだ！　目をもっと大きく開けてくれ――。唇をくれ、おまえの魂を飲み干すために。そう、私たちは神だ！　私たちは神だ！」

　その力強い手で、ルトレールはポールの首を絞めた。力をかけるとすぐに事切れた。

　炎の凶暴な力に押されて、揚げ戸は一本の、強大な、天をも焼き尽くす赤い火柱となって噴き上がった。

「遅すぎたが、妹よ！」ルトレールは誇り高く叫んだ。「私はまだわが世界の主人なのだ！」

　彼の穏やかな顔は、戦争の返り血を浴びたように、緋色に濡れていた。

アンティノウスの死
La Mort d'Antinous

ラシルド／熊谷謙介 訳

沈黙の帳が、今まさに萎《しお》れようとする薔薇の花々へと落ちかかり、香りに満ちあふれる一刻である。遥か遠くの山々から降りてきた青みがかった大気は、湿った翼で顔を打ち、まぶたを濡らしている。他方、黄金の熱砂は、痙攣する親指を歯ぎしりするかのように噛みしめている。人々が両腕を開いて、何かを迎え入れるのをもはや怖れないこのような時にあって、残酷な痛みに蝕まれた皇帝ハドリアヌスは、寵臣の裸の肩に寄りかかりながら、河の方へと降りていった。

皇帝　熱い！　熱があるのではないか、私は！　この涼やかな風こそ私の熱を下げてくれるかもしれない。ああ、やはりまだ熱がある。もう何も頭に入らない――。おまえに説明してもらわなければ――。何しろ、私の意向ではおまえこそ神だからだ〔アンティノウスはナイル河畔での謎の死の後、ハドリアヌスによって神格化された〕。奴隷の筆頭たるおまえは神で、私は王、分かるか？　われわれに身分の違いなどない。さあ語れ！

アンティノウス　何と気持ちの良い黄昏でしょう、陛下。

皇帝　おまえに返事してほしいと言っているのだ。

アンティノウス　何でしょう、陛下。

皇帝　おまえの肩は私の手のひらで触れられてこそ、さらに丸みを帯びるのではないか。そう感じぬか？　それを支配するのが私だ。

アンティノウス　大気はかくも優しく――

皇帝　いいや、ここの空気は重苦しい。吸い込む空気はナイルの毒を含んでいる。この河は、そう、向こうの方では、別の戦争が行われているかのようだ。また私は馬に乗って、瘴気《しょうき》を避けなければならなくなるだろう！　雨季のナイルの氾濫もふせぐ堤防で塞いでしまうのだ。河の空気がこの宮殿の前まで漂ってきて、手負いの敵のように呪いの言葉を吐くのは見たくないからな。とはいえ建てるべき壁はまだ長く残っている。焦燥が私を苛む。ああ！　私を前へ前へと駆り立てることがなくなる時が訪れるまでには、まだしばらく時間がかかるのだ。熱い！　帝国の支配者たる私としたことが！　熱で命を落とすかもしれない。これからはせいぜい占い師たちの言葉を聞くようにしよう。あいつらは悪い水をきれいにするのに、月の乳ことクサノオウの分泌液に浸した絹の鞭で鞭打てば十分だと思っているのだからな。ああ！　本当に窒息しそうだ。息が苦しい！

アンティノウス　神々よ、ハドリアヌス帝を守りたまえ。

皇帝　私を守ってくれ、アンティノウス——。哀れな神よ！　かつておまえが捨てられたのと同じ場所で、私はおまえを見つけたのだ。おまえは子供だった。しかし今も変わらず私の息子であり、だから私は考えるままをおまえに話しているのだ——。息子よ、私は病める者、単なる傷よりも恐ろしい、奇妙な病いに苦しんでいる。戦場では、耳を塞いでも耳の奥から鈍い音が絶えず聞こえてくるのだ。私を意気消沈させ、先ほどテラスで一緒に飲んだ香り付きのワインのように、私を酔わせ呆然とさせる。また出陣しなければならない。一つの力が私を駆り立てるのだ。すべてを破壊するように、と。しかし、私は幸せだ。最後におまえをじっくりと見ることができたのだから。おまえは若木だ、大輪の花だ——。幸福であり、不安であること。花というのは萎れてしまうものであるが故に心を落ち着かせないものだ。おまえが好むものは誰も分からず、私が明日行くところさえ自分でも分からない。見えない射手に追われているかのようなのだ。その矢は硬くなく、当たっても肌の上で折れ曲がり、決して心臓を貫くことなどない。神々はこの責め苦を望んでおられるのだ。おまえは神だ。ああ！　今夜の大気は熱い、限度を超えている！この鼻を突くにおい、この野卑なにおいはナイルから立ち上るのではない。先ほど言ったが、おまえが一日の最後に水浴びをしに行った場所では、暁から香を焚いている。私の体にとりついて離れないのは、死体のにおいであり、戦争がもたらすありとあらゆる腐敗臭なのだ。私は思い出す——武器がぶつかり合う音の中に、飛ばされる兵士たちの中に、ところどころで上がる火煙の中に見える、私の馬を——。あっ、気をつけろ！　砂利は危険だ。なぜ裸足で歩くのだ？　おまえは紫のサンダルを履いていなかったか？　神は自分がサンダルを履いていることを忘れるものなのか？　アンティノウス、おまえは自分を大事にすべきだ。私の命令に逆らってばかりで。

アンティノウス　この足だけは陛下の指図は受けないのでございます、陛下。私の知らぬところに私を導くのですから。

皇帝　奇妙な足だな！　私の馬の脚といえば、抉《えぐ》り出された象の内臓を踏みつけ、引っ張り出し、中身を広げて引きずって、それでもなお狂ったような速足で駆けていくのだ。最初は私も何か生きた肉を踏んでいるような感覚があったが、すぐに動揺することもなくなった。慣れたのだ。とはいえ後ろを振り返ると、悪臭をたてて大蛇のように身をくねらせるものに気づいてしまったのだ。私は青い血が流れるのを見たのだ！　戦いの間中、このような恐怖が常に頭を離れることなくつきまとってきた。まだそのすさまじいにおいが鼻孔には残っており、そのせいで熱も上がってしまった。そう、河は死んだ蛇までも水面に漂わせている。ナイルは腐った肉片で一杯だ――。これでは風がいくら速足で駆けるように吹こうとたかが知れている。わが国ではすべてが腐敗しているのだ！　抹香のにおいは墓場の腐臭。牢獄の小さな窓から漏れてくるのは呪われた者の吐息ばかりだ。囚人を養っても意味のないこと。平穏に生きたいと望むなら、嘆くのを押さえつけなければならない。こんな前兆があったのだ。聞いているか、アンティノウス？　わが愛馬の脚がわなわなと震え、駆けることができなくなるのだ――。とぐろを巻く忌々しいヒドラがあいつを堅く締めつけるかぎり、あいつは殺さなければならなかったのだ。私はこう思うのだ――風に吹かれて私は灰になってしまいそうだ――よく生きるためには、孤独になること――、世界を滅ぼしてしまうこと、すべてを殺すこと、愛する馬でさえも殺すこと！

アンティノウス　陛下の愛馬は生かしておいてもよろしいのでは。世界は広うございます。

皇帝　そんなに速く歩かないでくれ、アンティノウス――。天幕の下に集めておいたユダヤ女たちはどうしている？　兵を遣わしておまえに贈った美しきユダヤ女たちは？〔ハドリアヌスはエルサレムを植民市とし、ユダヤ人の反乱を鎮圧した〕あいつらの目をつぶすように命じてはおいたが――後でな。

アンティノウス　ご命令は忠実に執行されました、陛下。彼女たちの叫びは聞きました。目にはしませんでしたが。

皇帝　あいつらを見たくはなかったのか？　私の贈りものを吟味してはくれないのか？　私は

戦いで何度も勝利したのに、おまえがそんなことなら何の意味があろうか？　おまえは子供だ、何も分かってはいない。自らの手で鋼の針を祭壇の炎で温めて目つぶしに興ずることなどできなかったのか？　みながアンティノウスが贈りものを喜んでいたと言っていたが、私は信じたくはなかった。おまえの年では早すぎる。おまえの口は憂鬱に満ちている。口を見ているとよく口そのものが眠っているように見えるのだ。まるでもう息をしていないかのように。夢を見ているのなら、何の夢を見ているのだ？　もしそれが愉楽でないのなら？　おまえが喜びに満ちることを願っているのだ。神が一人悲しむのなら、それは空恐ろしいこと。あの女どもはとても美しい者たちであった。最も美しい女は――あいつは父親の金庫の中で、黄金の下に埋もれていたのを見つけ出したのだ――琥珀の塊のように輝いていた。髪は額の上になでつけられて、恐怖の中で不意に笑みをもらし白い歯を見せていた。動かない瞳は涙に濡れ光を放っていた。彼女は森の獣のような様子をしていたのだ。あの女たちは星々を見つめるがごとく、目を大きく見開いている。指には指輪が少なからず光り輝いているので、手櫛を当てることなどもうできないのであろう。だから彼女たちが富める者であるかぎり、色がついた麻の縁なし帽に隠された髪に触れることすらかなわぬのだ。何と奇妙な愛の奴隷ではないか！　あいつらは媚薬の秘密の調合を持っているようだ。ローマでは、私が新たに発布した勅令によって、この種のものは誰も知るところではなくなった。だからおまえにあいつらを贈ったのだ。あの女どもがどうなるのか、おまえはちゃんと分かっていたのか？

アンティノウス　存じ上げません、陛下。彼女たちは目をつぶされてはそれほど遠くに行けなかったはずです。

皇帝　ああ！　あの者たちは今頃河に身投げでもしてしまったにちがいない！　地を這う獣のように、私の愛する河を汚して毒を盛ろうとしたのであろうよ！　わが胸を焦がす炎で照らし出せば分かることだ。河沿いに私は衛兵を置いているが、おまえが水浴している場所には配置していない。女どもはそこで身投げしたのだろう。そなたを見て、あの世でそなたにまた会えることを願ったのだ。死は、愛にとって障害とはならない。恋をしている人間が完全に死ぬということはない。衛兵を！　衛兵を呼ぶのだ！　聞こえるか、あの女どもを河の泥の底までも徹底的に探すのだ。見つけたら砂漠に引きずって行け。

アンティノウス　陛下――。陛下は兵に河岸を散歩するのを禁じていたはず。些細なことに動揺されては――。

皇帝　確かに、覚えているとも――衛兵には禁じていたのだ。なぜならあいつらの目をつぶすことができないと思っていたからだ。忠実に任務をこなす者たちだから、目をつぶすのであれば何か一つ理由が必要になるだろう。あてずっぽうに石を投げながらも標的を外さない盲目の投石兵は知られてはいたが――。ああ、頭が割れるようだ、アンティノウス！　ワインの中にあるオレガノを飲んでしまったか？　熱が――熱が！

アンティノウス　陛下、落ち着いてください。風は穏やかに吹き、砂は湿っています。ここにいらしてください！　素晴らしい花々をごらんにいれましょう。河岸の近くを漂う花なのです。茎も葉もなく、中身のない卵のような花。私に慣れているトキと大きな蓮の花もお見せしましょう。葦原を抜けながら陛下のために歌わせていただきます。
皇帝　何も見とうないし、何も聞きとうない！　おまえは私を裏切ったのだ、そうでなくてもいつか裏切るに決まっている！　去れ！　私の熱病は明らかにこれで説明がついた。占星術師たちの予言など必要のないことだ。おまえはユダヤ女たちをどうしたのだ、言えないのか？　特に、琥珀色の肌をした女は？
アンティノウス　誓って言いますが、皇帝陛下、私は彼女たちを見てはおりませぬ。
皇帝　見なかったと言っておきながら、密かにあいつらのことを考えている、違うか？
アンティノウス　違います、陛下。見たのかもしれませんが、彼女たちのことなど何も考えておりません。見上げると、女のうちの一人の頭からヴェールがテラスの上に滑り落ちたのです。走っていたので――
皇帝　何という物言いでそのようなことを私に告げるのか！　ヴェール！　ヴェールとは！　あの女のヴェールなど何の意味がある！　おまえ自身が女なのではないか、嘘もつけよう！　彼女が走っていただと――なぜ走っていたのか？
アンティノウス　拷問から逃れるためです、陛下！　真実しか告げることができません。私は陛下の奴隷でございます。
皇帝　だまれ！　おまえは神だ！　そして未来においても神以外の何者でもない。偶像であり、怪物であり、未知のものから誕生した被造物なのだ。おまえの真実は虚偽だ。何しろおまえの中には沈黙に満ちた心が備わっているのだから。神々はもはや話すことなどしない――。何か言うにしても必要のない言葉だけで、千もの仕方で解釈できるような代物なのだ。おまえの敬意など求めてはいない、卑しいフルート吹きよ！　私に呪いなどかけおって。たとえ剣を自らの目に突き立てて盲目になろうと、私はおまえを罰することができるのだ。占い師たちが言うには、私ハドリアヌスに子供が生まれるが、その子供は娼婦の爪で私の喉を掻き切って殺すということらしい。しかしそんなことなど怖るるに足りない。快楽に浸って、ローマの浴場から引き離されるや否や、飢えや寒さにがたがたと身を震わすことしかできないローマ人とは一緒にしてほしくない。私は荒々しいイベリアから出てきた者であり、情熱は柘榴《ざくろ》の血の汁のように酸っぱくまた赤いのだ！　私はこれからも緋色の血を大量に流して、この呪われた河の水を浄めてしまおう――。おお、アンティノウス！　アンティノウス！　私は穏やかな眠りの中に身を浸していたい。だが、女どもの目がナイルに落ちていることを考えると、眠ることなどもはやできぬのだ。おまえの主人に慈悲を！　おまえの王を慰めてくれ！　わが栄光のため星辰を研究する者たちに、戦いで分捕ってきた金や銀を与えていることも考えておくれ。わが軍の戦車の周りをさまよっていた母たちの胸からもぎ取られた、少年というまだ青い果実をすべて与えたのだ。占星術師たちはどうしたと思う？　彼らは月満ちる時期に、わが庭園の四つ辻に少年たちを犠牲に捧げたのだ。自分が何を求めているのか、どうして知ろうか？　ユダヤ人たちが従属することか？　娼婦の腕の中で死ぬことだろうか？　しかしおまえを見つめるとき、追い払いたいと思うのはむしろあの偽者たちなのだ――。あいつらはこの私より病気なのではあるまいか？　彼らはおまえの考えを読み取ろうと、おまえの髪の輪を燃やして灰にするよう、私に言ったのだ。何と汚らわしいこと！　アンティノウスよ、奴らの魂は不吉な嫉妬に苛まれているのではないか？　おまえが罪人だと？　いやいや！　そなたを疑えばそなたという神に背くこととなろう――。こちらから行こう。河岸には誰もいない。ああ、確かに。風は涼しさを増している。葦が歌うのが聞こえるくらいに気持ちが良い。中身のない卵のように漂っているこの花は何という花だ？　おまえが飼っている鳥たちはどこにいるのか？　心地良い夕べだ。ああ、わが愛するアンティノウスよ、この心地良さは木陰のおかげかもしれぬ。私は暗がりを信じる、そなたを信じるように！　見よ！　神秘的な瞬間だ！　星々はおまえの祭壇を歓喜の涙で押し流そうとするかのように震えている。そなたは哀しい歓喜の神であり、愛の雨は熱を冷ましてくれる。そう、砂はきめ細かく、白く透き通り、澄み切った波の下でひとかたまりとなって河底に沈み込んでいる。まるで麻のチュニックが襞から襞へ濡れていくように。おお！　あの大きな蓮の花は、誇り高く掲げられた王冠であろうか。わが兄弟たち、聖なる河の王たちよ、わが宝アンティノウスの純潔なる守り神よ、あなた方に祝福を！　彼を守りたまえ！　彼のしなやかな腰に触れるのなら、茎を弓のように張りたまえ。白い花冠を高く掲げたまえ、夜が忍び寄るのを心待ちにして青く染まる花冠を――！　水を飲んでいるのは、双子のトキか！　首を曲げて、互いに寄り添って水を飲んでいる！　一つ一つ満たされていく水瓶のように！　生きるという陶酔に酔いしれるトキたち、それだけが生涯すべての意味であるように！　空しいこと、わが占星術師の学など何と空しいこと！　戦場の眩暈などついに消えてしまったのだ。水面に映るおまえの愛らしい体のうちに！　おお、アンティノウスよ、動いてはならぬ。水鏡の姿を掻き乱してはいけない！　神の明るく澄み切った姿をじっくりと見させてくれ――。

アンティノウス　そんなにかがんではなりませぬ、陛下。水は深うございます――。皇帝に禁じられていることなどないのだ！

皇帝　膝をついてもっと身をかがめようと思っていたのだが。ああ、何と汚らわしいことか、エジプトのヴィーナスよ！　その憂鬱そうに楕円形をした頭は、黄金の鷹から孵《かえ》った卵のようだ。美しい細身の偶像よ、その体は人々の祈りや捧げものを前にしながら、それらを無視する捨て台詞のごとく逃れ去るかのようだ！　処女のままであるが故にすべてのヴィーナスの母であるアタラよ、あなた自身、アンティノウスに嫉妬しているようだ！　聞け、わが愛しき人よ。もし私が死んだら、おまえにこの国を与えよう。神は王になるべきなのだ、すなわち絶対的な主人に。神託はすでにおまえがそれを夢見ていることを明かしている。そして、私もそれを望んでいるのだ。わが寝台を飾る足糸《そくし》でできた四角の布地の中に、一本の鍵を見つけるだろう。その鍵は鉄でできた非常に重い小箱を開けるものだが、小箱はおまえの神殿の九番目の柱の下に埋められている。その小箱にはアバディールという、暗い色の石が入っている。夜の雫とも言うべき、他の星から落ちてきた石だ。私が死んだら、その石を手に取って国を支配するのだ！　アバディールこそ、それを手にした君主の権力――。なぜ顔をこちらに向けぬ？　緑色の河の向こうに、血走った目でおまえを挑発する女がいたのか？　怖かったのか――！　ユダヤ女たちか！　あいつらときたら！　衛兵を呼べ！　剣を！　剣を持ってこい！今晩私は、ナイルの毒すべてを飲み干そう！　兵を呼べ。この河を鞭打とうぞ、月の乳に浸された絹の鞭で――。

アンティノウス　ああ！　陛下――。お体を休ませなさいませ！

皇帝　おまえの王にもはや休息などない。おまえはわしを身ぐるみはがした。権力を奪い取ったのだ。もう涼しさなど感じられない、河面の波は苦いばかり。天はそこに塩を流しているのだ！　星々がおまえに向かって光り輝くかぎり、まぶたを閉じることなどもう望まない――。栄光に満ちた者よ、おまえは私にとって何の意味を持つというのか？　私の心臓から誕生し、胸からあふれ出た子供。喉まで成長すると、私の首を絞めようとする。尖った爪をした手で、娼婦の手で――。そして今、兵はユダヤ女どもを見る。この子を見つめる女どもを、河岸の蓮の中に身を潜めながら見ているのだ。刑吏はうまく女どもの目をつぶせなかったようだな。アンティノウスが君臨するようになってからすべてがうまくいかぬ――。息子よ、この死にぞこないの女どもを殺すための剣を持ってくるのだ！

アンティノウス　お許しくださいませ、陛下。水浴の時間でございます。

皇帝　水浴の時間だと？　ああ、まさしく――。私は、熱に苦しみ耐えることができるが、おまえは水を浴びる。私の言葉などより肌に触れる水の方がずっと好きなのだろうからな――。おまえは若すぎる！　行ってしまえ！――　待っているぞ――おまえの姿を！　おまえは河床に入ることで水面に映る自らの姿を乱してしまった。おまえの美は消え、神は去ったのだ――。アンティノウス！　アンティノウス！

おお、ナイルよ、変身の祖先たる古き河ナイルよ、私の前に地上に君臨した征服者であり主人よ、私は願う、神の形を自身が保存すること、あるいは私を女神として表現することを！　アタラによって、愛の名において、アンティノウスの性を変えることを！　彼が嘘をつけるように、彼が私のもとに帰ってきたとき一人の女性となるように！

——そして沈黙が薔薇の臨終に落ちた。

ベルンハルトをめぐる友人たち

Freunde um Bernhard

アンネマリー・シュヴァルツェンバッハ／小松原由理　抄訳

ベルンハルトは十七歳。ドイツのとある町に暮らし、昼はギムナジウム〈小中高一貫の進学校〉に、夜は音楽学校に通う、勤勉な金髪の美少年だ。ベルンヒェン〈Bernchen ドイツ語でベルンちゃんという愛称〉と呼ばれている彼には二人の年上の友人がいた。自由気ままに暮らすお金持ちの息子ゲルトと、その幼馴じみで、彼と同じくお金持ちの娘イネス。ゲルトは法学を学ぶ学生だが、画家志望で大学にはほとんど通っていなかった。

美しく才能豊かで、周囲の期待に応えるために頑張ることをいとわない、誰からも好かれる素直で心優しい少年であるベルンハルトとは対照的に、ゲルトは他人に従うことに反発し、目標を掲げそのために努力することをばかにしていた。まったく異なるタイプながらも二人は惹かれ合い、ゲルトはベルンハルトを描くことをことのほか愛し、常に自分のそばに彼を置きたがった。なかでも、彼のお気に入りは、ベルンハルトがピアノを練習している姿を描くことだった。

ある日の夕方、ゲルトに熱心に見つめられたベルンハルトは、その視線に恥ずかしくなり、ピアノの指を止め、顔を赤らめうつむいてしまう。するとゲルトは、「美しいことは何ら恥じることではない」と、その美しい頭に優しく口づけをするのだった。

本格的な夏が到来すると、三人は毎土曜日、夜遅くまでドライヴを楽しんだ。そのことを心配したベルンハルトの両親は、とうとう二人に会うことを禁じるようになる。二人のことを「不真面目な人間だ」という両親にベルンハルトは憤る。だがそんな彼にゲルトは、両親になんとかわかってもらうよう、逆にけしかける。

三週間続く夏休みの帰省前に、ベルンハルトはしばらくぶりに二人に会いに行く機会を得る。ところが、イネスが急用のためイギリスに行ってしまったことを聞き落胆する。いかなるときも自分自身であること、これから先の人生の可能性をあきらめないこと――イネスが二人に残した手紙にはそう綴られていた。ベルンハルトとゲルトはイネスがいなくなった寂しさに、お互いを慰めるように強く抱きしめ合うのだった。

フランス行きの話を、ベルンハルトが決心したのはそんな折だった。彼のピアノの才能をかうフランス人ピアノ教師に、帰国の際にいっしょに来るようにと誘われていて、ついにその誘いに応えたのだった。

初めての外国暮らしに初めての一人暮らしは、新鮮ながら孤独だった。ある日、フランス人教師の家で不意にホームシックにおそわれ、思わず涙が出そうになりながら、バッハのフーガを弾いていると、そこに、教師の友人という謎の男ジェラールが入って来た。

ジェラールは二つのまったく異なる精神が同居しているような奇妙な人物だ。母親はユダヤ系の学者の娘、父親は北フランスの農家の出だった。そんな彼自身は、学者肌ではないものの、人間の精神に精通した神父であった祖父に多くを負っていると感じていた。ジェラールは医学を学び、著名な外科医となったが、その過程で、人間への興味、とくにその外見への興味と観察眼も強化されていった。彼は、ピアノを弾くベルンハルトをひと目見て才能を認め、自分の名刺を渡すと、一度家に来るようにと誘った。ジェラールは翌日にでもベルンハルトが来ることを期待して待っていたが、ベルンハルトはその申し出を数週間も放置した。彼はジェラールの申し出に感謝はしたものの、この時点ではまだこの出会いを重要視してはいなかった。

パリの下宿先には、ベルンハルトのほかにもう一人、シャルルという名前のきわめて醜い少年が住んでいた。粗暴で気性の荒い性格のシャルルとはしばらく距離を置いていたベルンハルトだったが、あるとき階段で出会い頭に、「一度話をしないか」と部屋に誘われ、二人は友だちになる。シャルルは自分がヘビースモーカーであること、またロベールという友人のところで、夜遅くまで少女たちとお酒を飲んでいて、なかでもルーマニア人のミカがお気に入りだということ、ロベールには他にもジェラールというきわめて魅力的な知り合いがいて、もしベルンハルトが望むなら紹介してあげてもいいなどと饒舌に話した。彼曰く、ジェラールは人の才能を見抜く名人で、彼が惚れ込んだ人物は皆、将来世間に認められるのだという。いつか自分もジェラールに認められたいとシャルルは意気込む。そんなシャルルを前に、ベルンハルトはついにジェラールとのことは話せず、シャルルに誘われるがままいっしょに彼のもとに行くと約束をしてしまう。

＊

一方、ドイツでは夏が過ぎ、秋が始まっていた。ベルンハルトが去り、ゲルトは寂しさをまぎらわすため、再び大学に通い始める。イギリスから帰って来たイネスは、そんなゲルトの変化を目の当たりにし、心配する。

彼女は思った。今度の冬は愛犬フロックとゲルトのところに遊びに行くのは控えめにして、勉強の邪魔をしないようにしなければ——。ベルンハルトの美しい頭部のスケッチに代わって、今度は大きく黒い大学のノートが机を埋めつくすのかしら——。さらに、『ローマ法大全』と記された本が何冊か置かれるのかしら（法律家が何を使用するのか、具体的なイメージをイネスはもってはいないのだ）——。ゲルトはひどく退屈そうに見えるにちがいないわ。そしていつも不機嫌になるわ——。

さらに彼女は妄想する。これからはベルンハルトの音楽学校の友人たちみたいに、無党派ってわけにはいられないような人とお付き合いするのかしら——。そうなると、ゲルトもまた将来はヒトラー派かどうか決めなきゃならないのかしら——。

「ゲルト」イネスが口を開いた。「あなたはヒトラー派なの？」

「気は確かか？」

「ちょっと聞いてみただけよ」

やはりイネスにしてみれば、ゲルトが学生に戻るなんておかしいと思わざるをえなかった。学生そのものが悪いのではなく、ゲルトが学生であるということがとにかくおかしく、ゆえに、ありえないことに思えた。だって、ゲルトは繊細で病みやすく、また似合いもしない役柄を長くつとめるなんてことはしないだろうし――。しかし、彼自身はまだはっきりとそれに気づいていないようだった。……

「ゲルト。なぜそもそも勉強するの？」

「両親がそう望むからさ」

「でもそんなこと、前からそうだったじゃない。気にもしてなかったじゃないの」

「そのときは、絵で行けると信じてたからさ」

「いつから、行けないって思い始めたの？」

「ベルンハルトが行ってしまってから」

「今はまったく絵を描く気はないの？」

ゲルトはイネスを苦悩に満ちた目で見つめた。

「そんなこと、わかってるだろうに。なぜそんな質問をするのさ？」

彼は顔をそむけた。

「僕は、自分が絵を描くのが好きだと思っていた。だけど、僕が好きだったのは、ベルンハルトを描くことだったのさ。ベルンハルトなしでは無理なんだ。このざまだよ。見てごらん。僕には才能がないのさ、イネス。ただベルンハルトを愛しているってだけ」

そしてその口は今、嘆きであふれんばかりだった。

イネスは黙ったままずっとゲルトの顔を見つめ、悲しんでいた。しかしその悲しみはほとんど表には現れず、まるで深い静寂に包まれているようでもあった。

「法律家になったら、ベルンハルトのことは愛さないっていうの？　変わるっていうわけ？」

「そういう問題ではないさ。仕事のことだから」

「あなたが問題なのよ！　あなたは弱くて、そしてちょっぴり臆病だわ」

「臆病だって？」

「あなたはベルンハルトが行ってしまって苦しんでいる。それなのに、まるで何もすることがなくなったことを苦しんでいるかのようにふるまっているわ。自分の弱さに気づいているんでしょう？　あなたは勉強してまぎらわそうとしているだけなのよ」

「そんなことを僕に言うなよ。それに何で僕がベルンヒェンを愛しちゃいけないのさ？」

「それをわたしも聞いているのよ。子供じみたことしないで、ゲルト。聞いてる？　自分に対してもう少し正直になったら？　一体何を問題としているのかってことよ」

「とても孤独なんだ、イネス。耐えられないんだよ」

「勉強するのもいいかもしれないわ。たしかに、まだ一度も勉学に取り組もうとはしてなかったわけだし」

「こんなに孤独なのに、耐えられないんだよ！」

「誰だって孤独だわ。それにあなたにはフロックだって、わたしだっているのよ。お望みならベルンヒェンのところに訪ねて行くことだってできるわ。あのかわいそうな子、すっごく喜ぶんだから」

「ベルンヒェンからは何も求めていないんだ！　彼がいなくなったとき、僕はうれしかった。

あの子の美しい頭やかわいらしい童顔のせいで、僕は苦しめられていたし。僕たちはあの子が邪魔だっただろう。いつもそばにいたし――」

「やめなさいよ。何一つ思ってもいないことを口にするのは！」

しかし、ゲルトはやめる気はなかった。イネスの両手をしっかりつかみ、顔をそむけ、感情的に嘆きながら話し続けた。

「あの子は僕たちを邪魔してた。イネス。それは確かさ。あの子が僕たちを邪魔したんだ。君だって僕と同じくらいあの子を愛してた。そうだろう？　ドライヴに出かけたときも、夜にいっしょだったときも。君はずっとあの子を気にかけていた。僕たちはあの子にかまいっぱなしだったじゃないか」

「そしてあの子は静かに優しくわたしたちの間に座り、しっかりとフロックの首輪をつかんでくれていたわ」

「だけど、あの子をより愛していたのは君だよ、イネス。あの子ほど君が僕を気にかけたことなどないじゃないか」

「子供みたいなこと言わないでよ、ゲルト」

「ああ、イネス。僕はただ君に愛されたいだけなんだ」

ゲルトは自分の顔をイネスの両手に押し当てたが、その手首はあまりにも強くつかまれていたせいで、白くなっていた。そして震え、青ざめながらも、感極まった表情でゲルトは彼女に抱きついた。イネスは両腕をゲルトのうなじに巻きつけながら顔を少しだけうつむけ、彼の口づけに思わず泣き出した。

＊

そのころ、パリでのベルンハルトの生活は困窮し始めていた。父親からの仕送りだけでは足りず、フランス人ピアノ教師のところに出向き、職を求めることにした。そこで、ベッツィーというアメリカ人女性のピアノ教師の仕事を紹介される。彼は、緊張しながら彼女の住む高級ホテルを訪ねるが、すぐにベッツィーの若さや美しさ、何より快活さに心が打ち解ける。それからは、彼女とのレッスンや彼女の飼い猿のクナッキー、彼女の使用人であるビリーとの交流を通して、ベルンハルトの暮らしは急激に明るくなっていった。

一方、粗暴で相変わらずの問題児であったシャルルは、いつものようにロベールたちと酒を飲んでいた際、想いを寄せるミカの前でジェラールから「早く家に帰れ」と、まるで小さな子供のように扱われたことなどをひどく気にしていた。そこでベルンハルトは、落ち込むシャルルに付き添ってジェラールのもとに行くことにする。

ジェラールの屋敷は、優れた外科医の面と、人間の外見美を追求するという変わった彼の二面性を体現したような空間だった。玄関はきわめて洗練されて広く、その先にある部屋の壁には数々の幼い少年少女の写真がかけられていた。少年なのか少女なのか判別できないほど、どの顔も青白く、大きな瞳でほほ笑んでいる。ジェラールは、とある少女の写真の前で立ち止まるベルンハルトの肩に手をかけ、「この子は君より年下だよ。去年の冬亡くなってしまった。十三歳だったんだ」と語りかける。しばらくの沈黙のあと、同じ部屋に置かれた円いローテーブルに三人は座った。ベルンハルトは、シャルルが先日ジェラールから子供扱いされたことに強いショックを受けていることを打ち明けた。シャルルはいたたまれなくなり、自分はジェラールに認められない人間なんだと急に泣き出す。驚いたジェラールはシャルルをなだめつつも、きわめて冷静に、「私のことを買いかぶりすぎだ」と言って、二人を突き放した。

＊

同じころ、パリにはクリスティーナという才能あふれた若い彫刻家が暮らしていた。彼女は美人だがどこか陰鬱で、つかみきれないところがあった。ドイツ生まれの彼女の学校時代の成績は悪く、十八歳でスイスの寄宿学校に送り込まれたが、そこで保守的な教師と問題を起こし、追放された。彼女は恋人アルフレッドとパリに向かい、いっしょに暮らすが、やがて彼の独占欲に嫌気がさし別れる。そんななか、仲が良く同じく才能あふれる画家である兄のレオンがベルリンからパリに遊びに来た。それを機に芸術に集中できるようになった彼女は、数か月後の展覧会で大成功をおさめ、パリ中にその名が知れわたることになる。

クリスティーナは、スイスの寄宿学校でイネスとも知り合っていた。それはすでにクリスティーナが退学することが決まった最後の数日のことであったが、二人はすっかり意気投合し、互いに強く惹かれ合った。イネスはクリスティーナがパリに行くことを知り、ベルンハルトのことを頼むと言付けた。

クリスティーナがパリに来ると、ベルンハルトも彼女のもとを訪れ、イネスとゲルトの話題に花が咲いた。彼女がイネスから送られて来た写真を取り出してゲルトを指し「この人がきっとイネスと結婚する人なのね」と尋ねると、ベルンハルトは、それを即座に否定し、怪訝そうなクリスティーナに、「ゲルトはたくさんの人間を必要とする人だから」とあわてて答える。ベルンハルトの様子から、彼のゲルトへの想いを察したクリスティーナは、ゲルトがパリに会いに来るようイネスに頼もうかと提案する。だが、イネスに自分の気持ちを悟られたくない彼はそれを断った。

やがて、クリスティーナがドイツに帰ると、ベルンハルトはジェラールのもとに頻繁に通うようになる。ある日、ソファーに座りうつむくベルンハルトに、どこか気分が悪いのかとジェラールは心配する。ベルンハルトはジェラールに、シャルルがミカとようやく両想いになれたその翌日、素行の悪さを理由に学校から追放され、パリを去らなければいけなくなったこと、駅まで見送りに行ったベルンハルトに、アメリカに行くと言い残して去ってしまったことを打ち明ける。

＊

そのころ、ドイツのゲルトは、ベルンハルトへの手紙を何度も書いては捨てていた。「今から会いに行くよ」「今、僕は法学を真剣に学んでいるんだ」などと書いては、次々に破られていく手紙の山。イネスといっしょにドライヴから帰って来たクリスティーナは、手紙を覗き込むと、ゲルトに気分転換を促し、「あなたにいいものを持って来たわ」と兄レオンの写真を手渡した。

ずっと孤独を感じていたゲルトは、一目見るなりその写真のとりこになってしまう。美しいレオンのことがどうにも気になって仕方がなくなったゲルトは、イネスから彼のことを根掘り葉掘り聞き出し、彼への想いを募らせる。

レオン——それは、風変わりで、見ず知らずの他人。クリスティーナの兄ではあるが、ゲルトとはまだ面識はない。にもかかわらず、彼はすでに心を許してしまっている。そう、レオンは今やゲルトの唯一の希望なのだ（しかし、一体何の希望だというのだろう！　一体僕は何をレオンに望んでいるのか？）。ただそれは、腰がすらりとしたクレタ風の青年とバロック風の女が写る一枚の写真。ゲルトには遠く感じられ、表現することも難しい。それなのに、えも言われぬ魅力に体の奥底から感情がこみあげてくる。理解不能の言葉で語りかけられていてもなお、心を震わされ、鷲づかみにされてしまうような、そんな写真なのだ。

レオンよ、君は一体どこでそんな技を習得したというのか？　体に触れもせず、さめた瞳、手は冷たく、素っ気なく、無表情なのに？

青年レオン自身を強く望むあまりに、ゲルトには怒りの感情すらも湧いてきた。レオンの額が動き、レオンの口元がほほ笑むのを見たい——そしてレオンの両手の温もりを自分の手に感じ、引き寄せ、その手に口づけしたい——。

その後も、クリスティーナは時々ゲルトのもとに来てはレオンについて話をした。彼は彼女の話に熱心に耳を傾けたが、同時に自分よりもレオンのことをよく知る彼女に嫉妬するようになった。レオンからクリスティーナへの手紙には、ゲルトとイネスによろしくと書かれており、ゲルトはレオンが書いた自分の名にすっかり魅了されてしまう。

翌朝、机の上にその手紙を見つけると、ゲルトの口をついて出たのは「レオン」の名だった。彼はさらに「レオン、レオン」と口ずさんだが突然やめた。一体僕は何をレオンに求めているのだ、そうゲルトは考えた。僕は彼をあてにすることはできない。僕たちはただ現実を見るしかないのだし、彼は現実のものではないのだから。レオンという名前。一つの名。一つの希望。僕は希望を見つけただけだ。人が詩やメロディを見つけ出すように。人がそれを身の回りに携え喜ぶように、僕は美しい名前レオンを楽しんでいるだけだ。

僕は孤独な人間だ。ベルンハルトが去ってしまってからとても孤独を感じ、そのせいでイネスを愛しているると思い込もうとした。

でもひょっとしたら僕は彼女を愛してはいないのではないか。だからこそレオンを見出してしまったのだ。僕という孤独な人間は。

それを笑う者もいるだろう。若者が自分を孤独だなどということを禁じる者もいるだろう。あるいは逆に若者の悲劇とする者もいるかもしれない。若者と希望、それは信じることと愛することと同じ関係なのだ。その理由がわからない者は一度よく突きつめて考えるべきかもしれない。

いや、僕は考えたくはない。いつかすべて忘れてしまいたい。僕はゲルトという名で、大学生だ。そして笑われるかもしれないが、将来は画家だ。

……どうしたら幸せになれるのだろう？　どうしたら画家になれるというのか？


その翌日、ゲルトが重たいノートを抱え大学から帰って来ると、退屈してクリスティーナは勝手にゲルトの部屋に入り、煙草をふかしながら、気持ちよさそうに肘掛椅子にもたれかかっていた。


「クリスティーナ」そうゲルトは言うと、腹立たしくも自分の声が震えているのがわかった。

「話したいことがある」

「どうぞ」クリスティーナはそう言うとおもしろがって彼を見た。

「いつでもどうぞ。一体あなたは何がお望みなの？」

彼女が「あなた」と敬称で語りかけてきたことにゲルトは驚いた〔ドイツ語であなた Sie は丁寧な呼びかけだが相手との距離感も示す〕。こういう女性は気まぐれで、論理的ではない。

しかし、彼が彼女に求めていることは何かを聞くこともまた論理的ではない。もし彼が彼女と話したいのなら、とくに何も準備する必要はない。「何でもどうぞ」そうクリスティーナは言った。

ゲルトはクリスティーナに、今度は声を震わせることなく、自分に才能があるかと尋ねた。

「なくはないわ」そうクリスティーナは言うと「だけど、レオンのほうがあなたより才能はあるわ」と続けた。ゲルトは沈黙した。彼もすでにレオンのほうがより才能があることは知っていた。

一体何のために彼女はレオンの名を出したのか。その名からゲルトをそっとしておくべきだっただろうに。

レオンが賢く美しく才能があり、愛すべき人間だということをゲルトも知っている。彼はレオンに一度も会ったことがないのにすでに愛しているのだ。そして知り合った後には、彼はもっとレオンを愛してしまうだろうことに疑いはない。……

ゲルトはクリスティーナを見つめた。その顔は悲しげだった。「なぜレオンの話をするんだ？イネスや僕の話をしてよ。あるいはベルンハルトの話を」

「あなたはベルンハルトを裏切っているわ。彼のことをないがしろにするなんてひどいわ」

彼はベルンハルトを一度も忘れたことなどないと反論した。ほかの誰も彼のように愛してはいないと。

「それではイネスは？」クリスティーナは奇妙にも質問を変えてきた。彼女はゲルトの顔をまっすぐ覗き込んでいたが、その目は不安げだった。

ゲルトは学生のように赤くなり、「ああ、イネス、どうやって僕たちは彼女なしで生きていけるというんだい？」と言った。

彼は「僕たち」と意識せずに言っていた。

「ベルンハルトと同じね」とクリスティーナ。「すっかり敬虔な顔つきだわ」

「そうさ、僕たちはイネスなしには生きていけないのだから」

「イネスがとても幸せだとでも思っているの？」

「わからない。そんなことを語るべきじゃないんじゃないか、クリスティーナ。僕だって幸せではないのだし」

「あなたは絶好調じゃないの」

「うまくいってなどない。僕は自分が何をすればいいのかわからないのだから。仕事をしたい。だけど才能がない。絵を描きたいさ、クリスティーナ。僕が描いた絵を見てごらん。色はうつろで輝きがないだろう。線だって。いや違う、そんなことを議論したいんじゃない。僕の作品をいいって言う人もたくさんいる。だけどクリスティーナ、君にはわかるだろう？　何が欠けているかが。クリスティーナ、そこには天賦のものがないんだよ。僕には天賦の才能がないんだ！」

「だけどゲルト。ここでどうやって仕事ができるというの。すべてを阻まれ、学校へと行かされ、まるで悪ふざけばかりして、しっかりとしつけられなきゃならない少年のように扱われて。大学に行ったりお茶飲みしたりを繰り返していても絵は描けないことぐらいわかっているでしょ？　なのに、あなたは臆病な人間よ、ゲルト！」

「イネスもそう言っていたよ」

「イネスはあなたのことをわかっているのよ。だけど、彼女は不安を抱えているわ。あなたのことで不安を感じているって言っていたわ。どういうことなの？　ああ、なんて臆病な人間なの。なぜイネスがいるときにレオンのことを話さないの？　彼女が大事だから？　イネスが何にもわからないとでも思っているのね。思い違いだわ。イネスは本当のことをあなたから聞きたがっているわ」そう言うと、クリスティーナは突然話をやめた。

ゲルトはまるで彼女から逃れるかのように、顔をそむけた。彼の目は絶望していた。

「あなたは才能がないわけではないわ」クリスティーナは口調を変えて話し始めた。

「前にも言った通り、ベルンハルトを描いたあなたのスケッチは素晴らしかったわ。だけどお願い、少し勇気を持ってよ、一体何を恐れているの？」彼の頭を自分に引き寄せながら、クリスティーナは繰り返した。「一体何を恐れているの？」そして、まるで子供のように彼の頭をなでた。

「レオンのところに行きなさい。きっとたくさんのことをレオンから学ぶことができるわ。やってみなさい。でも臆病になってはだめよ。わかるわね？　レオンを煩わすことはできない。彼は弱い人間をいたわることはできないし、文句を言う人間はだめなの」

「レオンは僕のことを愛するようになるかい？」

「それはわからないわ。ひょっとしたら。忍耐強く、悩まないことね。レオンは誰かを愛したら、その人には心をくだき繊細で献身的になるわ。最高の彼氏よ」

「僕はすでにレオンをとても愛してしまっているよ、クリスティーナ！」

「あなた、レオンのこと知らないじゃない。レオンを愛することは簡単なことじゃないのよ。多くのことを求められるわ。彼はあなたの自由を奪うでしょう。ああなたの自由をよ、ゲルト。あなたの才能、仕事、時間を要求するわ。毎時間あなたを求めて来るようにもなるし、何時間も一人にすることもあるわ。ひょっとしたらまさにあなたが彼のことを必要としているようなときにね。だけど文句を言ってはだめ。そんなことしたら彼はもうあなたを受け入れなくなるでしょうね。彼のせいでつらくなるとすれば、それはあなた自身のせいなのよ。彼をとがめることはできないのだから。ひょっとしたらとても不幸になるかもしれないわね。だけど、彼はあなたに人生の美しさを教えてはくれるでしょう」

彼女の話はここで中断した。「人生の美しさ」という彼女の最後の台詞を、ゲルトは幾度も心に繰り返した。

＊

やがて、とうとうレオンがベルリンからやって来る日が来た。イネスとクリスティーナは駅へと迎えに行ったが、ゲルトは仕事を理由にあとで合流することになった。レオンを加えて、三人でレストランに立ち寄ると、ベルンハルトの話題になった。

「一体いつ以来だろう、クリスティーナ」レオンの声は優しく響いた。

「パリ以来かしら。美少年ベルンハルトは元気かしら？」クリスティーナが答えた。するとイネスが会話を遮った。

「あなたがベルンハルトを知っているなんて、知らなかったわ」

しかし、レオンはベルンハルトのことは知らなかった。クリスティーナが彼について手紙に書いただけだった。

「ベルンハルトに恋をしているようだね」レオンはクリスティーナに尋ねた。

イネスは彼女の代わりに「誰だってベルンハルトを愛するわ」と答え、「彼は愛すべき少年で、めずらしいくらい魅力的なのよ」と言った。

「ゲルトの恋人よ」クリスティーナは言った。

「ああ、ゲルトか。すでにベルリンで彼のことは聞いたよ。彼に会いたいな」

ゲルトはとっくに来てもおかしくない時間だった。クリスティーナは二時に来るようにとゲルトに伝えていたのだ。

「彼はあなたが怖いのだと思うわ」

彼女は笑いながらレオンに言った。イネスはゲルトがやって来るのを見ると、レオンに手をやり、「彼に優しくしてあげてね」と言った。

ゲルトはイネスの横に腰かけた。イネスを見ながら話す姿は、まるで彼女に許可を求めるかのようだった。メニューが渡されても自分では決められず、できれば何も食べたくないと言った。

するとクリスティーナが叫んだ。

「そんなこと！　あなたげっそりとしちゃっているじゃない」

その声に、ゲルトはなおさらわけがわからなくなり、イネスに注文してくれるよう頼んだ。

イネスがゲルトにワインを頼むと彼はそれをすぐに飲み干し、食事を注文した。レオンはたいしてゲルトを気にかけることもなく、クリスティーナと話を続けた。クリスティーナは突然イネスのほうを向くと、腕を彼女の肩に回しキスをした。そして明るい声で、「みんな、ちょっとこっちに来て、何か楽しいことを考えましょう」と提案した。

彼らは車を走らせ町から出た。イネスはスピードを出す。かなり涼しく、レオンはコートがなかったので、ゲルトは自分のものをレオンの肩にかけた。

夜になってようやく町に戻って来る頃には、ゲルトはカバンに手を入れ、寒さで硬直していた。イネスは車をとめて、ゲルトとレオンに毛布を渡した。「しっかりくるまって」

車が再び走り出すとき、レオンはゲルトに、もう少し近くに座るようにと言い、片方の腕を彼の肩に回してきた。ゲルトはレオンの顔の温かさを感じ、もう少しで彼の温かな息さえも感じそうだった。彼はゲルトに体をしっかりと寄り添わせうつむいた。

「町を淡い光が包み込んでいるのが見えるかい？　空も町の光をたくさん受けて、だいぶ明るいよ」そうレオンは言った。

二人は緊張しながら前を見ていたが、ゲルトは突然レオンが激しく自分を引き寄せ、片腕をますます巻きつけてきたのを感じた。その指をゲルトの胸にあまりにも強く押しつけるので、危うく声をあげてしまうほどだった——。

ようやくホテルに到着した一行は、クリスティーナの部屋で食事をし、眠ることなくおしゃべりを続けた。やがて浴室に置いてあったグラモフォンを運び込むと、イネスとレオンは踊り出した。クリスティーナの横で踊る二人を眺めるだけのゲルト。そんなゲルトをクリスティーナが小声でなじる。

「あなたのふるまいは完全に間違っているわ」

「臆病にならないように。そう言ったはずよ。あなた、レオンと話す勇気さえないじゃない。それどころか怒ったような悲しいような顔して。そんなことでは、彼をいらつかせるわよ。彼はあなたのことを気に入っているし、あなたに優しいでしょうに」

「レオンのことはおいておいて」ゲルトはそう言うと、

「僕のところにいてくれよ、そうだ、僕といっしょに散歩に出かけよう」

ゲルトはそうクリスティーナを誘った。

「僕たち今から散歩に行ってくるよ」そうゲルトはイネスとレオンに声をかけると、クリスティーナの腕をとり外へ出た。

二人はあてもなく、また何も気にすることなく車で通りを走った。ときにタクシーに出くわした。芝居帰りの着飾ったご婦人たちを追い越すと、裏通りには馬車がノロノロと走っていた。馬は頭を下げ、手綱がその背中に置かれ、蹄鉄はつるつるのアスファルトの上を、ぱかぱかと音をたてていた。二人がその馬車を追い越すか追い越さないかのところで、小さく赤い灯りが横に揺れた。彼らは今郊外の町にたどり着き、高い柵で囲われた庭が彼らの目に入り、茂みは月明かりのように銀色に光っていた——。

「ここにはベルンヒェンのお祖母ちゃんが住んでいるんだ」そうゲルトは言うと、スピードを落として走った。

「僕たちは、ここに彼を毎土曜日迎えに来たものさ」

町の家々の入り口には明かりが灯され、小間使いの少女が出入りし、イヴニングドレスに身を包んだ婦人が何人かの紳士たちに手を差し出していた。「パーティーをしているんだね」返事はなく、ゲルトはさらに話かける。

「クリスティーナ、どうして僕が君に話しかけているのに何も答えないんだい?」

クリスティーナは眠かった。

「わたしたち引き返さない?」彼女は言った。

「ただし、もっとしっかり運転してよね」

ゲルトはすぐにUターンすると、もと来た細い道を走り、その後大通りに出ると、突然車を止めた。

「もうこれ以上は嫌だ」そう言う彼の口元は苦しみでゆがんでいるようだった。「クリスティーナ、君は悪い女だよ。君は僕が分別ある決意を遂行するのを不可能にしているんだ」

「一体どんな決意をしていたっていうの、わたしの分別ある坊や？」

「だめだ、だめ、だめ、やめてくれ。そういう風に話すのは。君は僕をそそのかしたんだ、クリスティーナ。そして今この真夜中に僕を一人突き放すとは！」

「意味のわからないことを言わないで。わたしが午前二時にあなたとともにいて、わたしの命を賭しているっていうのに、それでも突き放してるっていうわけ？　あなたはレオンと知り合いたくって、そうわたしに百回頼んだわ。わたしは彼がここに来るよう手配もした。それが今は何？」

「ああ、クリスティーナ、僕にはわからないんだ。君が手配した。だから君は次に何が起こるか決めることができる。僕はレオンが怖いんだ」

「じゃあ、もう一度イネスのところに戻りなさいよ」

「それじゃ僕はイネスに恥ずかしいよ」

「あんた、自分がイネスをずっと欺いていたことは恥ずかしくないわけ？　ちょっと、ゲルト。あんたって本当に臆病な人間ね。そんな間に彼女がレオンとくっついたりして？」

「ばかばかしい。そんなばかなこと言うべきじゃない」

「彼女があんたにずっと誠実だって信じているわけ？」

「そういう女だっているけど、僕たちはそんなこと必要じゃない。そういうことだ」

「家に帰りましょう」

「クリスティーナ、お願いだから一人にしないで」

「一体あんた誰を愛しているの、イネスなの？　わたしなの？」

「レオンに決まっているだろう。君は嫌な女だな。だけど、レオンと僕は似ているんだよ。お願いだ、キスしてくれ、クリスティーナ」

クリスティーナは素早く腕をゲルトに回すとゲルトの口に静かにキスをした。指を彼の胸に押しつけながら。

＊

その晩から二日後には、レオンはゲルトに優しくなった。日中はずっと二人、あるいは四人全員であちこち車で遊び回り、夜はクリスティーナの部屋で踊った。レオンとゲルトは車で郊外へと行くと、何時間も森を歩き回った。道など気にせず、太陽が注ぎ込む小さな草原をいつも追いかけ、木の幹に寄りかかり、湿った葉っぱや重たい土の匂いを吸い込んだ。ときに一人がもう一方を見ると、二人の視線は重なった。二人は、ゲルトが少年時代、子ぎつねを捕まえた小さな洞窟に通りかかると、かがんでその穴の暗い入り口から様子をうかがった。その洞窟は荒涼としていて、半分落ちくぼんでいた。そこからそう遠くない、乾いた草の上で二人は寝転がり、煙草に火をつけた。

「女たちがいっしょじゃないって、なんていいんだろうね」そうレオンは言った。彼は両腕で頭を支えていた。

「どうしてだい？　彼女たち邪魔かい？」二人は自然に互いを親称で〔ドイツ語であなた Sie ではなく、より親しい間柄を指す du を用いて〕呼び合っていた。

「当然邪魔だよ。クリスティーナは君を愛しているよ。でも彼女は、僕たち二人がお似合いだとも思っているし。それにどのみちイネスだって君を愛しているし」

「僕はとても快適だけど」

「そんなんじゃ君はだめになるよ。君って、ちゃんとしつけられた人間と輪郭のない人間の嫌な混合体だね。君のきれいな顔にそれが表れているよ」

「だけど、それはイネスのせいじゃない」

「もし君からまだ何かが生まれるんだとしたら、そのときは君はそのことをイネスに感謝しないとね。誤解しないでよ。君は自由に対して、才能がまったくないんだよ。そのうえ君はいっしょにいる人に、もっとも意味のない要求をしてくるんだ。たとえばイネスや僕に」

「僕は君には何も要求していないぞ。その代わり、より一層自分自身に要求しているんだ。そのことを忘れないでくれよ」

「君は君自身に偉大な芸術家になることを要求している。君は君の才能にけしかけている。しかしそんなことはすべて間違っている。君は根本的に、僕らに突きつけられている要求を誤解している。君のしつけの良さのせいだ。それが君の弱さを包み隠してしまっている。君のしつけられたものすべてを忘れることを学ぶべきだ。まずはシンプルな人間になるんだよ、ゲルト。イネスも、クリスティーナも、ベルンヒェンもなしで。はじめは一人じゃないとだめだ」

うまい話だ、そうゲルトは思った。誘惑者の巧みな話術だと。そうしておいて、結局後でみんなが自分を一人にするのだと。だが彼はただ楽しげに青い空に向かってほほ笑んだ。


楽しい日々は瞬く間に過ぎ、レオンとの別れの日が近づいてきた。明日はレオンがベルリンに帰るという日の真夜中、レオンの写真を手にゲルトは自分の部屋で泣いていた。かつてゲルトはその写真のレオンの手をにぎりしめる日が来ることを望んでいた。だが、それがかなった今、以前よりもずっと彼のことが欲しかった。出会う前のレオンは、ただのイメージであり、名前であり、希望だった。今や彼は泣きながら、レオンを愛してもよいかと乞うていた。しかし彼は同時に、一度たりともレオンに何かを乞うことはないだろうこともわかっていた。レオンは誰かが嘆くことに耐えられないのだから。

とはいえ、ゲルトは、イネスとクリスティーナにも、もはや何も乞うことはできなかった。レオンを知ってからは、彼女たちは彼にとって他人のように感じられた。しかしそれもまたゲルトにはきわめてつらいことだった。明日レオンは旅だってしまう。いつまた彼に会えるかなんて誰もわからない。ゲルトにはレオンに何かを要求する権利はなく、ただ彼を愛するだけで、それを伝える勇気もない。絶望し、ゲルトは頭を両腕で抱え込んだ。

駅でレオンはゲルトに言った。

「きっと君はまもなくベルリンに来ると思うよ。学業はあきらめなよ。どのみち意味がない。ベルリンでなら、何かになれるかもしれない」

ゲルトはすっかり感激して答えた。

「僕ができることは何でもするつもりだよ！」

レオンが列車に乗り込むと、二人は重いカバンを入れ込んだ。階段のところで、再びゲルトは立ち止まった。するとレオンはかがみ込み、ゲルトの頬に軽くキスをした。ホームにいた女が、大きな声で「若い男同士が口づけするなんて、なんて気持ち悪いの」と叫んだ。それと同時に車掌がやって来てドアを閉めた。列車は静かに動き出した。その女は絹のハンカチーフを振った。ゲルトは両手にバッグをにぎりしめ、列車を目で追いかけた。レオンの白い顔は今は車窓の暗い窓枠に消えていった。


レオンを見送り、駅から出たところで、ゲルトはクリスティーナとイネスに会った。二人は息を切らしながら出発に間に合わなかったことをとても悲しんだ。

「レオンがよろしくってさ」そうゲルトは言い、二人の前に立った。

「残念だったね。何でこんなに遅れたの？」

「レオン、何にも忘れ物してなかった？」クリスティーナは尋ねた。「彼、いつだって何か忘れるのよ」

「僕たちいっしょに荷物をトランクにつめ込んだよ」そうゲルトは言った。

「僕たち二人ともできなくって、閉じるために二人でトランクに乗ってようやく閉めたんだ」

ゲルトは「僕たち」と言い、それがレオンと自分のことを指しているのに喜びを感じていた。


レオンが去った後、ゲルトは熱心に絵に取り組んだ。そしてついに、イネスの説得のおかげもあり、両親からベルリン行きの許可を得る。彼は喜びに震えながら、さっそくレオンに、学業をやめ絵を学びたいこと、とにかくレオンのもとに行きたいことを電報に打った。ところがすぐに返事は来なかった。しばらくして、クリスティーナのところにレオンから、ゲルトが来るのを楽しみにしているという素っ気ない返事が来た。レオンの予想外の対応に落胆したゲルトは、手紙に綴った。ベルリンにではなく、ただレオンのもとに行きたいこと、レオンが自分を必要とし、自分を理解してくれるか、はっきり答えてほしいこと。すると翌日、ゲルトを迎えにレオン自身がベルリンからやって来た。二人はその日のうちに、夜行列車でベルリンへと発った。

寝台列車に揺られながら、彼らは二段ベッドの上と下に分かれて眠った。ゲルトはあらためて眠っているレオンの顔の美しさに見とれる。有耶無耶《うやむや》な憧れを超え、今やすぐ目の前にあるその美しさにゲルトの心は高鳴り震える。ふいにイネスの別れ際の悲しい顔、ベルンハルトとの三人の楽しかった日々が頭をよぎる。しかし、自分は今やレオンのものなのだ！　彼は列車の走るリズムに合わせて、レオン、レオン、と思わず口に出さずにはいられなかった。

ベルリンでの二人の暮らしが始まった。レオンのアトリエはいつも散らかっていた。大きな机を中央に置き、二人はそこで作業をした。作業を終えると、いつもレオンはゲルトを外に連れ出し、たくさんの友人たちといっしょに過ごした。レオンはときにゲルトのことを忘れ、どこかへ行ってしまう。ゲルトはレオンを一人部屋で待ち続けた。

ある夜、孤独に耐えきれなくなったゲルトは、クッションに顔を突っぷしたまま、レオンの名前を叫び続ける。そんなゲルトの姿を見たレオンは、もう二度と夜中一人にはしない、と優しく彼の身体をなでた。

ゲルトはレオンとの暮らしで、絵の上達を感じられないでいた。だがレオンはそんなゲルトの苦しみには無関心だった。ゲルトは、これほど自分が苦しんでいるのに、レオンがその苦しみにまったく気をとめてくれないことに打ちのめされる。手を伸ばしてもレオンの心には届かないという絶望。ゲルトはイネスに苦悩に満ちた手紙を送り助けを求める。自分はレオンを愛している。しかしレオンは自分の苦しみを分かち合ってはくれない。自分に才能があるのかどうか。ベルリンでの都会暮らしに押しつぶされそうだ。ふるさとが恋しい——。心配したイネスは、ゲルトの才能を確かめようと、高名な絵の鑑定士に彼の作品を見せる。すると返ってきたのは、ゲルトには確実に才能があるという言葉だった。

*

イネスがゲルトにこのことを直接伝えようと、大急ぎでベルリンへ車を走らせていたころ、ベルリンのアトリエでは、レオンとゲルトが広いベッドに並んで横たわっていた。二人はここ何日も作業をする気になれず、煙草を吸いながら、イースター休暇に行く旅行計画をあれこれと思い浮かべていた――。

「お金が」とレオンが言った。「僕らにはお金がないよ」

ゲルトは両腕を伸ばし、あたかもこの地上のすべての富を抱いているかのように、何ら難しいとは思っていなかった。一体お金が何かを阻むなんていうことがあるのだろうか。一体どうして、今必要だというのに、工面できないなんてことがあるだろうか。彼は根拠もなく、一週間、あるいは三日以内、あるいは明日にでもお金は手に入るだろうと請け合った。

レオンは両手でゲルトの頭をつかむと、

「君がもう一度、明るくいい子になってくれたら最高なのだがね」と言うと、脅かすように彼を揺さぶった。今なお紅潮したままのゲルトは、身を離すと、すべてはレオンのせいであり、自分自身はただかわいそうな教え子にすぎない、それゆえ、責任はない、ただ崇拝し、敬愛し、あふれんばかりの愛を捧げている師レオンに全幅の信頼を寄せているだけだと言った。

「嫌な言い方するよな」そうレオンは言った。「どうせするなら、もっとましな妄想をしてくれよ」

そうして二人は再び計画を練り始めるのだった。

二人の旅行計画を聞きつけると、多くの友人たちがレオンのアトリエに押しかけ、大旅行前のお別れ会のごとく宴を繰り広げた。皆は酔っ払い、詩を暗唱し、グラモフォンの音楽に合わせて歌うと、千鳥足で意味もなくグラスを鳴らし合った。一人の少女がレオンのベッドの足元のほうに腰かけると、大きな瞳でまばたきもせずゲルトを見つめていた。レオンは彼女に繰り返し、「帰れ、今すぐ帰れ」と言い放った。ゲルトはそんなすべての人物の様子を、靄の中の出来事のように眺めていた。混乱する頭に、かつてベルンハルトと過ごしたパーティーの夜の光景が浮かんだ。あのころは本当に楽しかった。仲間がいて、イネスがいて、そしてベルンハルトがいた――。ベルンハルトの名前が思わず口をついて出る。

「ベルンハルトがどうかしたのかい？」レオンは尋ねると、ゲルトの上にかがみ込んだ。レオンは壁に背中をもたれかけ、片腕をゲルトに巻きつけた。唯一しらふの人間として、レオンは酔っ払いたちを操り、自分やゲルトに近づこうと試みる者を追い払った。その白い顔で、連中がおかしなゲームをするのを高慢に見下ろした。煙の中、レオンとゲルトはまるで王子たちのように見えた。高いベッドの上で、二人は肩と肩を寄せ合った。

＊

二人の旅の目的地は南ヨーロッパに決まった。ドイツを南下し、ライン川に沿って川や湖があるスイスの町々へと下り、さらに南下して山々の外れへと進み、向かったのはルガーノ。南方の魅力が誘う町。湖は青く静かで、村々は急斜面をなす山に互いに寄せ合ってつくられ、白い教会の塔がその中央に建てられている。町自体は、施設がよく整えられ、すべての区画は庭師に手入れされ、緑の芝生、早咲きの椿、埠頭の壁では小舟が揺れていた。ゲルトとレオンのホテルの部屋は大きく、バルコニーの扉は開けられていて、その先には湖と山々が薄青い風の中に広がっていた。

ホテルの庭園では、いりもしない日傘をさした客たちが楽しげに歩きまわり、ホールでも再び彼らに出くわした。食堂に行くとたくさんの鏡の間をウェイターたちがせわしなく行ったり来たりしていて、黒い燕尾服を着たランクが上の者が二人をもっともよい眺めの、一輪の椿がいけてある席に案内した。彼らが通ると、人々が振り返り、好奇の目で、また厚かましくその顔を覗き込むのは、ここも故郷ドイツも同じだった。人々は彼らの美しさと奇妙さに驚いた。二人の行動は落ち着き、自信に満ちていて、また兄弟のように信頼し合っているように見えた。二人が波止場に沿って腕を組みながら歩く姿は度々目撃された。

そんななか、クリスティーナが突然二人のもとを訪れる。彼女がホテルにたどり着くと、部屋にはレオンが一人でいた。

ゲルトは長い散歩に出ていた。途中でレオンのことを想うと、これまでの悩みなどすっかり忘れ、自らに与えられた人生の恩恵に、決して今以上に幸せになることはできないように思えた。喜びを感じて低い壁の上に座り、太陽が湖に沈んでいく様子を眺める。そして急にレオンが恋しくなると、通りを駆け下りた。ホテルに到着すると、彼に驚くエレベーターボーイにほほ笑みかけ、チャイムも鳴らさず部屋に入った。すると、なんとクリスティーナが開け放たれたバルコニーの扉の前に立っていて、その腕はレオンの肩に回されており、レオンは背もたれを前にして椅子に座り、その顔は窓の向こうの湖に向けられていた――。

ゲルトは部屋の真ん中に立ち尽くした。というのも、彼はまだ息を切らしていて髪はぐちゃぐちゃで、ジャケットには枯葉がついていた。部屋の暗いところにいるため、レオンの顔はよく見えなかった。

「こんばんは、ゲルト」クリスティーナは言った。

「わたしがここにいて、うれしいかしら?」

ゲルトは急いで彼女に近づくとその手をつかんだ。

「はじめは君だってわからなかったよ」そう彼は言った。

「もちろん、うれしいよ」

ゲルトが入って来たことに気づかなかったレオンは、ようやくゆっくりと彼のほうに顔を向けた。

こうして、三人の暮らしが始まった。奇妙な三人の関係を、周囲の人間たちは、ああでもないこうでもないと推測しては言い合った。三人はいつも夜遅くまで起きていた。レオンはベッドに横たわりながら本を読み、ゲルトは退屈すると二人のところにやって来るクリスティーナとおしゃべりをした。二人はくぐもった声で部屋の薄暗い場所で話をし、しばしばレオンのほうに目をやった。その顔はサイドテーブルの上の小さなランプに照らされていた。

「レオンといっしょにいて調子はいい？」クリスティーナはゲルトに聞いた。

「レオンとの関係も前に進めたし、幸せ？」

ゲルトはうなずきレオンを見つめた。しかし、突如反旗を翻すかのようにこう言った。

「いつの日にか、僕は耐えられなくなるだろうけど」

「一体どうしたのよ？」クリスティーナは言うと、一瞬手を彼の額に置いた。

「あなた具合が悪そうよ。それに痩せちゃってるし。どこか悪いの？」

レオンは読んでいる本から目を上げると、「彼は僕が耐えられないんだよ」と言い、眉を吊り上げた。

「そうだろ、ゲルト。君はいつの日か僕に耐えられなくなるんだ！」

彼は再び本へと視線を落とした。

クリスティーナはゲルトを、かつてレオンにそうしてあげていたようになでた。

「つまりあなた、やっぱり弱虫ってわけね、ゲルト」そう彼女は言った。

しかし彼は首を横に振ると彼女を見つめた。彼女はイネスからかつて、ゲルトは嘆き悩むとき、ときに声を出さずに口を開くことがあると聞いたことを思い出した。

「イネスに手紙を書いてみなさいよ」そう彼女は言った。

「彼女にすべて書いてみなさいよ。レオンが怒ったたっていいわ」

しかしレオンはまったく聞いていなかった。

翌日、ゲルトはイネスに手紙を書き始めた。ベルリンを発って以来、イネスに手紙を書いていなかった。日々はあまりにも早く過ぎ去り、その間彼はあまりにも幸せだったのだ。

クリスティーナとレオンは、彼女が持って来た写真を見ていた。それは彼女の制作したマスクと彫像作品の写真で、レオンがまだ知らない新作だった。二人は写真を覗き込み、その顔は触れ合いそうで、ランプの光がその上に落ちていた。

ゲルトは暗がりにじっと横たわると、二人を眺めた。彼はずっと彼らの美しく非の打ちどころのない白い額が、じっと静かに傾けられるのを眺めていた。

突然、途方もない孤独がゲルトに押し寄せた。二人を邪魔してはいけないことはわかっていた。文句を言ってはいけないとクリスティーナからどれほど聞いたことか。しかし、彼が苦しみにもがくとき、助けがほしいとき、彼が信頼を捧げるレオンが彼の友人ではないというのなら、一体彼以外に誰に助けを求めればいいのだろうか。

なぜ僕はレオンに話しかける勇気が持てないのか。そう、ゲルトは考えた。なぜイネスにはレオンに言わねばならなかったことすべてを手紙に書くことができて、なぜ彼には面と向かって吐き出すことができないのか。弱虫だから？（ああ、ゲルト、おまえは弱虫な人間だ！）いいや、僕は弱虫なんかじゃない。レオンに打ち明けたって何にもならないことがわかっているからだ。

僕自身、何が自分を不幸にするのかわからないのだ。それをどう彼にわかれって言うんだ！

「クリスティーナ」ゲルトは大声で言った。「クリスティーナ、ちょっと僕のところに来て」

「秘密かい？」レオンは少しだけ頭を持ち上げた。

「違う。僕は君に何の秘密もない。だけど、僕はクリスティーナにキスしてほしいんだ」

「お願い。二人とも遠慮し合わないで。ゲルト、あなた今日おかしいわよ」

クリスティーナは立ち上がると、開け放たれたバルコニーの扉の下に立った。

「あなたたち二人ともおかしいわ」

「ベルリンからは二人とも感激した手紙を書いてきて。なのにここでは敵同士の兄弟みたいにわたしのことを奪い合って。それではまるでわたしがあなたたちを救い出すためにここに来たみたいじゃないの」

レオンは腕を頭の下で組み、天井を見上げた。

「ああ、クリスティーナ」彼は言った。「一体僕は何から救われるって言うんだい？　僕には救済なんて必要ない。僕は、君が親切にも僕のところに送り込んできた、この過剰な青年ゲルトにすべて委ねているんだから」

「あなた、彼を愛していないの？」

「もちろん愛しているさ。ただ彼は僕に求めすぎなんだよ。僕が彼より才能があるからって怒っているのさ。そして、僕が昼も夜もずっと彼とだけ付き合うことを求めているんだ」

ゲルトは裸足で部屋を通り抜けるとクリスティーナの前に立ち尽くした。「僕たちはまだ一度もケンカしたことはなかった。僕はレオンとはケンカしたくなかった。しかし君には言ったけど、僕はもう我慢できない。僕にとってはどっちが才能があるかなんてどうでもいい。そんなことはすべて子供じみたことで、そんなことはもう考えるつもりもない。だけど、僕は彼をどうでもいいと思うようになることに我慢ならないいんだ。話を続けさせてくれ、クリスティーナ。君たち二人は似ていてお互い理解し合える。でも僕は彼を理解できない。愛しているにもかかわらず、ね。それが僕がもはや耐えられないことなんだよ。こんなにも彼の近くにいるのに、彼とともにいられないということが！」

レオンがその間に口を挟んだ。

「彼が小さい子みたいに、寝ぼけているんだって思わないかい？」そしてゲルトに声をかけた。「ちょっと静かにしろよゲルト。さあ、クリスティーナじゃなく、僕のほうにおいで」

しかしゲルトは彼の言うことはもはや耳に入らず、壁際に立ち、壁に両手を押しつけた。

「一人になりたい！」叫び声かというほどの声だった。

「レオン、僕を一人にしてくれ！」

クリスティーナが遮った。

「あなた、完全に狂ってるわ」そして、「すぐにベッドに行きなさい。もうあなたの話は聞きたくない！」と言った。

しかし、ゲルトは大声で叫び続けた。その顔は真っ青で、体はわなわなと震えていた。

その後、ゲルトは一人ベルリンへと帰って来た。レオンの広いアトリエで、憔悴し、深い悲しみの中、途方に暮れた。一方、クリスティーナとレオンはルガーノを離れ、フィレンツェに向かった。レオンは何度もゲルトについてくるようにと誘ったが、頑なに拒まれ、やがて二人の間には距離が必要だろうと考え始めた。ゲルトはゲルトで、自分を病人扱いするレオンが許せなかった。しかし今、ベルリンで一人レオンの部屋にいると、再びレオンへの想い、楽しかった旅の思い出が押し寄せてくる。二人で過ごした晩のバルコニー。レオンがゲルトの肩をつかみ、じっとその顔を見つめながら、胸に指を押しつけてきたこと。そもそも、レオンは本当に存在したのだろうか。幻だったのか——。

＊

ベルリンでゲルトが孤独な夜を過ごしているころ、パリのベルンハルトもまた孤独に陥っていた。ベッツィーが突然アメリカに帰国してしまったのだ。彼は寂しさを抱え、経済的にも困窮した。背が伸びてスーツは小さくなり、下着はほつれていた。母に手紙で衣類を送るように頼んだりもした。どうしてもドイツの家に帰りたくなり、イースター休暇に一度戻りたいと伝えたが、父親には夏まで我慢するようにと諭された。そんなベルンハルトに追い打ちをかけたのがジェラールの冷たい態度だった。彼は忙しいと言ってはベルンハルトに会うのを拒むようになっていた。これまで約束なしに毎週のようにジェラールのところで過ごすようになっていたベルンハルトにとって、ジェラールはまさに保護者のような存在になっていた。そのジェラールから避けられていると感じ、ベルンハルトはさらに孤独感を深めていた。一方ジェラールは、自分のように分裂し、不調和な暮らしを送る者が、ベルンハルトのような少年をその精神世界に引き入れることは無責任ではないだろうかと考え始めていた。

ベルンハルトは追いつめられていた。とある寒い日の夕方、彼は一人川岸に沿って歩いていた。ポケットに手を入れ見上げると、ノートルダムの塔が夕刻の空に灰色にそびえ、その周りを鳥たちが円を描いて飛んでいた。どんどんと足を進ませ郊外へと向かう。下校時の子供たちがにぎやかに通り過ぎる。彼らを見つめていたベルンハルトを突然めまいが襲った。彼は、まもなく扉が閉められようとしていた教会に倒れ込むように入った。椅子に腰かけると壁にもたれ、額を柱に押しつけた。そんな彼の耳にバッハのオルガン曲が聞こえてくる。ベルンハルトは久しぶりにその荘厳さに感動した。そしてようやく家に帰ろうと椅子から起き上がった瞬間、再び激しいめまいに襲われ倒れ込んだ。薄れる意識の中、遠く祭壇から一人の男がやって来てベルンハルトの前にかがみ込むのが見えた。

目を覚ますと、彼はベッドに寝かされていて、横にはジェラールが座りほほ笑みかけていた。よく知ったジェラールの部屋に運ばれていたのだ。それからは、しばしばジェラールがベルンハルトの様子を見に来ては診察した。少し体調が回復すると、たちまち多くの友人たちが見舞いに押しかけた。ピアノ教師は、夏休み前の学生たちのコンサートにベルンハルトも参加できると伝え、君がとても上達したからだよ、と彼の手をなでながら励ました。夕方になるとジェラールが部屋に来て、上半身裸でベッドに座るベルンハルトを診察した。ジェラールはすっかり痩せたベルンハルトを心配し、明日からは外に出て体を動かし、おなかがすくようにしようと提案する。

そんな折、イネスから手紙が来た。ゲルトがベルンハルトのことを知り、すぐにパリに来るという。すでにゲルトのことを話題にしていたジェラールとベルンハルトは、彼の到着を心待ちにする。またイネスの手紙には、ゲルトは元気がないので勇気づけてほしいとも書かれていた。クリスティーナの兄レオンのことで悩んでいるようだという。レオンはパリにいたクリスティーナのもとに遊びに行った際、シャルルやミカとともに飲んだことがあり、彼の美しさや厳しさについては、ベルンハルトもミカを通して聞いていた。ベルンハルトは、ゲルトがレオンをとても愛しているのだと感じた。また、ゲルトはシャルルとてもよく似て不安定な人間で、簡単に影響を受けてしまうタイプである。ベルンハルトはそうジェラールに伝え、そんな彼が、今は一層臆病になり困惑してしまっているので、どうか真面目に受け入れてほしいと頼む。

まだ外出できないベルンハルトの代わりに、ジェラールがゲルトを迎えに行った。部屋に残ったベルンハルトは待ちきれない様子を隠せなかった。

外からドアが開けられ、入口から声が聞こえた。ベルンハルトの胸は高鳴り、彼は体を起こした。その瞬間すでに、ゲルトが部屋に飛び込んできた。青白く、痩せ細り、しかし顔を輝かせながらベルンハルトを急いで抱きしめるゲルト。息もできないほど抱きしめ合う二人。

「もうそのぐらいで!」ドアの下で笑いながらジェラールが叫んだ。

「その子に息をさせてあげなさい」

ゲルトは喜びに顔を輝かせながら振り返った。

「ここに来られて、僕は幸せだよ。君たちといるとなぜか落ち着くんだ」

三人でお茶を飲んでいるときも、ゲルトは突然同じ台詞を口にした。

「二人といるとほんとに落ち着くよ。ようやくほっとできるんだ。何の疑いもないんだ」


ゲルトは苦しげに眉間に皺をよせ、自分について語り始めた。常に周りから認められず、真面目に受け止めてもらえないことがいかにつらいか。心の中にどれほどの不安、分裂、疑念が巣食っているか。そんな自分を批判されても何の助けにもならない。とにかくこの苦しみを克服し、平穏を見出すことが重要なのだと。これを聞いたジェラールは、自分自身の精神状態を言い当てられたようにも感じ、そんな話をするにはまだ若すぎるだろうとゲルトに答えた。若いからこそ苦しむのだと言い返すゲルトに対しジェラールは、それでよいのだ、大いに苦しめ、その苦しみを打開し、規範に屈するなと言う。


「僕たちに革命をしろと?」

「それは誤解だね。今必要なのは革命ではない。そんなことと君たちが無縁だったことに喜んでいるよ。親たちに反抗する必要もない。そんなことはすべて克服しなければならないし、そうなることを回避することを学ばなければ。しかし、君たちは自由であり続けるべきだ。つまり君たちの魂で自由に決断するということ。そして、自分たちの不安から逃げずにいるべきなのだ。そう、人生は多様で不確実なものだからこそ、美しく充実しているのだから」

「だけど、僕は幸せじゃなかった!」ゲルトは不意に、そして感情的にそう叫んだ。

ジェラールはなだめるかのようにゲルトの肩に手をのせた。

「苦しかっただろう」ジェラールは優しく語りかけた。

「その痛みをおおっぴらにすることは、間違ったことではないさ。人は痛みというのを我慢できるものじゃない。人はとにもかくにも痛みをなくそうとするものだろう、違うかい?」

「僕はもう苦しみたくないんだ」

「君はもう苦しむべきではない。君は痛みと、そしてその原因となったすべてを忘れるべきだ。そうすれば、まったく新たな人生が顔を出すだろう、驚きと冒険に満ちてね。だけどそのためには、もう一度シンプルな人間に戻らなければだめだ。毎日毎時間、心を整えて自らに集中し、信じ込むんだ。何も企まず、何も求めてはいけない。他人からの批判なんて君には関係ない。ただ自らの憧れ、喜び、そしてわたしの言う不安にだけ身を包むのだ。でも、そうしたものすべてが重要というわけではない。重要なのはただ自分をちゃんと信じることなのだ」

ゲルトはジェラールの言葉にもはや何も答えなかった。ただ、「シンプルな人間になれ」という台詞は、かつてレオンからも同様に聞いたなとぼんやり思い出していた。

「もう夏だ！」窓を開け外を覗き込んだベルンハルトが、そんな二人の沈黙を破った。
「夏が始まったんだよ。そうだゲルト。二人で旅をしよう！　地平線の果てまで。そしてまだ見ぬ場所へ！――」

ここで、ベルンハルトとベルンハルトをめぐる友人たちの物語は終わりを告げる。もちろん、彼らの運命が燃え尽きたからではない。いや、彼らの運命はまだ始まってもいない。ゲルトの人生における苦悩は続くだろう。だが、少なくともベルンハルトとの再会は彼らにとって一つの希望となるだろう。彼らの運命はこれからなのだ。

水晶のきらめき

The Dazzling Crystal

ジャネット・シェイン／片山亜紀　抄訳

I

一九三〇年代アメリカ、ボストン。二十五歳のジュディ・フォレスターは、父の葬式のあとで遺品の整理をしていた。七十歳で亡くなった父は、ハーヴァード大学の英文学教授だった。父の書き物机の中には、論文の草稿、手紙、コメントをつけたまま返さずじまいになった学生のレポートなど、いろいろなものが詰まっていた。

生前からの約束どおり、父と二人で住み慣れた家は叔母たちに遺され、ジュディは父の蔵書だけを譲り受けることになっていた。ジュディはイラストレーターとしてすでに何冊か本を手がけている。ニューヨークに出て、わずかなつてを頼りに運を試してみるつもりだった。

十五歳のとき母は死に、すでにこの世にいない。ジュディは母が死んだあと、父と二人で夜明けまで起きていたことを思い出した。悲しみに暮れる娘に向かって、父は静かに語った。ひとは最終的にはひとりという事実から目を背けないでほしい。まやかしの慰めを持たずに生きてほしい。世界は混沌に満ちていても、自分の中に秩序を作り出すことはできる。人生でいちばん難しいことをやらなくてはいけないのは、ひとりの時なのだということを、いつかおまえも理解するだろう——。

＊

ニューヨークでの一年目。ジュディは大学時代の女友だちイヴとばったり会い、アパートをシェアすることになった。またアナという編集者とも知りあい、イラストや本の表紙デザインの仕事を回してもらえるようになった。アナはその後政治コラムニストに転身するが、つきあいは続いた。

二年目の夏の終わりのこと。スケッチを持ってアナのアパートを訪ねると、不在だった。部屋に入って待たせてもらっていると、アナの幼なじみで作家のニッキー・ホフマンが訪ねてきた。

ニッキーは年齢が三十歳前後、黒髪で長身。半年前の冬に一度、アナから彼を紹介してもらったことがあった。ジュディは男たちの注目を集めないわけではないのに、ニッキーはそのときジュディに無頓着だった。ジュディはそれが癪《しゃく》に障ったが、気になってそのあと彼の小説を読んでみた。小説の出来は悪くなかったが、登場人物がことごとく卑劣な面を持っているように描かれていることに、違和感が残った。

再会したニッキーは前ほどぶっきらぼうではなく、ジュディのスケッチの一枚を誉めてくれた。ジュディもその一枚が気に入っていたので、自信作をぴたりと言い当ててもらえたようでうれしい。さらに話はジュディの父のことに及び、「ぜひ一度お会いしたかった」と言われたことで、ジュディは一層、親近感を覚えた。彼女の父はあのハーヴァードの教授だと、ニッキーはどうやらアナに聞いたらしかった。

そうこうするうちに、アナが戻ってきた。アナはいきなり国際情勢の話を始め、満州事変、エチオピア侵攻、スペイン内戦と続く中で、アメリカは手をこまねいて見ているわけにはいかない、隣人とともに生きる方法を探らなくてはいけないと熱く説いた。しかしニッキーはシニカルで、同胞愛なんて何の足しにもならないさと、アナを茶化した。ジュディはその口ぶりが、彼の作中人物たち――派手で饒舌だが屈折している――によく似ていると思った。

ニッキーが帰ったあと、彼はあなたのことが気に入っているみたいとアナはジュディに言い、あなたは「善いひと」だけど彼は「あまり善いひとじゃない」から、どうしたらいいのかわからないのよと付け加えた。ジュディはアナが何か隠していると感じながらも、ほのかな期待を抱いた。

＊

十一月の雨の夜。フランス映画を観てから映画館を出たところで、ジュディはニッキーを見かけた。同じ映画を観ていたらしかった。うれしくなって声をかけるが、再会をあまり喜んでいない様子に、ジュディは気後れする。車で送ってもらうことになるが、車の中でも二人はぎこちない。しかしジュディがあなたの本を読んだ、先月は三冊、今月に入ってからは二冊読んだと打ち明けると、会話が生まれた。

「わたし、どれも同じなのか知りたかったんです」
「同じって、何が?」
「えーっと、登場人物の動機がです」

「そして同じだったんだね？」

「はい」

彼に近づく女のひとは、みんなたぶんこんなふうに「作品」について挑発的に話すのだろう。

「きみはどんなことを期待していたの？」

「よくわかりません。何か——発展みたいなことだと思います」

彼はすこし意地の悪い声になった。「当然、年代順に読んだんだね？」

「ええ、もちろん」

言ってしまったあとで、言い方にユーモアのかけらもなかったと気づいた。

「いかにも大学教授の娘という言い方でした。ごめんなさい」

「いや、いいんだよ。もっと言ってごらん」

その夜、このひとはわたしをからかっていると、彼女ははっきりそう思った。それでも良かった。会話が続いてくれればいい。でも彼女は急にためらい、口が重くなった。

「ひとはあんなものだと——あなたがお書きになっているようなものだと、本気でそう信じているんですか？」

「どんな答えがお望みなんだい？」

「本当のことを教えてください」

「真相はいたって単純だよ、ジュディ」

彼女の名前を呼んだとき、これまでの人生で、他のだれもしたことがないことを彼はしてくれた——名前を特別なオーラで包んでくれたのだった。彼との会話でも、それは初めてのことだった。

「書けることを書くだけだよ。それ以上でも、それ以下でもない。いまと違う書き方をしたいと思わないでもないけれど、みんながトルストイのような文豪になれるわけじゃないからね。自分の技量を気にかけている作家というのは、たいてい惨めなものだ。才能をモノにしたいといつも思いつめながら、しかるべく言い訳ばかり連ねている。それでも、ぼくは知っていることだけを書いている。もし知らないことを書こうとしたら、顔面衝突、大怪我をするだろうね」

「それはそんなにひどいことかしら?」

「ああ。思い上がりもいいところ、何の言い訳もできないことだよ」

「でも、ひとがあんなに——あんなに卑小なものだと、あなたは心の底から信じているんですか?」

「卑小な」という言葉には芝居がかった響きがあったが、いちばん最初に思い浮かんだ「卑劣な」にくらべれば、まだましだった。

「卑小な?」彼は軽く繰り返した。「あまりそう考えたことはないな。でも全体としてみたら、そう考えているのかもしれない。例外もあると思いたいけど、そんな例外に個人的にお目にかかったことがないんでね」

「ここにいます——あなたの隣に」

彼は急に押し黙ってしまった。彼女は手袋の指先をいじりながら、何か差し障りのないことを言おうした。すると彼が先にこう言ったので、面食らってしまった。

「一杯やらない？」と彼は訊いたのだった。「ぼくは飲みたいんだけれど」

ジュディは思い切っていっしょに飲みに行くことにした。ホテルのバーでは若い女が英語で歌を歌っていて、それをきっかけに会話がまたひとしきり続いた。

「あの歌をフランス語で聴いたことがある」彼は言った。「あっちのほうがずっと良かったなあ」

「フランス語なら何でもよく聴こえるわ」

「そうだね。ひとを魅惑する言葉だからね。パリにある年増女がいた――カフェで芸人をやっていた。ひどく切ない小唄を歌っていて、在りし日の失恋を嘆いているみたいに聴こえたんだけどね」彼はスコッチを嘗《な》めた。「あとでブイヤベースの歌だと教わったよ」

彼女は笑った。

もちろん、パリに行ったことがあるのだ。作品でヨーロッパのあちこちを舞台にして、実際に訪れたことのあるひとにしかできない正確な描写をしていることを考えても、いろんな場所に行ったことがあるのだろう。彼女は彼を羨ましく思った。わたしも大学の最終学年のとき外国に行きかけたけれど、止めてしまった。いま行かなくても逃げていかない、なんて思ってしまった――。

彼は彼女に煙草を差し出し、火を点けてくれた。そのとき彼女は初めて彼の指に目を留めた。長くてほっそりした、しかし器用そうな指だった。中指に大きな銀の指輪を嵌《は》めていた。指輪の中央には高さのある八角形の飾りがついていて、紋章と頭文字が刻まれていた。何の頭文字かはわからなかった。

「変わった感じの指輪ね。毒でも入っているんですか？」

「まさか。でも見てごらん――」彼は煙草をくわえて前かがみになり、八角形の頭部を開けた。「本当に開くんだよ」

彼女は小さな空洞の中を覗き込んだ。

「スペイン製なんだ。ボルジア家〔ルネサンス期の名門貴族〕に伝わっていたもので、二個あって、友情の証というのが珍しい。とまあ、ある男がそう言っていたんだけど」

唐突に、彼はまた押し黙ってしまった。

度重なる沈黙にジュディは考える――経験を重ねたひとだから、新しくだれかと知りあいになるのが億劫なのだろう、と。しかしそうは理解してみても、その夜ニッキーはさよならのキスもしないで帰っていったので、ジュディの目には涙が滲んだ。

＊

それから二人は急接近した。

十二月、アナのアパートでのパーティの帰りに、ニッキーはジュディを丘の上に連れていった。ニューヨークの夜景をはるかに見渡しながら彼は言った。ここには澄み切った空気があり、希望や信仰や慈愛というのはたしかに存在すると思わせてくれる。きみといるとぼくはそんな気持ちになれる。でもその気持ちにしがみついてはいけないとも思う。どうしたらいいのか、ぼくにはわからないから――。

一週間後、ジュディに手紙が届いた。そこには「きみともう会わないつもりだ」と書かれていて、こう続いていた。

「……いまこの瞬間、きみが不幸だと感じているとしても、いまぼくが終わりにしないことでやがて起きる不幸にくらべたら何でもない。もし知ることがきみの慰めになるなら、もっと言おう。女性に触れて、それがその刹那だけのものだったら、あとに反響が残ることもない。でも女性に触れて、あとにも先にもないくらい揺さぶられると――過去と未来と、優しさのすべての記憶と、わかってほしいという名状しがたい願望に揺さぶられると――心がきしむ。ひどくきしむ。きみがぼくにしたことは、それなんだ。……」

ジュディはさんざん考えて返事を書いた。

「……「ぼくたちは幸せになれない」なんて言わないでください。幸せになる以外に、またそれ以上に、他にもっと大事なことがあります。わたしは幸福という物差しだけで物事を判断してはいません。また大学教授の娘みたいな言い方かしら？　気取っているわけではなく、こんなふうにしか言えないのだけれど、わたしは伝道者でも殉教者でもないし、可能であったとしてもだれかの救済者になるつもりもありません。でもきっとわたしたち二人の人生は……素晴らしいものになると思います。他の何よりも。……」

二日後、ニッキーから電話で食事に誘われる。会ってみると目が輝いていて、これまでの構えた感じは消えていた。彼はジュディに「愛している」と告げ、プロポーズをして、初めてのキスをした。

長い婚約期間など無意味だからと、二人はすぐ結婚することにした。

Ⅱ

ニッキーのプロポーズの一ヶ月ほど前。ニューヨークの一角に豪奢な邸宅を構えるマーク・ソーターは、ダイニングで朝の優雅なひとときを過ごしながらも、虚しさを持て余していた。

マークはとある出版社の経営者だった。コーヒーを飲みながら読んでいたのは、ムッソリーニ会見記。出版を検討してほしいと編集者のハリマンから頼まれていたが、正直、政治にはうんざりしていた。

ロロ・キャントレルが電話をかけてきた。ロロはアイオワ出身、二十二歳の朴訥《ぼくとつ》な青年で、出版社に突然やってきて、ぼくの詩を読んでくださいと言ったのだった。マークはロロの詩をそれほど評価できなかったが、電話口ではその美貌を思い出して親切にしてしまい、直すべきところはあるが気に入っている、明日わたしに会いに来なさいと告げてしまう。

マークは出版社に出かけ、用事をこなしつつ物思いにふけった。昨日は誕生日で、年を重ねてからの誕生日はそれだけでこたえるのに、完全にひとりで過ごさねばならなかった。目の前の原稿を片づけようと引き出しを開ければ、なじみの筆跡のメモがたくさん入っている。いちばん上にあったメモの日付は、半年前だった。

「マークへ。思いついたので、週末になる前に伝えたくて。あの作品の舞台をザルツブルクに変えて、エルサの取り巻き連中を皮肉ってやったらどうだろう。ホテルでぼくらがさんざんけなした、あの連中です。はっきりそれとわからなくていいけれど、当てこすってやったらどうでしょう。そうするとそこを皮切りに、いっしょに気づいたことを注入できると思う――」

メモを見ていると、捨てられたという思いはますます募った。

ランチはイギリス人の作家といっしょに外で食べることになっていたので、マークは出版社を出た。街を歩くうちに、ニューヨークは狭いのだから、「彼」ともどこかでばったり会うだろうという気がした。

＊

それから一ヶ月あまりが過ぎ、クリスマスも近づいてきたある朝のこと。マークの妻のステラは、リスボンから帰って自室でくつろいでいた。脳裏には残してきた恋人との会話の断片がよぎった。ステラは世界のあちこちを旅しながら、情事を重ねてきたのだった。

ステラが帰ったと聞いて電話をかけてきた従弟のバニーが、アナが話していたという、とっておきのニュースを教えてくれた。ニッキー・ホフマン、マークの「彼」が、昨日結婚したという。花嫁はジュディ・フォレスター。二人とも知らない名前だった。

ステラが朝食のテーブルにつくと、マークが頬にキスして「よく眠れた？」と訊く。しかし夫婦仲はとっくに冷えており、マークはすぐに手元の原稿や手紙に目を落としてしまう。朝食が終わるころ、ステラは何食わぬ様子でマークに言った。

「ニッキーが昨日結婚したわ」

ステラはグレープフルーツを食べ終えた。

マークは手紙を置いて、眼鏡の縁越しに見上げた。重い沈黙があった。彼は細心の注意を払って手紙を封筒に戻した。

「結婚した？　だれが言ったの？」

「バニーよ。アナから聞いたのですって」

「相手は?」

ステラはコーヒーを飲み終えた。「わたしの知らないひと」。彼女は彼の視線を捉え、それから自分の手元の手紙をゆっくり吟味した。「名前はジュディ・フォレスターですって」

マークは立ち上がって眼鏡をケースに戻した。ぎこちない手つきだった。「そうなの。だれか知らないけれど、大胆な子だ」ドアのところで、マークは立ち止まってわずかにステラのほうを向いた。「ハリマンがたぶん電話をかけてくる。もしかかってきたら、今日の午後、わたしはロロとここで推敲をしていると伝えてくれ」

「ロロ?」

マークは腕時計を見た。

「ロロ・キャントレル。詩人なんだ。この春、彼の第一詩集をわが社から出す予定でね」

「でも、わたしは今日出かけてしまうわ。仕立屋に行くの。わたし、あなたの一日を台無しにしていないといいのだけれど――」

マークは笑った。

「冗談言うなよ。そうだね、その花嫁が賢いなら半年でわかるね。でもたぶん無理だろう。賢くないとしたら一年はかかるだろうな。じゃあ、うまくいけば今晩の夕食のときに、きみにまた会おう」

マークが階下に降りていく音を聞きながら、ステラはひとり、夫の驚愕の表情を思い返して楽しんだ。

実際、マークは書斎に立ち尽くしたまま衝撃を噛みしめていた。できることなら妻からではなく、ニッキーから直接教えてもらいたかった。簡単なメモでもよこして、「ぼくら」の大晦日に水を差すようなことでもないでしょうと、あっさりそう言ってほしかった。

その日は午前中から、ロロが来ることになっていた。ロロはマークの家に通って、詩の推敲を手伝ってもらっていた。

これまでの訪問で、ロロはマークのお気に入りの陶器の馬を壊してしまうというような失敗を繰り返していたが、今回も地下鉄を間違えて場所がわからなくなってしまい、途中で電話をかけてきた。大幅に遅刻してたどり着いてようやく詩の推敲作業を始めても、外の雪に気を取られるなど、すぐ気が散ってしまうようだった。

すこし外を歩いて雪を眺めておいで、長靴も用意してあげるからと、マークは優しくロロを送り出しながら、彼の子どものような純粋さには憎めないところがあると考える。見事に均整の取れた顔立ちをしていながら、本人がまったく気づいていないところもいい。

ロロが戻ってきたあとで、次の作品について何か予定はあるかとマークが訊くと、都会で苦しみもがいている貧しい人びとについて小説を書きたいんですと、ロロは口ごもりながら答えた。マークは、きみは彼らを理想化しすぎているといつもの持論をぶった。「人びと」なんて自分が何をしたらいいのかもわからずに、金持ちのゴシップで時間を潰しては優秀な指導者に頼ってばかりの愚かな連中だよ——。

そして最後に、コネティカットのぼくの別荘で大晦日をいっしょに過ごさないかと、ロロを誘った。

＊

ニッキーの簡素な寝室には、ジュディの化粧道具が控えめに置かれていた。

ジュディは階下へと降りながら、あなたの家が好きよとニッキーに言った。でも住み込みの使用人のリーには自分のやり方があるらしく、わたしをキッチンに立ち入らせてもくれない。彼をいつから雇っているの？　とジュディが訊くと、八年前から、とニッキーは答えた。

その日は大晦日で、二人は外出してレストランでディナーを食べたあと、夜景の見えるあの丘にもう一度登って新年を迎えることにした。新年を告げる鐘や車のクラクションが響く中、二人は「おめでとう」と言い、しっかり抱きあってキスを交わした。しかし、ニッキーがふと緊張した声で、「もしぼくがこんなに大事なきみを傷つけてしまうことがあったら――」と呟《つぶや》いたので、ジュディはいぶかしく思った。

一月に入ったある夜。二人はリヴィングのソファでくつろぎながら、とりとめのない会話を楽しんだ。リーとぶつかりあったけれど要求を通したわとジュディが言うと、ニッキーが笑った。話はニッキーが執筆中の小説のことになり、「ひとりの男の再生」について書いていると照れくさそうにニッキーが言うと、ジュディが励ました。

話題は子ども時代の思い出へと移り、ぼくは貧しい家庭に生まれた、とニッキーは語った。貧しいと才能は潰されてしまう——夜遅くまでミシンを踏んで働かねばならなかった母がそうだったように。でも、イチかバチかの賭けで、貧しくても成功できると十七歳のころ学んだと言い、彼はそこで押し黙ってしまった。

ややあって、ニッキーはまごつきながら、しかし真剣にジュディに訊いた。

「きみがぼくの過去について——ひどいことばかりを聞くことになったと仮定してみてほしい。ぼくのこと、いまのこの瞬間のこと、ぼくに偽りがないということを、きみは信じられると思う?」

ジュディは彼を見返さずにはいられなかった。顔は陰になっていて、暗い目つきで彼女を見ていた。

「わたしにわかるのは、いま見えていること——わたしが本当のあなただと思っていること、それだけよ」ジュディは穏やかにニッキーの視線を捉えた。「わたしにわかるのは、あなたがこれまでわたしにしてくれたことだけ——」

ニッキーが肩に回した手でぎゅっと彼女を抱き寄せるのが、ジュディにはわかった。

「結婚相手の男のひとに、このひとはわたしが生まれて人生に現れるのをずっと待ちわびていたはずだなんて、そこまでうぬぼれた想像をする女はいないわ。あなたはこれまでも何度か、わたしにはどうしても理解できないような過去があると言おうとしてきたみたい」

ジュディは顔を上げて、静かに言った。

「ねえ――わたしが愚かなのかもしれないけれど、あなたの過去を知らなくても騙《だま》されたとは思わない。二人いっしょの人生は、わたしたちが始めたときに始まった。そして何もかもそこから始まるのよ――」

＊

結婚生活は順調だった。

数週間後、二人はコンサートから夜遅く帰ってきて、その日の印象を話しあった。コンサートではアナとその男友だちもいっしょだった。

話はふとニッキーの過去の恋愛のことになった。これまで好きになった女のひとはたくさんいるの？　とジュディが訊くと、ニッキーはひとりもいない、きみに会うまで、率直で謙虚で、愛する力を持っている女のひとには会ったことがなかったから――と答えた。

ジュディはその言葉をありがたく受け取るものの、二人だけの世界に閉じこもりすぎてもよくないわ、と言った。あなたはわたしよりもずっと複雑なひと。わたしからすこし離れることになったとしても、もっと昔のお友だちとも会ったほうがいいんじゃないかしら？　ニッキーは、きみは正しいけれど、友だちのことは自分で考えるから大丈夫だよと、やんわり返した。

ジュディは先に眠りについた。ニッキーはその寝顔を見守りながら、ジュディとの関係を何よりもかけがえのないものに思った。ジュディのまっすぐな心に接していると、作家としても、もう偽りは書きたくない、本当のことだけを共感とともに書きたいという気持ちが強まるのだった。

＊

しかし、異変が訪れた。

春も近いある夜のこと。二人が芝居を観に行くと、マークとロロが二列前の席に座っていた。ニッキーはジュディを連れて早めに抜けようとするが、人の波に阻まれているうちにマークに呼び止められ、短い挨拶を交わす羽目になった。

帰り道、ニッキーは塞ぎ込んでいた。あのひとはあなたの本を最初に出版してくれたひとでしょう？　とジュディが訊くと、そうだと答えるニッキー。どうしてこれまであのひとの話をしなかったの？　と彼女が重ねて訊くと、何ヶ月も前、結婚するよりも前に、マークとその友人たちとは縁を切ったからだとニッキーは言った。

翌日、二人が出先から帰ってくると、マークから電話があったとリーがメモを残していた。その翌日、マークはまた電話をかけてきて、ロロの出版記念パーティを家でやるから二人で来ないかと誘う。ジュディは友だちづきあいも悪くないと思うが、ニッキーが気の進まない様子なので行くのを見合わせる。しかし、そのあとマークから結婚祝いにとルノワールの絵が送られてきたので、お礼かたがた、二人はパーティに行くことにした。

その日、二人がマークの家に着くとパーティはもう始まっていて、四〇人近い人びとでひしめいていた。ジュディにとっては知らないひとがほとんどだったが、この前マークといっしょだったロロを見つけてほっとする。ロロも主賓でありながら、ひとりで所在なげにしていたので、二人は打ち解けて会話を楽しんだ。ロロは、このひとたちはぼくがアイオワで知っていたようなひとたちとは違う、会話もゲームみたいで何が真意かわからないと漏らした。ジュディも何人かと話すうち、社交的な会話の端々から悪意が覗くのを感じ、居心地が悪くなった。

頭痛がするからと、ジュディはニッキーに声をかけて、マークが引き止めるのも振り切って帰ることにした。ニッキーはくたびれたジュディを慰めつつも、自分にとって大切なのはジュディひとりだと、パーティに行くことで改めて実感できてよかったと思っていた。マークとその仲間には、もう何の未練もなかった。

ところが、マークが翌日の午前中に二人の家を訪ねてきた。

マークはライラックの大きな花束を抱えて、頭痛はいかがとジュディを見舞った。ニッキーは二階で仕事中なんですとジュディが言うと、わたしはきみに会いに来たんだよと言って、ジュディをまごつかせた。

ジュディは初めのうちマークに困惑していたものの、マークがきちんと話を聞いてくれると感じ、昨日のパーティの違和感も消えていった。マークは帰り際になって、原稿の下読みの仕事をしないかとジュディに持ちかけた。出版社に送られてくる小説や詩の原稿を読んで、意見を聞かせてくれないか。毎月曜日、きみたちの家に立ち寄るから、感想を話してほしい。ジュディは喜んで引き受けることにした。

マークが帰ったあと、ジュディはニッキーと二人でランチを食べた。マークが来たと告げるとニッキーは押し黙ってしまった。下読みの仕事をすることになったと言うと、あからさまな反対はしなかったものの、すぐに書斎に引きこもってしまった。

それからというもの、マークは月曜ごとにジュディに会いに来るようになった。

三ヶ月が過ぎ、八月中旬のある蒸し暑い日のこと。午前中、マークはいつものように花束を抱えて現れた。

二人は原稿の検討に取りかかった。ジュディが読んだ原稿の中には、すぐに出版できそうなものもあれば、わかりにくいという理由で却下せざるを得ないものもあった。

その日のマークはいつになく饒舌で、詩についての考察をきっかけに、話はとめどなく脱線していった。いま、世界は破局に向かっているが、詩はそうした情勢については一切語らなくていい。兵士たちが戦場に向かい、多くの人びとが家を失ったとしても、自滅していくのにまかせておけばいい。人びとなんて、いくら善人ぶっていても、自分ではわからない動機に突き動かされているだけの哀れな生きものだ――。

マークが言おうとしていることにはまったく同意できないのに、ジュディは彼の弁舌の巧みさに魅せられた。マークもジュディの反応をわかっているらしく、話しながら体を近づけてきて、最後に「きみも善いひとだ――それに可愛らしい――」と囁きかける。ジュディは拒もうとしながらニッキーが階段の踊り場に立って見ているのが視界に入り、慌てて立ち上がった。

マークは落ち着き払って帰り支度をして、九月になったらステラがメキシコから帰ってくるからパーティを開きたい、きみたちにも来てほしいと言った。ジュディもニッキーも半ば上の空で、申し出を受けてしまった。

マークが帰ったあと、二人は沈黙の中でランチを食べた。ジュディが「マークの仕事を続けていていいかしら」と訊くと、ニッキーはいつものように「構わないよ」と答えるだけだった。ニッキーは小説が思うように書き進められなくて、それで塞いでもいるらしかった。

昼食のあと、ジュディはマークが置いていったジョン・ダン〈十六〜十七世紀イギリスの詩人〉の詩集を手に取った。受け取った原稿の中でダンの詩が引用されていたので、確認のために持ってきてもらったのだった。

開くと、マークの筆跡で「マークからニッキーへ、一九二六年一月一日」と献辞が書かれていた。もともとニッキーの本だったのだわとジュディは思った。十年以上前の日付なので、二人が長いつきあいだとわかるのに、どうしてニッキーは偶然の再会までマークの話をしなかったのかしら？　でも、友だちづきあいに中断が入るのもよくあることだからと、ジュディは思い直した。

＊

九月に入り、マークのパーティも間近に迫った月曜日。ジュディは午前中にマークと会ったあと、外出してイヴに会い、いつもより遅く家に帰った。すると、ニッキーがリヴィングで立ち尽くしていた。顔は蒼白で、煙草を持つ手が小刻みに震えていた。

驚いたジュディが、どうしたの？　と尋ねると、ニッキーはテーブルの上のダンの詩集を手に取って、どこで手に入れたのかと荒々しく訊いた。これまで見たことがないような凶暴な顔つきだった。マークが置いていったとジュディが答えると、きみたちは毎週ぼくのことを話しているんだろう、嘲笑《あざわら》っているんだろうと畳みかけた。ジュディは強く否定しながら、彼の剣幕にたじろいだ。

ニッキーは、マークのやり口は知っている、弁舌できみを巧みに操って虜《とりこ》にしてしまうんだと言い募った。憑《つ》かれたようなその言い方に、わたしとマークの関係を妬《や》いているんだわと可笑しくなって、ジュディはそう口にした。するとニッキーは彼女を哀れむような優しい調子で、そうじゃないと言った。

途方に暮れたジュディが泣き出すと、ニッキーは彼女を抱きしめた。そして、ずっと前に話さなくてはならなかったのに、いまとなっては遅い、ぼくのような人間は幸せになれないのかもしれない、と呟いた。

＊

マークのパーティは六人だけ――マーク、ステラ、バニー、アナ、そしてニッキーとジュディ――の、ささやかなものだった。

ディナーの席上では、マークがニッキーとの思い出をひとりで延々と語った。無名時代のニッキーは狭くて薄暗いアパートに住んでいて、タイプライターをストーヴに乗せて使っていたこと。そのタイプライターがお粗末な代物で、最初の小説を書き上げてから、いっしょに暖炉にくべて盛大に焼いたこと。それからヨーロッパ旅行に出かけて、パリで亀料理を注文したらニッキーがあたってしまったこと。ニューヨークに帰ってから雑貨屋でリーと出会い、マークが彼を厳格な使用人に仕立てたこと――。

ニッキーは無表情に聞き流していた。ジュディはあとでゆっくり考えようと、黙って聞いていた。マークが秘密を明かそうとしている気がしたが、何のことかわからなかった。

一同はディナーを済ませてテーブルを離れ、リヴィングの別の一角に移動した。マークはピアノを弾きはじめた。やがて女たちはテラスに出ることになったが、ジュディはそのときマークの指輪に気づいた。八角形の飾りのついた、かつてニッキーが嵌めていたのと揃《そろ》いの指輪だった。

バニーも別室に消えてしまい、部屋の中にはマークとニッキーだけが残された。

長い沈黙のあと、二人は話し始めた。

「ニッキー、何を考えているんだい?」

その言い方には懐かしい響きがあった。

「何も」

マークはピアノを弾くのを止めた。ピアノの蓋を閉じてバーのほうに行った。「ブランデーはどうかね?」と訊いた。

ニッキーは首を振った。

マークは自分用に注いだ。戻ってきてニッキーの向かい側の椅子に座り、ブランデーを啜《すす》った。

二人はまだ黙っていた。

「そんな顔をするなよ」彼はしまいに言った。

「そんな顔?」

「おまえを喰ってやるって顔だよ」

ニッキーは小さくフンと鼻を鳴らした。

また沈黙が重く垂れ込めた。

「ニッキー、わたしがこれから言うことはお涙頂戴っぽい、いや嘘っぽいと聞こえるかもしれない。初めからそれはわかっているけれど、言い訳はしないよ」

そっぽを向いたニッキーの顔を、彼は見た。

「前に共有していたものを、わたしたちは全部なくしてしまったんだね? わたしはそれが寂しい——言葉では言えないくらいね」マークはひどく辛そうな目をして、ニッキーから視線を逸らせて呟いた。「この数ヶ月、きみはわたしに抗《あらが》っているみたいだった」

ニッキーは突然体を起こして灰皿を手にした。マークはそれを否定の仕草と解して、首を振って口早に続けた。

「いいや。言い訳なんてしないでくれたまえ。その必要はない。理由があるはずだ、少なくともそうに違いないと、わたしはずっと自分に言い聞かせてきた。きみが話してくれるといいんだが。わたしは——もし理解できたなら、きっともうこんなに戸惑わないから」

「本当にそんなに理解しにくいことでしょうか?」ニッキーは彼をじっと見た。「笑わせないでください」

焼けつくような痛みを目頭に感じながら、マークは顔をしかめた。

彼は言った。「そうか。きみはぼくが――」両手を曖昧にひらひらさせた。「二人を仲違《なかたが》いさせるんじゃないかと怖いんだな」

「そういう言い方もあるでしょう。他の言い方もできますが」

マークは俯《うつむ》いて指先を動かした。「信じられないな。きみがわたしを――怖がるなんて」

ニッキーは笑った。

マークの顔は険しくなった。

「わたしのことをもっとわかっていると思っていた」

マークはニッキーをもう一度見て、心の中でようやく決心したという顔になった。それまでの警戒を捨てて言った。

「ニッキー、わたしはこれからもきみのことが気になると思う。これからずっと、きみがどう考え、どう感じて、どうふるまうかがね」彼は顔を上げた。「この点にかけては、きみも他のだれもわたしを止められない。覚えている限りずっと前からそうで、これからもそうだと思うよ――わたしにとっては不幸なことだがね。もしきみがわたしの訪問を邪魔者の闖入《ちんにゅう》と考えているのなら、心からすまない。でもそういうことなんだよ」

ニッキーが煙草をふかすだけで答えないのを見ると、マークは椅子から身を乗り出して続けた。

「本の完成にきみが手こずっていると、わたしにわからないと思うかい？」

ニッキーが彼のほうに向けた眼差しは、カミソリのように鋭かった。

「完成まであとわずかという口ぶりですね」

「まあそうだな」

マークは詳しく訊かなかった。ややあってまた続けた。

「もちろん興味津々だったんだよ。どんな本になっているんだい？　いいや、いい出来です、なんて言って終わりにしないでくれ。本気で訊いているんだよ」

「『本になって』なんかいません」ニッキーはまだマークを見ようとはしなかった。「ジュディから全部聞き出したんじゃないんですか？」

マークは乗り出していた身を引っ込めた。

「意地悪きわまりないな――」

彼はブランデーグラスを握りしめた。いまにもグラスの脚を折って放り投げそうだったが、ただ口に持っていって、ゆっくり下に置いた。

「まったくもって子どもっぽい。わたしがジュディを気に入ったのは、ただ彼女を通じてきみに近づこうとしたからだとでも思っているのかな？」

「そうお尋ねなら、思っているとお答えします」

ニッキーはマークと向かいあった。マークの目は燃え上がったが、何としてでも冷静であろうと努めているときの彼のおきまりの仕草で、大きく深呼吸するのが見て取れた。唐突に、裏返ったような声で言った。

「ジュディは可愛い子だね」

「お気づきだと思っていました。でもそれは別に重要ではないのでしょう？」

マークの顔は怒りのあまり蒼白になった。声はしわがれ、顔はやつれて、まるで石畳の小道を苦労して歩いてきたというようだった。

「わたしたちは二人とも馬鹿だ。馬鹿だよ。きみが非常にたくさんのことをごく当然のように受け止めているのも仕方ないと思う」マークは落胆した声で続けた。「いまそれがわかった。でもきみは間違っている」

彼は椅子に深く腰かけて、ため息をついた。

「わたしにとって、こんなことを言うのはたやすいことじゃない」彼はようやく口を開いた。「理由はどうあれ、きみがわたしのところに来なくなったとき、わたしは——プライドを殺してでもきみのもとに行かねばならないとわかった。あの数ヶ月がどんなものだったか、きみには想像できまい。きみのことが何ひとつわからない——どこにいるのか、元気なのか、幸せでやっているのか。偶然会ったあの夜、わたしはようやく理解した。わたしがどんなにきみに会いたかったか、きみの友情を取り戻したいと思っていたかをね。わたしは——長い年月をかけて二人で拵《こしら》えてきた無数の絆が失われるのが、断ち切られるのが、本当に嫌だった。片手を切り落とすことができないように、あの年月をたんに消し去ることはできない。ひとが烈しい生を生きたときには、その年月は洗い流してしまうわけにはいかない。そのまま残るのだよ」彼は声を落とした。「しつこくね。二度とはない、一度しか起きないことがある。ひとつと思えるひとと出会うという偶然の奇跡がそれだ。ニッキー、きみのことがわかるだれか、それも大体でも部分的にでもなく、丸ごとぴたりとわかるだれか——生まれつきわかっているだれかと出会える奇跡がそれだ」

彼は首を振り、穏やかな声になった。「それを投げ捨てるのは罪というものだよ。人生で二度とは起こらないのだからね」

ニッキーはマークの言葉を聞き流すつもりだったが、ふとマークと過ごした年月が思い出され、心を揺さぶられてしまう。マークはさらに語りかけ、これまでどおりでなくていいから、きみの人生にぼくの居場所を残しておいてほしい、パーティですれ違うだけでなくて時折会って話をしたいと懇願する。ニッキーはマークの願いを聞き入れてもいいという気になる。

しかしマークはしゃべりすぎ、ジュディと会ってきみは純粋な心を取り戻せると希望を抱いたようだが、あがけばあがくほどそれが無理だとわかって苦しむだろうね、それがきみの宿命《さだめ》なんだよ、とまで言い募ってしまう。それを聞くなり、ニッキーの感情は堰《せき》を切った。

「畜生、ぼくは何をなくしたんだ。満足する才覚とか才能とか、他のみんなが持っているそんなものをなくしたんだろうか。どうしてぼくは幸せになれないんだろう。なぜ全部ぶち壊しにしてしまうんだろう。手に入ると思えなかったものをやっと手に入れたのだから、ぼくは感謝して誇りに思ってもいいはずだ。ぼくは誇らしかった――」

突然、過去形で語っていることに彼は気がついた。「いまだって誇りに思っている。こうやってじりじりと責めさいなまれるまでは――。この気持ちに抗うのも疲れてしまった。不安で何を頼りに生きていけばいいかわからない――」

自分のことに気を取られて、マークが目をパチパチしばたたき、倦怠を感じ始めているのにも気づかなかった。

「ぼくは自分を憎むあまり、彼女まで憎らしくなってきた。あなたにそれがわかりますか? 彼女にはまったく非がないから、ぼくは彼女を憎んで、あることないことをでっち上げようとする。ぼくの頭の中で何が起きているか、彼女は知っている、これまでも全部わかっていたのに知らないふりをしてきたとぼくは考えてしまう。可笑しいけれどそう思ってしまう、そしてますます狂いそうになって仕事が手につかない。考えることも眠ることもできない。彼女に最初に会った日に、ぼくはすべて言ってしまえばよかった。でも怖かった。そしていま、ぼくは自分で作り上げた状況が怖くてたまらない。ぼくにはこんなふうに生きていくことはできないし、彼女にだって無理だ。可哀想なジュディ。どうしようもない。ぼくは——だれにとっても役立たずだ」

声が大きくなった。堰《せ》き止められていた流れは理屈では止められないようだった。「それなのにぼくはまだ彼女を自由にしてやれない。奇跡がきっと起きるとぼくは自分に信じ込ませている。もし彼女を自由にしたら、もう二度とチャンスはないとぼくはわかっている。二度と。それがどんなことか、そう思うのがどんなことか、あなたにはわかりますか?」彼はマークから目を逸らした。よりによってこの部屋で愛を説くなんて——。

「いつか、ぼくがこのジャングルに彼女をも引き込んでしまったとわかったら、ぼくは自殺する。いまだって彼女は変わってしまった。あるべきだった未来がぼく個人の不安や恐怖のせいで歪んで、変わり果てた姿を晒《さら》しているのが見える。ぼくは彼女に大声で言って終わりにしたい。

鎖で繋《つな》がれて生きているみたいだ。彼女にとって正しい解決を考えてみても、それではぼくは幸せになれない。畜生、ぼくはどうしたんだ、一体全体どうしたんだ?」

「きみにはわかっていると思っていたよ、ニッキ――」

＊

そのころ、テラスに出ていたジュディは肌寒く感じていた。ステラとアナに断って、リヴィングに入ってテーブルの近くで上着を探した。リヴィングのテーブル側は照明が落としてあって暗かった。

ようやく上着を見つけて顔を上げると、リヴィングの向こう側で明かりに照らされる彼らが目に入った。オペラグラスを反対側から覗いたように、二人の姿は小さくくっきり見えた。

テーブルの端を手で何とはなしにこすりながら、彼女は立ち尽くした。あとあとまで――何年も経ってからも――自分が何を見ているのか、言葉は聞こえなかったのにどうしてあれほどはっきりわかったのだろうと、不思議に思うことになった。霧が晴れて、新しい何かではなく、帳《とばり》に包まれてずっとそこに隠れていた何かを明るみに出すのに似ていた。その部屋で、ついに何の隠し立てもなくおおっぴらにされるのを彼女は見た。それは物語となって死ぬまで脳裏に刻み込まれるだろうと思える光景だった。ニッキーとマーク。彼女の口はようやくその言葉を象《かたど》り、その言葉に名前をつけた。それはずっとそこにあったのだ――。

マークが最初に彼女に気づいて、何が起きたのかをすぐさま理解した表情になった。ニッキーが振り返った。彼女を見て、弾で打ち抜かれたように頭をビクンと跳ね上げた。それから向きを変え、見るものを怖がらせない表情を作ろうとした。

マークが小さなしわがれ声でしゃべった。つねに冷静と評判のマークなのに、慌てふためいているわ、とジュディは思った。

「ジュディ」彼は言った。「きみが入ってきたのに気づかなかったよ」

玄関のほう、階下の書斎で電話が鳴りだした。だれも出なかった。電話は残酷なほどしつこく鳴り響いた。ひっそりした家をつんざく叫び声のようだった。

突然、ジュディは我知らず叫んだ。「だれか出ないの？　どうして鳴りっぱなしにしておくの？」

マークが部屋を出ていった。

彼女は手を震わせながら玄関に向かった。ニッキーを見ようとはせず、小声で「家に帰して、お願い」と言いながら。

帰りの車の中で、ジュディとニッキーは一言も口をきかなかった。

ジュディは寝室に入って初めて啜《すす》り泣き、眠れない一夜を過ごした。

翌朝、書斎でやはり眠れない一夜を過ごしたらしいニッキーが現れて、きみはこの家に残ればいい、ぼくが出ていくと言った。

ジュディは、みんなが知っていたのにわたしだけが知らなかったのが悔しい、あなたのことが信じられなくなったと嘆いた。ニッキーは黙って聞いたあと、静かに出ていった。

Ⅲ

時は遡《さかのぼ》り、一九二五年の大晦日。その夜、ニッキーとアナはパーティでマークを待っていた。新年に変わる直前になって、マークは煙草をくゆらしながら現れた。それがニッキーとマークの最初の出会いだった。

翌一九二六年の春。ニッキーはデビュー作を書き上げ、マークと連れ立ってヨーロッパ旅行に出た。マークはあちこち案内してくれ、何でも見せてくれた。これまで貧しい暮らしをしていたニッキーにとってみれば、マークは魔法の杖を持っているようだった。ニッキーはマークに感謝して、人生を差し出してもいいとまで思った。

その年のクリスマスはパリで迎えた。夜にホテルでそれぞれの寝室に引き揚げる前に、マークは語った。きみは物事を味わう力を持っている、だからこそきみにはいろいろ体験してもらったのだ。わたしに報いたいと思ってくれるのであれば、存分に才能を発揮してほしい。ニッキーは、あなたの期待に応えて精一杯書きますと返した。二人はすぐに船便でニューヨークに戻ることに決めた。

最初のうち、ニッキーはマークのすべてに魅せられていた。しかしニューヨークに戻る船上ですでに、かすかな反抗心が芽生えてもいた。そのときマークに将来どんなものを手にしたいかと訊かれて、ニッキーは成功と金と愛がほしいと、シンプルに答えたのだった。するとマークは言った。成功と金はたしかに手に入るだろう。でも人びとは羨んできみを高みから引きずり下ろそうとするだろう。高みから降りてはいけないよ。そして愛、とくに女たちの愛を当てにしてはいけないな。女はきみの成功が目当てだからね――。

ニッキーはマークの言葉に生理的な嫌悪感を覚えもしたが、そんなときに限ってマークはうまく言い繕ってしまうのだった。

＊

ニッキーはマークの目を通して世界を見るようになった。言葉は大人しい連中を踏み潰すための道具だった。

大晦日はいつもコネティカットのマークの別荘で過ごすようになった。ターキーとシャンパンで祝い、毎年一冊ずつ、マークからニッキーに詩集のプレゼントが手渡された。ニッキーの人生は快適だった。

ところが一九三四年をマークの別荘で迎えたときのこと。ニッキーは大きな疲労感と孤独を覚えて、自分が幸せだと思えなくなった。

彼は二十七歳だった。成功と金をたしかに手にしていた。しかし愛はまだ見つからなかった。

何人かの女たちとつきあってみたけれど、彼が求めている何か――性的でも情緒的でもなく、でも見つけたらこれだとわかりそうな漠とした何か――は得られず、関係はすぐに終わってしまった。マークへの親しみや尊敬の気持ちとは別に、愛がどこかにあるはずなのだが――。

小説はたゆみなく書き続けて、一年に一冊のペースで世に出していた。しかしやすやすと書けるようになったものの、書く喜びは減っていた。自分の考えが定まっていないので、どの登場人物に肩入れしたらいいのかもわからなかった。いつか納得できる作品が書けるだろうと思ったまま、取りかかるときを先延ばしにしていた。

Ⅳ

ニッキーが出ていった数週間後の、秋雨の午後。ジュディは街路をあてどなく歩いていた。ひとりでがらんとした家にいるのが怖くなったのだった。リーにはニッキーが出ていったあの日、暇を出してしまった。ニッキーも一ヶ月ほど前、彼女が不在のときに戻ってきて、自分のものを持ち出して行った。

しかし外を歩いていてもわけのない恐怖に襲われ、ジュディはタクシーを呼び止めて急いで家に帰った。その夜は友だちのイヴが来てくれて、いっしょにディナーを作って食べた。イヴはもうすぐ結婚するらしかった。ジュディはそれを聞いても何も感じない自分を隠しながら、イヴを祝福した。イヴのいる世界に戻りたかったが、あまりにも健全に見えて、どうやって戻ったらいいのかわからなかった。

イヴの帰ったあと、ジュディは寝室に行って引き出しを開けた。睡眠薬を取り出そうとすると、引き出しのいちばん下からニッキーの手紙がのぞいているのが見えた。出ていって三日後に届いたもので、もうその内容を覚えてしまっていた。

ニッキーは、結婚する前に言おうかどうしようか、さんざん思い悩んだと書いていた。でもきみの優しい眼差しが氷に変わるのは耐えられなかった。臆病だったことの正当化かもしれないが、きみの思うようなぼくになればいい、そしてきみを幸せにできればいいと考えていた。

手紙はこう結んであった――いま、ぼくはきみの助けになれないけれど、ぼくがぼくの存在理由を見つけなくてはならないように、きみもきみの存在理由を見つけてほしい。どんな決断でもきみの決断にぼくは従う。きみの心の安定、きみの確信をぼくは奪ってしまったけれど、いつかきみ自身の力で取り戻してほしい――。

手紙の結びの部分を思い返すたびに、ニッキーがそこにいて、彼にしか言えないような大事なことを言っているようにジュディには思えた。

＊

十二月も半ばを過ぎたころ。ジュディにはまだいろいろな決断がつかず、離婚の可能性は考えるだけで怖かった。それでもスケッチをしようと思い立ち、つとめて外に出るようにしていた。

そんなある日の夕方のこと、家の近くでバスを降りると、通りの向こうにロロらしい人影を見かけた。大声で呼び止めると、たしかに彼だった。

久しぶりに会ったロロは生気がなく、目の輝きも失せていた。わたしの家に寄っていかない？とジュディが誘っても、約束があるのでとロロ。また会いましょうと言ったが、クリスマスの休みには故郷のアイオワに戻るらしかった。

結局、ジュディはひとりで家に帰ったが、ロロと会ったことでニッキーとの会話やマークたちのことが思い出されてきた。食事を済ませ、暖炉の火に見入るうちに、初めて事態と向きあう気になった。わたしはマークに妬いていたんだわ――。彼女は自分の敗北を認め、この家を出ようと思った。

＊

ニッキーはかつてジュディと滞在したことのある、コネティカットの宿屋に泊まっていた。この数週間、近寄ってきた野良犬だけを道連れに、ニッキーは近くの野山をひたすら歩き回っていた。広大な自然に接していると、生きる力がゆっくり戻ってくるように感じられた。

その日はクリスマスイヴだった。夕方、宿屋に戻ってみると、部屋のドアのところにメモが残されていて、ニューヨークの電話交換手に連絡してくださいとあった。

交換手に電話をつないでもらうと、出てきたのはマークだった。

マークは、きみの居場所をアナに教えてもらったと言い、ロロが昨日下宿で服毒自殺をした、すまないがこれからニューヨークに戻ってくれないかと頼んできた。

ニッキーは夜九時の電車に乗ってニューヨークに行き、マークといっしょにロロの下宿を訪ねた。うらぶれた下宿の一室で、ロロは小さすぎるベッドにひっそり横たえられていた。下宿屋の女主人は、クリスマスの休みには田舎に帰ると聞いていました、お金もないようなのでどうするのだろうと案じていたのですが——と言った。

マークは滞っていた下宿代を払い、ニッキーを連れて葬儀場に行って翌日の手はずを整えて、家に戻った。ニッキーは三階の一室に泊まった。

その夜、ジュディもロロの訃報を受け取っていた。ロロはわたしの友だちだったのに、何もできないでいるうちに死なせてしまったと、彼女は思っていた。

翌日、葬儀に参列すると、マークとニッキーが連れ立っているのが遠くに見えて、彼女は視線を逸《そ》らせた。葬儀の終わりに、参列者が一列になって側廊を歩いてきたとき、ニッキーが近くを通ったが、ニッキーもジュディを見なかった。

ジュディが気を失いそうになり動けずにいると、アナが近づいてきて声をかけた。二人はホテルのバーに飲みに行った。

しばらく黙っていたあとで、アナがジュディに語った。ニッキーとあなたのことでは、わたしは最初から自分に責任があると思っていた。でもわたしが話せば、最初からニッキーを不利な状況に追い込むことになるから、それはできなかったの。マークのパーティであなたに会ったとき、あなたはもう全部知っているのかと思ったのよ。でもそうじゃないとわかって、あなたが気づくときを息をひそめて待っていたわ。一言、マークは大変なことを打ち明けようとしているのよと、あなたに警告してもよかったかもしれない。でも、マークのやりたいようにさせるのがいいと思ってしまった。わたしはニッキーに恋したこともあったから、あなたへの嫉妬から、あなたの破綻を見たかったのかもしれない。

重ねて、アナはやんわりジュディに忠告した。あなたは純粋すぎて、自分の流儀でしか人生を生きようとしない。みんなが妥協の上で生きているというのに、無疵《きず》のまま通そうとして、現実を受けつけようとしない。このことがなくてもあなたは挫折を体験していたと思うわ——。

ジュディは声を絞り出して、今日、あのひとたちが連れ立っているのを見た、彼はたしかにわたしがいないほうがいいんだわ、と言った。アナは、本当にそうかしら、ロロのことがあったからマークがニッキーを呼び出したのよと言ったが、ジュディは信じようとしなかった。

＊

そのころ、マークとニッキーは墓地から戻っていた。マークの家のダイニングで食事をしながら、ニッキーはマークが料理を味わい、ワインを口に含むのを見ていた。

食事を済ませて席を立ちながら、今夜も泊まっていかないかとマークが訊くが、今夜の電車で帰るとニッキーは答えた。マークはさらに、田舎にいたいのならわたしの別荘を使ったらどうかと勧めるが、近々ニューヨークに戻るつもりだとニッキー。にべもないニッキーの返答に、マークは別室へ行きかけていた足を止めた。

「わたしをひどく憎んでいるんだね?」

ニッキーは彼を見た。

「あなたを憎む?」彼は首を振った。煙草に火をつけて顔を背けた。「マーク、今夜は話をしないでおきましょう。大変な一日だったから」

「わたしにとって、ロロは何でもなかったんだ」

それを聞いて、彼は顔を上げてマークを鋭く睨《にら》んだ。

「どうしてそんなことを言うんです?」

「言わずにはいられなかった」

「それは残念ですね」

マークは窓辺に行って彼に背を向けて立ち、激しく降り続ける雨を見た。

「ニッキー、わたしがどんなに辛かったか、いまも辛いか、きみは知らないんだよ——」

ニッキーは穏やかに言った。

「話すのはよしましょう。いまは何も言わないことにしませんか。マーク、そうでないときっとぼくはひどいことを言いますから」

「どんなことだね?」マークは叫んだ。「どうして同じではいられないんだ? きみはどうして変わってしまったの? どうしてそんなに手厳しいんだい?」

「手厳しい? あなたの言い方にはうんざりです。もうあなたとは話ができません」

「そう」マークは言った。「それだ。きみはその——別のどこかにいるんだ。わたしはきみに近づけない。何かが邪魔しているんだ」

「いいえ、そうじゃありません」ニッキーが彼を見た。「彼女のことは厄介払いしたのではありませんか。そうでしょう?」

「きみはまだ――あの子を愛しているんだね」

「あなたは何でも単純化しますね」

「ニッキー、わたしに話してくれ、どういうことなのか教えてくれ。どうしたらきみを助けてあげられるんだい?」

「助けなんかいりません。ロロは大いに助けてもらったようですが」

マークが目を細めた。

「きみはロロのことばかりしつこいな――」

「ええ、お気に障りますか? いいですか、あなたが彼を葬ったのは今日の昼だったんです」

「わたしを傷つけたいんだね。こんなふうに傷つけて楽しいのかい」

「あなたを傷つけることなんて、だれにもできません。あなたは防水機能つき、他のだれよりも長生きする運命《さだめ》なんです」

「いやいや、きみは間違っているよ」マークはニッキーに近づいた。「ニッキー、わたしを傷つけられるのはひとり、ひとりだけなんだよ。わたしにとって意味があるのはきみだけで、これからもそれは変わらない」

「気をつけてください」ニッキーは顔を背けて窓のほうを見た。「ぼくに武器を渡してしまっていいんですか」

「きみに嘘はつけない」

「どうしてぼくが例外なんです？」

「わかった、ひどいことを言ってやろう。わたしは彼女を傷つけて、きみたちの結婚をぶち壊しにした。でもきみにはあの生活をいつまでも続けられるはずがないと、わからなかったのかい？　彼女もせいせいしているよ」

ニッキーは答えなかった。

「わたしに何をしてほしい？」マークはしわがれた声で訊いた。「何をしたらいいか言ってくれ」

ニッキーはその言葉が聞こえないようだった。すこし間を置いて穏やかに言った。

「ある夜、机の前に黙って座っていたら、細かく書いた百万字の言葉がすっかり消えて、そのあとは静寂、完全な無になりました。あなたはそんなにムキになって何にしがみついているんでしょう？　何年も何年も、ぼくがあなたに差し上げていたのは何だったんでしょうね？　権力の感覚、それだったんだと思います。あなたはそれなしではいられないんです」

彼は横を向いて煙草を消しながら呟いた。「これからはその感覚がなくても生きられるようにしてください。ぼくが持っていってしまいますから。マーク、あなたはおしまいです。それから、もうひとつ言わねばなりません」

ニッキーの見ている前で、マークの顔には緊張が走った。そしてひるんだ表情になり、最後には崩壊した。

「あなたは怖いんですね。あなたは途方もない自尊心で自分を守っているから、ぼくがついに――呪文を解いたのが信じられないんです。人生最期の日になってもあなたの顔は見たくありませんが、もし見ることになっても、とくに違いはありません。一切ぼくは動じない。それがどういうことか、おわかりですか？　あなたが何を企もうと、何を言おうと、一切ぼくは動じないということです。あなたのことがとてもよくわかる。あなたに我慢するのでは全然足りないと、初めてわかりましたよ。あなたのリヴィングに座るのは――破滅なんです。徹底してあなたを追い出さねばならない。いまからぼくはあなたと戦います。これまで戦う相手がだれか、ぼくはわかっていなかった」

「きみとわたしは昔からのつきあいだ」マークは優しく言った。「思い違いをするのはやめなさい。わたしはきみだよ、ニッキー――きみはわたしだ」

ニッキーはそっぽを向いた。否定のしるしだった。

「ずっと前のあの晩」ニッキーは口を開いた。「船でニューヨークに帰ってきたとき、高みから降りてはいけない、自分を差し出してはいけないとあなたは言った。それをやろうとしてぼくは失敗した。ぼくが間違いなく失敗するよう、あなたはじつにしっかり手配してくれた。あなたはぼくが永久に打ちのめされたと思った。でもあなたは間違っている。ぼくはまたやってみるつもりです。そして今度は失敗するはずがありません。可哀想なあなたにはわからないでしょうけれど、ここでのあなたの小賢しい勝利より、あちらでのぼくの失敗のほうが、はるかに素晴らしい成功なんです」

「幸せになれないよ」

「生きていられます――そのほうが大事です」

「きみは戻ってくるだろう」

ニッキーは笑った。

「そう信じるのが慰めになるなら、それでも構いません」

ニッキーは玄関に向かった。マークが大声で言った。

「これには答えてくれ。わたしについて心を決めたのはいつなんだ？　いまじゃないだろう――いまは理屈をつけているだけだ」

「ええ、おっしゃるとおりです。あなたのことを心に決めたのは彼女に会った日でした」

「それなのにどうしていままで言わなかったのかね」

「あなたを介して理解する必要が彼女にあったからです。最初からぼくはそのことがわかっていたんだと思います。そうでなかったら、あなたがぼくの家に入り込んできたあの最初の日に、ぼくはあなたを殺したでしょう」

「大げさだね」

「いえ――本気です」

「でも彼女はきみのところに戻っては来ないよ」

ニッキーは鋭い目つきでマークを見た。マークの脇を通り過ぎて玄関に出た。

「ぼくは自分を手に入れました」ニッキーは静かに言った。「そう言えるのはぼくの人生で初めてのことなんです」
彼はクロゼットからコートを取り、マークの家のドアをぴしゃりと閉めた。

外に出たニッキーはすこし立ち止まった。マークの世界は勝手に滅びていくだろう、でも他のひとを巻き添えにさせてはならない。ぼくはそのためなら戦えるし、立ち上がってくれるひとも多いだろうと思った。

川に沿って歩きながら、自分の作品の欠点もはっきり見えてきた気がした。人物たちは連帯しあうことがなかった。マークの影響で、それでいいと考えていたけれど、連帯がなければ魂は最後には錆《さ》びついてしまう。

心臓の高鳴りを感じながら、ジュディとの生活がうまくいかなかったのもそのせいだとニッキーは悟った。ジュディに尽くしながら、他の人びとがあたかも存在しないようにふるまうことはできない。人びとの力や意志や過ちに寄り添うことがなければ、自分も豊かになれないし、役立つものを世に残すこともできない。

同時に、ジュディへの愛が自分の中でより大きく膨らむのもニッキーは感じた。いまとなっては行き場のない愛だが、大事に持っているしかなかった。

翌日、彼はコネティカットに行って荷物をまとめ、ニューヨークに戻った。さっそく仕事に取りかかり、真の意味でのデビュー作を書き始めた。

数日後の夜明け前。ステラはニューヨークのとあるアパートで、帰り支度をしていた。ステラの年若い恋人、スチュアートのアパートだった。

スチュアートとは半年くらい前からの関係だった。ステラはその関係を終わらせようとしていたが、ステラとマークの冷えた夫婦仲を知っている彼は、どうして彼女が夫のもとに戻ろうとするのか、納得できずにいた。

問い質《ただ》されて、ステラは答えた。わたしはあのひとが年老いて用済みにされるときをずっと待ちわびてきた。あのひとにとって大事なのはニッキーひとりだったのに、そのニッキーが去って行った。わたしはこのあとを見届けたい。あのひとのことは憎いけれど、わたしもあのひとの人生の中で一役買ってきたことを思うと、いまさら何も変えたくはない——。スチュアートを振り切って、ステラはアパートをあとにした。

ステラが家に戻ってみると、マークの寝室から明かりが漏れていた。また眠れないんだわ、いつも熟睡するひとなのにと思い、ドアを開けて話をしようかとも考えるが、そのままにしておいた。

＊

家を出ようと決めたジュディは、ニッキーの書斎に入って佇《たたず》んだ。そうするうちに、「善いひと」と言われる自分だけれど、その性質を使わないことには意味がないという気がしてきた。

ジュディはニッキーを訪ねてみようと思い立った。ニッキーがニューヨークのどのホテルに泊まっているかは、アナから聞いて知っていた。

翌日の夕方、ニッキーはホテルの部屋のドアを開け、そこにジュディが立っているのを見つけた。彼はジュディを請《しよう》じ入れ、シェリー酒を注いでくれた。

会話はなかなか始められず、ジュディはニッキーが赤の他人のように感じた。シェリー酒をすこし飲み、窓際に行ってカーテンを開いた。するとニューヨークの夜景が広がり、明かりが宝石のようにきらめいているのが見えた。

「素敵な眺めね」彼女はそっと言った。

「そうだね。ぼくも——書くのに飽きたときはそこに座るんだ」

指先でグラスをしっかり握りしめて、ジュディは黙って立っていた。振り向くのが怖かった。何を言いたいのかわかっていたけれど、今夜の会話のなりゆき次第で、たくさんのことが変わってしまう。心の中ではっきりしていることを、言い方の不手際で台無しにしてしまうわけにはいかなかった。とうとう意を決して話し始めたが、彼のほうは見なかった。

「あなたに言わないといけなかったの。わたしが連絡しないことが何かその——おしまいというような意味だとあなたが考えているとしたら、それは違うの。この数ヶ月だけでもいろんなことがあった。わたし自身のことも、それから他のことも、今まではわかっていなかったことがわかった。全部がわたしの過失というわけじゃないけど、わたしがああいう人間だったから――。ロロのお葬式があった日の午後、アナがわたしに言ったわ。あなたは人生を自分の流儀でしか生きようとしないって。それはごくささやかな望みだと、わたしは思っていた」彼女はためらった。「でも、あのひとたちに試されて、欲張りだったと気づいた。わたしは――優しげで、思いやりに溢《あふ》れていたかもしれないけれど、自分が優しさも思いやりも持てないような事態をはなから認めていないだけだった。子どものときからずっと、取り繕えないものから逃げてきた。もしここに来るのを一日延ばしにしていたら、日増しにもっと来づらくなって、しまいには到底来られなくなってしまう。昨晩、来ようと決めたとき、突然わたしは気づいたの。わたしはあなたのことを――まだ何も知らない」

彼は黙っていた。ジュディは振り向くのがまだ怖かった。

「ジュディ、これだけは言わせてほしい」

名前を呼ぶその言い方はなじみ深く、愛しくも懐かしいものだったので、彼女の目には涙が溢れた。そして、自分が望んでいることを彼はきっと言ってくれるだろうと察した。

「きみがそう言ってくれるなんて思いがけなかった。来てくれた――それも知らないふりをしてではなく、知ろうとして、そして会いに来てくれるなんて。ぼくの願いどおりだよ。でもぼくたちは最初から、また新しく出直さないとね」

ジュディは彼を見た。

「精一杯やろう」彼は眉をひそめて、手の中でグラスを転がした。「まだほとんど何もできてい

ないけれど、うまくやりたいとぼくは心から思う。ぼくがどうしてしくじったのかはわかってい
る。振り返ってみると、もし——あの男がいなくても、ぼくらは何らかの形でこういう経験をし
たと思う。ジュディ、ぼくらはすこし時間が必要だったんだ」彼は言った。「ほんのすこしの時
間がね」
「ほんのすこしであってほしいわ」
彼はようやくジュディの髪に触れた。髪に触れながら、彼が気軽で何気ない感じを装っている
のがジュディにはわかった。もう他のものは何もいらなかった。
「ジュディ、ジュディ」震える手で彼女の髪を撫でながら、彼は囁いた。「長旅からやっと帰っ
てきた気分だ。きみに会いたかった。愛している——きみをどんなに愛しているか、ぼくはわか
っていなかった。きみはぼくのことを信じてくれる？　信頼してくれるかな」
「ええニッキー、もちろん信じるわ」
「ぼくがマークと縒《よ》りを戻すだろうときみが考えているって、アナから聞いた。ジュディ、そ
れはあり得ないんだ。はっきりわかっていてほしい——きみに会う前に、あれはすっかり終わっ
ていた。でもぼくに勇気がなくて、きちんと別れを切り出していなかった」
ジュディは泣きじゃくり、彼はしっかり彼女を抱き寄せた。
「これからもいろんなことがあるだろう」と彼は言った。「でもそれはどんな二人の人間にも起
きるようなことだし、ぼくは逃げないよ」

人生はクライマックスで終結するのではなく、いつも先へ先へと続いていく。自分の中だけで見つけた意味にすがって生きるのは子どものすること。いつもその先へと進もう、怖いけれど、それが現実と向きあうということなのだからと、ジュディは思った。

＊

暖かなホテルの一室で二人がしっかり抱きあって愛を交わしているあいだも、夜風はニューヨークの街路を吹きすさび、部屋の中に入り込んできた。ニッキーはそんな夜風を必要としていたし、彼はそういうひとなのだと、ジュディもようやく理解しようとしていた。

馭者
The Charioteer

メアリー・ルノー／片山亜紀　抄訳

一九二〇年代イギリスのとある町。五歳のローリー・オデールは、その夜どうしても寝つけずにいた。いつまでも寝ない子は病気になってしまいますよと聞かされている言葉どおりに、ぼくは病気だ、このまま死ぬんだと、ベッドの中で思いつめていた。すると父の足音が聞こえたので、ほっとしてベッドから抜け出した。常夜灯に照らされて、栗色の瞳、赤みがかった金髪、傷つきやすい繊細な肌が浮かび上がった。

父は自室で慌ただしく荷造りをしつつ、部屋の棚という棚を空にしていた。ローリーがドアを開けたのを見ると「ベッドに戻って寝なさい」と優しく微笑んでくれた。しかしいつもと様子が違うので、ローリーはかえって怖くなって泣き出してしまう。父は息子を抱き上げてあやしてくれるが、そこに母が入って来て、わざとローリーを起こして自室に連れてきたかのように父を咎《とが》める。父は反論もしないで彼を降ろした。

不安がこみ上げてわっと泣き出し、今度は母の腕に飛び込むローリー。母は彼を抱き上げ、ベッドに運んで毛布にくるんだ。母の手を握りしめて「ママがいちばん好きなのはぼく」と思いながら、彼は眠りに落ちた。父とはそれからもう、会うことはなかった。

＊

十一年が過ぎた。十六歳のローリーはパブリック・スクール〈中等教育のためのイギリスの私立学校で、かつては男子生徒のみを受け入れていた〉の寮生となっていて、寮でシェイクスピアについてのエッセイを書いていた。父は家を出て間もなく、肺炎と急性アルコール中毒で亡くなった。

十六歳となったいま、父の記憶は遠く、母方の祖父母が経済的に支援してくれたこともあり、ローリーは父の不在を痛手と感じてはいなかった。

彼は引きしまった顔立ちのハンサムな青年になっていたが、男ばかりの寮生のあいだではルックスについて話題にすることもなかったので、美貌を意識してはいなかった。中肉中背の体格から、仲間は彼を「スパッド／スパディ《ずんぐり》」と呼ぶ。幼いころ辛い経験をした人によくあるように、彼は大抵のことには動じない性格で、突飛な発言でみんなを驚かせたりもした。

ローリーがそのエッセイを書き上げようとしていると、ルームメイトのカーターが部屋に入って来て、寮生をまとめる監督生の代表でパブリック・スクール全体の生徒代表でもある、三歳年上のラルフ・ラニヨンが明日退学になると告げた。下級生のヘイゼルがラルフとの「不道徳な」関係について寮長のジェプソン先生——ローリーらが陰でジーパーズと呼び捨てにしている教師で、下品で詮索好きと評判が悪かった——に告白し、その結果、年上のラルフがひとり責任を取らされ、退学処分になるというのだった。

ラニヨンはローリーが尊敬する先輩だった。ローリーはいつになく激昂して、退学などあり得ない、寮生みんなで抗議して処分を止めさせようと言った。カーターはローリーの言葉の端々から、ローリーが性について知らないために「不道徳な」関係の中身を想像できないでいるのを——それが同性愛のことだとわからずにいるのを——察した。カーターがためらっていると、ローリーはカーターが何も行動を起こす気がないと見て取り、態度を硬化させて部屋を出て行った。

ややあってローリーが部屋に戻ってみると、ローリーが寮生みんなを焚《た》きつけて騒ぎを起こそうとしているとカーターがラニヨン本人に報告したらしく、ラニヨンから呼び出しがかかっていた。明日退学になるとしてもラニヨンはいまはまだ監督生であり、ローリーを懲罰する権限を持っている。ローリーがうなだれてラニヨンの部屋に向かうと、やはりラニヨンは厳しい様子で待っていた。

ラニヨンは肘掛け椅子に座って、繰出式の鉛筆にペンナイフで何かしていた。顔を上げた。すらりと背が高く、淡い金髪で、はっとするような淡い青色の瞳だった。眼窩の上のほうの造作《つくり》のせいで目が奥まっていて、笑っているときも探るような目つきになるのだったが、いまはにこりともしていなかった。

「ああそうだった」と彼は言った。「オデールだね。ドアを閉めてくれ」

ローリーはドアを閉め、みぞおちの吐き気をこらえながら待った。待つ時間の長さは違反行為の深刻さにいつも比例していたが、いまのローリーに時間を計る余裕はなかった。ラニヨンは鉛筆にさらに手を加え、芯を出し、ペンナイフを閉じてポケットにしまった。いつもどおり極端までに身綺麗で、髪はブラシで整えて切り揃えたばかり、シャツはいま羽織ったばかりのようだった。去年の夏休み、彼はトロール漁船の乗組員としてアイスランドに行った。次は北極調査隊の一員になるらしい。パブリック・スクールのいちばんの巨漢も、ラニヨンと並び立つと筋張ってみすぼらしく見えた。ラニヨンの目と口のまわりには決意の皺が刻まれていた。十九歳にして、自己鍛錬を厭わない者の厳しい勇気があった。ローリーはおよそ分析的とは言えない心境だったが、ラニヨンはいつにもまして冷たい鋼鉄みたいだ、と思った。いま出まわっている噂はどこかで歪曲されたもので、本当はラニヨンとまったく無関係なのかもしれない。ローリーはこれから火あぶりになるかのように、下顎を強ばらせて待った。

ペンナイフをしまって、ラニヨンは再び顔を上げた。青い瞳でローリーの頭の先から足の先まで冷ややかに見渡した。

「きみが正気を失っているようだとみんなが言っている。この件についてきみの口から何か言いたいことはあるかい？」

「ありません、ラニヨン」ローリーは機械的に答えた。何もわからないふりもできたかもしれないが、ラニヨンの前でごまかしは利かない。

「きみは考えなかったのかい？」ラニヨンは冷静な口調で言った。「寮で何か組織だったことが必要となれば、きみの助けを借りなくても監督生一同が手をまわす」

「おっしゃるとおりです、ラニヨン」ローリーは緊張を緩めたくて窓の下の勉強机のほうを見た。ラニヨンその人と同様、きちんと片づけられていた。

「もちろん、監督生は通常どおりの仕事にしか慣れていない。もしも伝道集会か何か、集団ヒステリーの発現が必要となれば、きみのような専門家のご意見をまず拝聴するとは思うが」

ローリーは何も言わなかった。ローリーの視線は、勉強机の下へと降りて屑箱に止まった。

ラニヨンは訊いた。「きみは今回のような発作によく襲われるのかい？」

「いいえ」とローリーは言った。屑箱は満杯だった。中身がぎゅっと押さえつけられていなかったら溢《あふ》れていただろう。破いた紙がたくさん入っているのを見て、記憶の彼方のぼんやりした恐怖が心に蘇《よみがえ》った。

ローリーは満杯の屑箱に異変を嗅ぎとり、学校を辞めるのは本当ですかと、思い切って訊く。懲戒を受けに来たのに厚かましくも質問をするのかとラニヨンは気色ばむが、ローリーが後に引かないのでその事実を認める。

するとローリーは大胆になって、ラニヨンに思いをぶちまける。何もしていないあなたを退学処分にするなんて、学校はフェアじゃありません、ぼくたちはただ手をこまねいて見ているわけにはいきません――。ラニヨンは「ぼくがやってもいないことで退学していくような哀れで情けないタイプに見えるかい」と返し、ローリーは大学に行きたいのだろうから、巻き添えになって退学させられるような真似はしないほうがいいと諭す。そう語るラニヨンの言葉に揺らぎがないので、ローリーはよくわからないながら、自分のような下級生には話さない心づもりがあるのだろうと解して、言葉を続けた。

「わかりました」と彼は言った。「あなたがお望みなら、ぼくは何もしないと約束します。でもそれはぼくの気持ちが変わったからではなくて――つまりいまだって行動を起こしたい気持ちはあるんです。いますぐにだって」間合いの雰囲気がどこか変わっていたので、彼は言おうとしていたことをうまく続けられなくなってしまった。言葉を結んだ。「こんな事態はいけないと思います」

「いけないと思います、か」ラニヨンはぼんやり間を置いた。そして目から力をふっと抜いたようだった。ローリーが見たことのない、いたずらっぽいチャーミングな微笑みが口の両端に浮かんだ。「気をつけないと、きみはとっさの反応のせいでとんでもない目に遭うな」

「そうでしょうか?」ローリーは曖昧に言った。とにかく会話を続けるようにと本能が告げていた。もしだれかがいま何と言ったのかと質しても、彼には答えられなかっただろう。こういうことなんだ、と彼は思っていた。こういうことのために、ジーパーズはコソコソ嗅ぎまわり、みんなも声を潜めて囁き合っているんだ。昂揚感とプライドと、身を焦がすような好奇心がないまぜになって、彼はラニヨンの瞳に微笑みを返した。声に出して話してきたこととは違う、声には出されなかった会話の続きをたどっているとわずかに意識しながら、彼は言った。「ジーパーズなんてただの嫌らしい年寄りです。ああいう人はわかってない」

「きみにはわかっているのかい?」ラニヨンは顔をじっと見つめて尋ねた。

「いずれにしても」とローリーは言った。「いまはわかります」

会話の締めくくりに、ラニヨンは立ち上がって窓際の本棚に近づき、一冊の革装の本を取ってローリーに差し出した――それはプラトンの『パイドロス』だった。ラニヨンはジーパーズに嫌な思いをしたとしても、これが帳消しにしてくれるだろう、現実には存在しない世界だがね、と言い、パブリック・スクールを辞めたあと、自分は商船で働くつもりだと言い添えて、ローリーに別れを告げた。

＊

七年後、第二次世界大戦の最中《さなか》の一九四〇年。ローリーは二十三歳で、ダンケルクの戦い（第二次世界大戦中の作戦のひとつで、イギリス・フランス連合軍がドイツ軍の包囲網をくぐってフランス北岸のダンケルクからイギリスに撤退した）で片膝に重傷を負い、やっとのことで民間船に乗せられイギリスに運ばれてきた。その後イギリス南西部の町、ブライドストウ郊外の陸軍病院に送られ、他の傷病兵といっしょに療養生活を送ることになった。病院でもブライドストウの中心地でも、そして遠くロンドンでも、ドイツ軍による空襲が続き、戦争は終わる気配がなかった。

イギリスに向かうその民間船のデッキで、ローリーが他の負傷兵たちと並んで横たわっていたとき、髭面の船長がローリーを気にかけてしきりに話しかけてきた。ローリーは痛み止めのモルヒネでぼんやりしながらも、その状況が妙に可笑しくて、「すまないがきみ、またあとにしてくれよ」と言うと、船長はもう来なかった。隣で横たわってこのやりとりを見ていた戦友のレグ・バーカーは、あいつは船長を娼婦と間違えたんだと、病院に着いてからも語り草にして笑うことになった。

生死をともにした戦友たち、そして献身的な看護婦たちに囲まれ、陸軍病院でのローリーの待遇はそれほど悪くない。しかし四度の手術のあと、負傷した膝は完全には元どおりにならない、片足だけ一インチ（約三センチ）ほど短いままになるだろうと聞かされて、ローリーはショックを受ける。

さらにローリーにはもうひとつ悩みがあった。戦争が始まる前にオックスフォード大学に進学して、チャールズという学生との出会いをきっかけに、自分は同性に惹かれると自覚するようになっていた。しかしチャールズもその友人たちも仲間内だけで固まっていて、ローリーはその閉鎖的な空気が好きになれなかった。ラニヨンを思い出しては理想と仰ぐものの、彼とはもう会うこともなかった。ローリーは人知れず悩みながら、女性が好きなふりをして戦友の話につきあわねばならなかった。

しかしその状況を変えたのが、クエーカーの良心的兵役拒否者、アンドリュー・レインズだった（クエーカーはプロテスタントの一教派で、正式名称はキリスト友会。非暴力を教義のひとつとしており、第二次世界大戦中、イギリスのクエーカーたちは戦闘行為を拒み、兵役の代わりに医療・消防・農場・鉱山・鉄道などで働いた）。アンドリューら数人のクエーカーは、デイヴという五十代の男性をリーダー格として、陸軍病院に雑用係として送られてきた。兵役逃れをしたずるい奴らだと、傷病兵の多くは敵意をむき出しにするが、彼らはそんな空気をやりすごしながら働き始めた。

その朝、ローリーが浴室にいると、トイレの床をだれかが磨く音がして、モーツァルトらしいフレーズを口笛で吹いているのが聞こえた。病衣を着て、松葉杖をついて浴室のドアを開けると、ローリーよりも少し年下の若者がいた。アンドリューだった。

外のセメントの床は水で濡れていた。すかさず声がした。「バケツに気をつけてください」

ローリーはドアの陰を見るよりも先に「あ、どうもありがとう」と、とっさのことではあったが、ただ言葉を返す以上の親しみを込めて言った。

ローリーは前に進んでドアを閉めた。トイレの入り口のあたりで床を磨いていた若者が、上半身を起こしてにっこりした。

ローリーは立ち止まり、松葉杖をついて浴室のドアの側柱に体をもたせて笑みを返した。えーっと、とひと呼吸置いて我に返った。馬鹿みたいにニヤついたまま、突っ立っているわけにもいかないな。「ねえ。きみがさっき口笛で吹いていたのは、モーツァルトのどの曲だっけ?」

若者は雑巾を床に置いて、手をズボンの尻でこすり、手の甲で目にかかった髪を払いのけた。古びた金箔のような色合いの髪だった。白い肌は滑らかに日焼けしていて、グレーの瞳が明るく澄みきって見えた。穿き古したコーデュロイのズボンに、グレーのフランネルのシャツの腕をまくって着ていた。

「わかりません」と彼は言った。「他のことを考えていたんです」無愛想と受け取られないかと思ったようで、また笑った。

ローリーはパニックになった。鍵の掛かったドアを前にして、鍵束は持っているのにどの鍵も合わないというようだった。「ヘ長調のオーボエ四重奏曲じゃないかと思ったんだけど」と、思いつきで言ってみた。偶然その曲名なら知っていたからだ。若者はそれに応じるように「そうだったかもしれません。好きな曲ですから」と言い、バケツの水で雑巾をすすいで石炭酸の清潔な香りを立ち上らせた。

二人はそのまま話し込み、気がつくと戦争について踏み込んだ会話をしていた。アンドリューが床磨きを終えるころ、ローリーは思い切って「チャイコフスキーは「変人《クイア》」だったみたいだよ」と言ってみる。その言葉に反応すれば、アンドリューが同性愛者《クイア》と自覚しているとわかるからだ。しかしアンドリューは特に興味を見せなかった。

だが、アンドリューが同性愛者と自認していないとしても、彼の魅力が減るわけではなかった。ローリーは生まれて初めて本当の恋をしたと確信する。アンドリューもまたローリーに好意を持っているようで、それからというもの、二人は機会を捉えては言葉を交わすようになった。

＊

数日後の夕方、ローリーは塞ぎ込んでいた。面会日だったその日、ローリーは母の訪問を楽しみにしていたのだが、母はひとりではなかった。ガレス・ストライクという名の、同じ町に住むイギリス国教会の牧師を伴っていた。母はストライクが好きで、どうやら再婚したいらしい。しかしストライクは病院で働いているクエーカーたちを声高に非難するなど、無神経なふるまいが目立った。ローリーはストライクに腹を立て、母には裏切られた気がしていた。

母がストライクと去ったあと、ローリーは病院を出て、近くのミセス・チヴァーズの果樹園のほうへとぶらついた。ミセス・チヴァーズはこの世の終わりが近いと信じている熱狂的なクリスチャンで、果樹園を訪れる者も少なかったため、ローリーはひとりになりたいときに訪れるのだった。この日もミセス・チヴァーズは林檎を好きなだけ取って食べていきなさいとローリーを歓迎しつつ、「悔い改めよ！」と書かれたパンフレットを押しつけてきた。ローリーはパンフレットを手に、ひとり果樹園の先へと入った。

果樹園は家の脇から裏手に続いていた。ローリーは立ち止まり、お気に入りの木から林檎を一個、松葉杖で叩いて落とした。黄緑色の細長い葉むらの下には、風で落ちた林檎があちこち隠れていたので、つまずかないように用心しながら歩いた。

果樹園の端には林檎の古木があり、瘤《こぶ》だらけで実を結んでいなかった。その先の土手には緑が広がっていた。小川が浅瀬の砂の上を流れ、岩を一フィート〔約三〇センチ〕くらい滑り落ちてチロチロ音をたてていた。小川のまわりにはブナの木々が立ち並んでいた。木々をそよ風が吹き抜けて、すでに初秋の爽やかさだった。

ローリーはブナの枝のそばにゆっくり腰を落ち着けた。あと一時間くらいは陽射しがあるな。軍服を緩めると、顔と喉が優しく温められるのがわかった。不安な苛立ちは鎮まり、惨めな気分もよどんで動かなくなった。時間と愛と死の途方もない存在感に翳《かげ》らされて、明日も来週もはるか先に遠のいた。彼は、諦めて受け入れてもいいやという、問題の渦中にいないときに陥りがちな気分になっていた。ひとりだけのこの穏やかな時間は、意志の力によって耐えられるようになった孤独と似ていると彼は思った。

小川の向こうでブナの実を踏みしめる足音がした。平和を乱されたくなかったので、草のあいだに体を沈めて眠っているふりをした。声がした。「ああ、ローリーさん。こんにちは」ローリーは言った。「やあ。こっちに来てぼくに話をしてくれよ」彼はこの出会いは光り輝く必然だと、陽光と同じくらいはっきりとそう感じ、これほどまで必要としていることなら正しくないはずはないと直感した。

アンドリューは靴と靴下を脱いで小川を渡ってきた。ローリーの横に座って、裸足を草にこすりつけて泥を落とした。彼がそこにいるいまとなっては、ローリーは何の話をすればいいかわからなかった。でもアンドリューは確信に満ちているようだった。草の上に寝そべって伸びをして、眩《まぶ》しさに細めた目には、澄んだライトブルーの空の色が映った。くつろいでいる彼はいつもより気ままで、彼らしい輪郭がいつもに増してくっきりと感じられた。「あなただけのエデンの園を見つけていたんですね」

「ぼくだけ、ってわけじゃないんだ」ローリーは言った。「だれでも歓迎なんだ。でもやってくるのは蛇だけなんだよ」彼はミセス・チヴァーズのパンフレットを取り出した。

アンドリューは寝返りを打って頬杖をつき、パンフレットの最初のページを眺めて言った。「救われていますか」っていうのは世界でいちばん間が抜けた問いだと、いつも思います。他人まかせで最初から何もかも放棄しているか、あるいは途方もなくうぬぼれているように聞こえるから」

「救われていると思いたいんですが、ってぼくはチヴァーズさんに答えたと思う。だけど言い逃れにしか聞こえなかったみたいだよ」

「でも他に何て言えるんでしょうか。シャツを脱いでもいいかな、チヴァーズさんはびっくりするかもしれませんね」

アンドリューはシャツを丸めて頭の下に敷いた。体は痩せていたが、思ったより硬く引きしまっていて、肌は日焼けして褐色になっていた。かがんで仕事をする労働者と同じで、上腕の裏側と肩から背中にかけて、とくに日に焼けていた。手は大きくてしっかりした造作《つくり》だったが、ひび割れて硬くなり、簡単には洗い流せそうもないくらい泥が染みついていた。

ローリーはしばらく黙っていたが、目を落としていたパンフレットから顔を上げた。「ぼくが思うに、礼にかなった答えは「救われてはいません、でもぼくはあなたにこそ救ってほしいんです」ってところじゃないかな」彼はパンフレットをパラパラとめくった。「きみは地獄があると思う?」

アンドリューはシダの葉を空にかざしながら言った。「そうですね。ぼくはあなたの意見が知りたい」

二十三歳という年齢では、会話が白熱しそうだとしても、恐れて会話を止めたりはしない。それどころか熱によって薄く脆い保護膜くらい溶かしてしまえると知っている。ローリーは周囲を見渡した。陽射しは淡く柔らかく、熟した果実はその運命を穏やかに待ちわびながら、生を芯に包み込んでまどろんでいた。

「ぼくに訊いてもただのアマチュアで、手作りでやってきただけだよ。——いいかね諸君！この優れた軍備で、自分たちの地獄を作りたまえ。道具もわかりやすい解説書も揃っている。おもちゃなんかじゃない、諸君が友だちみんなと入っても、何年も持ちこたえるような正真正銘の地獄を作りたまえ――。訊きたいのはこんなこと？」

「ええ、そうだと思います。訊いてみたくなったんです。何か可笑しいですか？」

「いや、太陽が目に入って眩しいだけだよ。続けて」

「ええと、ぼくが知らなきゃいけないことをあなたはたくさん知っているんです。でもあなたはこれ以上考えたくないかもしれません」

「大丈夫だよ」ローリーは雑草の長い穂を引き抜いて、滑らかな種子を外した。「続けて。何が訊きたい？」

「そうですね、たとえば――戦争が始まったとき、これからやることに疑問は持ちませんでしたか？」

「持たなかったと思う。というか、もちろんすべては支離滅裂で、前もって防いでおくべきだったのに、とは思った。でも同時にもう始まってしまったことだとも思ったんだ。雨に降られるみたいにね」いまになって初めて、あの堅実でまともで型どおりの選択、数ある選択肢のひとつと考えるまでもないこの選択以外ないと、そう考えるのがいかに大切なことだったかに気がついた。他人と違わないようにすることこそ大切だったのだ。「たぶん」彼は率直であろうと努めながら言った。「まごつくといけないと思って、あまり深くは考えなかった。いまとなっては思い出せないくらいだ。もちろん、他にいろいろ疑問はあった。自分はどうなるんだろうって思った。

こういうことだけじゃなくてね」——彼は草のあいだから半分のぞいている松葉杖を親指でちらりと指差して——「どんな人間になるんだろう、どう考えるようになるんだろうって思ったよ」

「そうだったんですね。想像どおりでしたか？」

「いや、そうでもなかった。退屈な数ヶ月、おあとは悪夢みたいに悲惨なピクニックの始まりで、前準備はすべて無駄だった。そんな中だと、自分はお高くとまっていませんなんて澄ましてはいられない。でも、そうだとしても自分の趣味が変わるわけじゃない。音楽とかね。まわりの人といくらつきあっても趣味は違うとわかって、そして自分がとくに優れているわけでもないとわかると寂しくなった。戦闘のときはもちろん別で、戦うためにそこにいるわけだけど、ぼくはそんなに長いこと戦闘には加わらなかった」

「別の言い方をすれば、バランス感覚を身につけたのかもしれません」

「たかが知れていると思うよ」

突然アンドリューは体を起こして、むき出しの両腕で膝を抱え込んだ。内に秘めた決意で表情が硬くなった。彼はまっすぐ前を見ていた。横顔は硬く険しく、少しのあいだ身じろぎもしなかったので、隠れた愛らしさと濁りのない厳《いかめ》しさが二重写しになって、ローリーにはそれが耐えがたいほど美しかった。視線を逸らすとアンドリューが彼を見た。「ぼくたち、こんなふうに続けるわけにはいきません。そうでしょう？」

「どういうこと？」ローリーは言った。心臓の鼓動が急に速くなって息が止まりそうになった。

空と水と、午後の陽射しを通してくる繊細な木の葉が天空の輝きを放ち、これからやってくる奇跡を予告しているみたいだった。

「わかるでしょう。あなたが訊きたいことです。戦うのがぼくは怖いのかどうか。あなたには知る権利がどうしたってあるんです」

ローリーはしばらく口が利けなかった。昂揚と落胆があまりに激しすぎたのだった。でもそのあとで沈黙が別の意味に誤解されかねないとも思った。「いいや、そんなこと考えてなかったよ。それにもし本当に怖いなら、きみはそのことを話題にもしないだろう」

「そうでしょうか。でもやっぱり大事なことに変わりはありません。と言ってももちろん、わからないというのがぼくの答えなんです。理屈でわかることじゃない。確実にわかればいいと思うし、もちろん証明できればいいとも思います。でもそれもぼくにしか意味をなさないでしょう。つまり、勇気がどれだけあったとしても、それで物事の正しさが決まるわけじゃない、ということです。たとえばアブラハム・リンカーンを暗殺するのだって、たくさんの勇気が必要だったと思います」

「同感だよ。劣等感を持っている人が男らしさを証明したくて犯罪に走ることって、たぶん多いと思うよ。金目当ての犯罪より多いんじゃないかな」

「戦争が始まる半年前、ぼくは一週間の徒歩旅行に出て、こういうことを全部考えてみました。ぼくが疑問を持つことじたいキリスト友会にとっては打撃だったらしいけど、みんな、特にディヴが良くしてくれました。ぼくはこの問題をあらゆる点から考えてみました。殺す権利があると思える状況もあるでしょう。だれを殺すのかがわかっていて、状況や責任の性質が明らかな場合です。ぼくが最後に行きついたのは、ぼくが一度も会ったこともない男たち、どんな道徳的基準を持っているかわからない男たちに、ぼくの道徳上の選択を委ねることはできないという点でした」

「ああ、わかる。だけどナポレオンの時代だったら、戦争の真っ最中であっても、イギリス海峡を渡って敵軍のだれかと分別のある会話をしたいと思ったら、止められることはほぼなかったっていうよ。一九一四年だってクリスマスに休戦をして、ほぼうまくいった。現代ではみんな密閉した缶詰の中に詰め込まれて、戦争か降参かのどちらか一つしかない。宣伝マシーンと化したメディアをひっくり返したくても、そんなことできっこない」

「『宣伝マシーン』という言葉だって、メディアのごまかしにすぎない」何かに集中しているとき、アンドリューはぶっきらぼうな発言をしながら自分ではそうと気づいていないことがよくあった。「そういう不正確な用語も戦争精神病の兆候なんです。人は断じてマシーンではありません、いくらそうなりたくても。そこから始めないと」

「そこから始めているあいだに、罪のない人たちが大勢苦しむことになるよ」

「わかっています」アンドリューは言った。「もちろんそれが問題なんです」彼の瞳は流れる水を映して青く染まっていた。「戦争はいつもブーメランみたいに跳ね返ってくるから、結果的にはだれの安全保障にもならないというのが真実です。ポーランドを守るためにぼくたちはこの戦争を始めたけど、いまポーランドの人たちがどういうことになっているか、考えてもみてください。でもこういう言い方だと、問題から逃げることになるかもしれません。責任はとてつもなく重いんです。助けを借りないで、イギリスだけで責任を引き受けねばならなかったとしたら、余計に重かったでしょう」

「それで、きみはだれの助けを借りたんだい？」ローリーは冷ややかに返した。少し前にデイヴの名前が出たのが気に入らなくて、嫉妬が頭を鈍らせていた。一瞬遅く、アンドリューの言おうとしていたことがわかって、彼は慌てた。

「ごめん」ローリーは何とか取り繕った。「馬鹿だったよ。きみは生まれてからずっとクエーカー、ええっと、キリスト友会の信者なの？」

「あまり良い信者でもないんです。ぼくだけでキリスト友会を判断しないでください」

「ではきみは信者の家に生まれたわけではないの？」

「いいえ、ぼくの家は代々いつも軍人だったんです」

「そうなの！　きみは大変だっただろう」

「他のみんなと比べたらそうでもありません。いつか父のことを話しましょう。でもいまはあなたのことを話したい」

ローリーはじっと座って考えをまとめた。そして言った。「こういうことをぼくはうまく言えた試しがない。でも馬鹿みたいに聞こえるだろうけれど、国家がきみのような人たちを強制収容所でみすみす死なせてしまうのは、ぼくは嫌だ。きみは収容所送りもかまわないと言うだろう。それを受けてぼくは気持ちを変えるべきなのかもしれないけど、本当のところ変わらない」

「変えなきゃいけないのに」アンドリューは言った。表情は強ばり、そこにあった輝きは消えていた。育ちの良い、小麦色の肌の負けず嫌いの少年にしか見えなかった。

ローリーは悟った。自分の願望にまかせてだれかを理想化するあまり、人間らしい弱みを踏みにじってしまうことがある。「ねえ」と彼は言った。「はっきりさせよう。軍隊に守られているんだから、きみも軍隊に恩を感じなくちゃいけないとか、そういうことを言いたいんじゃない。ぼくはそこまでフェアじゃないことは言わない。きみは守ってくれなんて頼んでいないし、守ってほしいと思ってもいないし、そう考えていくと、ぼくはある意味、ヒトラーがきみの敵であるのと同じように、きみの敵にまわることになる。ぼくはただ、そう考える人もいると説明したかっただけだ」

「ぼくらは敵どうしになんてなりません」アンドリューはひと息でそう言い切った。ローリーはうれしさが目つきに出るんじゃないかと心配になって、身動きできなかった。アンドリューは突然ぎこちなく言った。「子どもっぽくてごめんなさい。もちろん、あなたもそう思っているんですね。頭ではストレートにわかっても、気持ちがついていかないことがときどきあって」

「そうだね」ローリーはそう言って笑った。でもひとりで面白がっているのは危ういと思い直して、口早に尋ねた。「軍隊のことか何かで、ぼくに訊きたいことがあったと思うけど」

アンドリューはためらいがちに黙ったまま、片足を小川に浸した。すっかりくつろいでいて、くつろいでいることにもまるで無頓着な様子だった。それを見ながら、ローリーは一瞬のあいだ鋭い羨望を感じた。夕方の冷え込みの中で同じ姿勢を取り続けていたせいで、膝の激痛が始まっていた。アンドリューが見ていない隙を見計らって、彼は用心しいしい重い膝を動かした。「でも何を訊きたいのかわかるよ。人を殺したことがあるか、どんな気持ちになったか。でもぼくの答えもきみと同じ、わからないんだ。兵士の二人に一人はそう答えるんじゃないかな。ぼくらが発砲する、すると向こうのだれかが死ぬ、それがすべて。きみが言うとおりで、これだとぼんやりとしか考えられないよね。でも考えてみると可笑しいのは、戦争が起きる前の殺人事件の裁判なんかでは、犯人がひとり殺したというだけでみんな遠くから詰めかけたものだった。それが一夜にして様変わりして、殺人も銀行員と同じくらいありふれたものになって、みんなパブで飲みながら話の種にしている。「ところでローリー、何人ぐらい殺《や》ったんだ、大体でいいから」「うーん、正直言って急いでいたから立ち止まって見る暇もなかった、たぶん二人くらいかなあ」ってね。林檎を食べるかい」

二人は光沢のある林檎を齧《かじ》った。陽によく当たった側を齧ると、皮の下に鮮やかな深紅色が見え、歯触りのいい白い果肉を縁取った。

「そういうわけで」ローリーはしばらくして言った。「何もかも混沌としていて、明快なものなんて何もないんだ」

アンドリューは答えなかった。ローリーが見ると、こっそり、というよりは照れたみたいに視線を外した。ローリーがパブリック・スクールで最終学期を迎え、寮でまずまず任務を果たしたとみんなに認められていたころ、そんな視線を感じたことが時折あった。でも今回そんなことは出来すぎだと思ったので、気にしないようにした。彼は草むらに頭を乗せ、空を背景に細長い茎を眺めた。世界は黄金色の静けさに満ち、要求がましいところが少しもなかった。午後に惨めな気持ちになったことも、この場所にたどり着くまでの通過点だったように思えた。でもそれで時計を見ることになった――帰らなくては。

アンドリューがまず立ち上がり、ニコニコしながら片手を差し出してきた。まるで子どもたちが面白がって引っ張りっこして立たせ合うときのように、屈託がないと思わせる仕草だった。病棟でも、アンドリューが機転を利かせて内気さを乗り越えるところをローリーはときどき目にしていた。アンドリューの握り方は力強く、ザラザラした手には優しい温もりがこもっていた。引っ張る前には、松葉杖をもう一方の手に持って準備しておくことも忘れていなかった。

果樹園を抜けて歩いて戻る途中、黄昏時で草むらの緑色が濃くなっていた。しかし小川の向こうのブナの木々の頂は、雲ひとつないアクアマリンの空を背後に、最後の陽光を受けて深い赤銅色に燃えていた。

連れ立って病院に戻る途中、二人は二頭の馬が導かれて家路に向かうのを見る。その光景にローリーは『パイドロス』――二頭立ての馬車が魂の比喩として登場する――を思い出す。ローリーはラニヨンのくれた『パイドロス』を持ち歩き、ダンケルクでも軍服のポケットに入れて携帯していたが、入院してからはロッカーの奥にしまい込んでいた。

その後もローリーとアンドリューは落ち合っては会話を重ねた。ブナ林も二人がよく訪れる場所だった――ミセス・チヴァーズの「エデンの園」から少し離れたその場所を、二人は天国と地獄の中間地点という意味で「辺獄」と呼んでいた。しかし二人がしょっちゅういっしょにいるので、周囲の人々はしだいに二人の仲を勘繰るようになった。中でもダンケルク以来の戦友レグ・バーカーは、ローリーが同性愛者ということに薄々気づいてしまう。ローリーはアンドリューにも気をつけるように言いたいが、アンドリューはひたすら純粋なので、周囲の人々の視線を避けるべく促すことはもちろん、ローリーが自分の性について思い切って打ち明けることもできなかった。

ローリーはどうふるまうべきか迷いつつ、ロッカーの奥の『パイドロス』を改めて取り出した。『パイドロス』ではソクラテスが男どうしの愛を高らかに肯定していた。ソクラテスによれば、かつて魂は——馭者の走らせる二頭立ての馬車は——翼を持ち、神々に付き従って天球の外で真なるものを眺めていた。しかし馭者が馬たちを抑えられなくなったときに翼は失われ、魂は地上に落ち、人間に宿ることになった。それでも恋する相手を見つけてその美に惹かれるとき、魂はかつて眺めていた真実の一端に触れることができるという。馬たちは良馬と悪馬でひと組となっていて、悪馬のほうは恋する相手を見ると欲望にまかせて突き進もうとするが、馭者がうまく悪馬を制御すれば、恋する二人は幸福な生を送ることができる。ローリーはアンドリューとともにこの理想を生きたいと願った。

しかし『パイドロス』は思いがけない展開へと二人を導いた。あるときアンドリューはローリーの『パイドロス』を手に取って、最初の持ち主であったラルフ・ラニヨンの名前を見つけてしまった。ローリーは慌ててごまかそうとしたが、そのときの会話から、ラニヨンという人物がローリーの中で大きな意味を持っているらしいと、アンドリューは感じ取った。

＊

そのころ、ローリーは理学療法を受けにブライドストウの民間病院に通うことになった。

その日、ローリーは一回目の理学療法を受けて、帰りのバスを待っていた。すると民間病院の研修医、サンディ・レイドと出くわした。ローリーはサンディとかつて陸軍病院で会ったことがあった。二人でパブに飲みに行くと、サンディは、自分は「友だち」のアレクと部屋を借りている、今夜は部屋でアレクの誕生パーティがあって「女の子たちは来ない」が、きみも来ないかと誘ってくる。サンディはローリーが自分と同じように同性愛者ではないかと疑っており、それとなく探りを入れて確認しようとしているのだが、ローリーははぐらかしてパーティへの誘いも断ろうとする。しかしそのときイギリス海軍予備隊〈イギリスに実在する予備部隊で、商船や漁船の船員などが志願して一定の訓練を受ける〉のラルフ・ラニヨンも来るはずだと言われ、パーティに行くことになる。

パーティでラニヨンを待ちながら、ローリーはサンディの恋人アレクと話をした。アレクも研修医で、サンディと同じように民間病院で働いていた。アレクはラニヨンの過去をよく知っていて、ローリーの話も聞いたことがあるらしい。アレクによると、ダンケルクからローリーを船で運んできたのは実はラニヨンで、そののちローリーの安否を問い合わせて「負傷により死亡」との通知を受け取っていたという。ラニヨンはダンケルクから何度か兵士たちをイギリスに輸送したが、最後は乗っていた船が爆破されてしまい、左手の指を半分失う大怪我をした。

ローリーがびっくりしていると、ラニヨンその人が入ってきた。ラニヨンもまた、死んだと思っていたローリーがそこにいたことに驚くが、二言三言交わすと、ローリーを運んでくれたあの民間船の髭面の船長が——「すまないがきみ、またあとにしてくれよ」という言葉を投げかけた相手が——ラニヨンだったと判明し、二人は笑い合った。ラニヨンの顔にいま髭はなく、ローリーが松葉杖をつき、ラニヨンが左手に手袋をはめていることを除けば、二人ともパブリック・スクール時代とさほど変わっていなかった。とはいえ昔の上下関係は薄れているので、ローリーは思い切ってラニヨンをファースト・ネームで呼ぶことにする。

ローリーはラニヨン——改めラルフ——と話をしながら、パーティの雰囲気もわかっていく。アレクの誕生パーティと銘打ってはいるものの、それは同性愛者のための恋人探しのパーティであるらしい。ラルフが席を外した合間に、ローリーも何度か声をかけられた。漏れ聞こえてくる会話を総合すると、参加者の多くは顔見知りで、たえず仲間の恋愛の噂をしては、いまの相手に捨てられないかと探りを入れるか、新しい相手を物色している。長続きしない関係が不安で、神経をやられてしまう男たちもいる。ローリーを連れてきたサンディは、アレクと一年以上つきあっていると自慢しながら、アレクとローリーが話をしただけで、アレクと自分との関係は破局を迎えたと思い込んでしまう。パーティの最後には、浴室で手首を切って自殺を図ったところをラルフに発見されるという騒ぎになった。

ローリーはオックスフォード大学の同性愛者たちと同じ、この内輪だけの雰囲気がやはり好きになれずにいたが、彼にとって気がかりなのは、ラルフもその世界の一員になっていることだった。ラルフはサンディのような神経衰弱ぎみの男たちを放っておけず、自殺の企てに気づき介抱してやるなど世話を焼くが、感謝されるどころか振りまわされているようだった。またラルフ自身、かつてアレクとつきあい、いまはバニーという別の男性とつきあうというように、一時的な関係しか持てずにいるらしかった。

パーティの数日後、ローリーは誘われるままにラルフの部屋に遊びに行く。同じ建物の別の部屋にバニーも住んでいて、いっしょに飲むことになる。ラルフは恋人とすぐ近くで暮らすことができて幸せなのだろうと思いきや、実はバニーとの仲は破綻していた。バニーは無責任きわまりない人物で、ラルフにこっそり強いお酒を注ぎ足して泥酔させ、ラルフの代わりに自分がローリーを陸軍病院まで車で送っていくと申し出ながら、途中で車を止めてローリーを誘惑しにかかり、失敗すると彼を放り出そうとした。

ローリーはバニーを腹立たしく思うが、バニーとラルフの関係に自分が立ち入ることはできないと感じ、ラルフと会うのも止めようと考える。ところがその後、ふたたび民間病院に行った際、ラルフがローリーに会いに来る。ラルフはバニーのいたずらを知ったらしく、バニーとの関係は終わりにした、自分は別のところに引っ越すつもりだと告げる。

ほっとしながらも、自分が二人の関係を壊してしまったのではないかと案じるローリーに、ラルフはさらに思いがけないことを知らせる。裏で手をまわして、ローリーが陸軍病院から民間病院に転院できるように、そして治療に専念できるようにしたというのである。しかし転院してしまうと、アンドリューとはなかなか会えなくなってしまう。ローリーが顔を曇らせたのでラルフは初めてアンドリューの存在を知り、勝手なことをしたと詫びるが、転院の手続きは元に戻せない。

重い気持ちのままローリーが陸軍病院に帰ると、転院はもう決定事項となっていて、アンドリューも知るところとなっていた。ところがもっと急を要する事態が持ち上がっていた。ローリーが不在のあいだ陸軍病院が空襲に遭い、患者のひとりシャルロがベッドから出ようとして転倒し、頭を打って重体になったのだった。

看護婦の手が足りないためアンドリューがシャルロに付き添っており、ローリーはアンドリューを手伝った。シャルロの意識は途切れがちだが、戦友のローリーの言うことならシャルロはわかるらしい。シャルロはローリーに向かい、臨終前の告解がしたい、カトリックの神父を呼んでほしいと言う。しかし空襲で電線が切れたらしく神父との電話が繋がらない。ローリーはアンドリューが神父のふりをしたらどうだろうと提案するが、アンドリューはカトリックとクエーカーでは教派が違う、シャルロを騙《だま》すことはできないと、きっぱり拒む。ローリーはかっとなり、きみは原則にこだわりすぎる、だれかを本気で思うのなら選り好みはできないはずだと言い放ち、言ったあとで深く後悔する。

シャルロは救急車で別の病院に運ばれ、病棟は静かになった。その夜、ローリーはアンドリューが片づけものをしている調理室に行って、ひどいことを言ってしまったと謝ると、アンドリューはその言葉を穏やかに受け入れた。ローリーの転院のこと、出会いからこれまでのことなど、二人がとりとめなく話をしていると、ぼくはあなたになら何でも言えそうな気がするんです、とアンドリューが言う。彼は続けた。

「でも、あなたはときどきぼくに言わないことがある。そうでしょう。あなたはこう考えるんです。「いや、アンドリューには無理だろう」と。ぼくのことを頭に袋をかぶせておかないといけない人間だなんて思わないでください。そんな人間でいるべきじゃないんです、ぼくの言いたいことはわかりますか？」ローリーが返事をしないでいると、アンドリューはつかえながら言った。「何と言うか、ぼくは嫉妬してしまうんです。何に対してなのかはわからないけど」

ローリーは顔を上げてゆっくり言った。「嫉妬なんてしなくていいんだよ」

少しのあいだ二人の視線が合った。それからアンドリューは流しのほうに行った。コーヒーを淹《い》れたために洗いものが残っていた。彼はポットを手に取ってじっと見た。「ほら、こういうことをあなたになら言えて、そしてあなたは――。世界がこんな事態になっているときに自己分析で時間を無駄にしてはいけない。ぼくはそう思います。でも完全には理解できないようなことが起きて――。あなたとなら大丈夫なんです。それならぼくは人と違うという気持ちにならないで済むから」

「そんなことは気にしなくていいんだよ」ローリーはぎこちなく言った。その瞬間、アンドリューを守るために隠しておかねばならないものなど、自分には何もないという気がした。こう思ったために臆するところもなくごく自然に、身をかがめてアンドリューにキスをした。これまでにもそうしたことがあって、二人ともそのことを覚えているみたいだった。

そこに夜勤の看護婦がやって来たために、二人は慌てて何事もなかったようにふるまった。その後アンドリューとは打ち解けた話をするチャンスもないまま、ローリーは転院になった。

＊

ちょうどそのころ、母とガレス・ストライクの結婚式の日が近づいていた。ひとり息子のローリーが結婚式に参列することは母のたっての願いだったが、ローリーはどうにも気が進まなかった。ラルフは新しい病室に見舞いに来てローリーの気持ちを察し、自分も結婚式に行こうかと申し出てくれる。ローリーはうれしく思うものの、嫌な気分のときにはむしろひとりでいたいから と、ひとりで行くことにする。ラルフはローリーに自分の電話番号を渡す。

結婚式の前日に実家に帰ってみると、ローリーの愛犬がいなかった。老衰が目立ってきたために母がストライクの意向を立てて殺してしまったらしい。ローリーは言いようのない寂しさを覚え、だれもいないときにラルフに電話をかける。

翌日の結婚式でローリーはエスコート役を務め、母をストライクに引き渡した。役目を無事に終えてほっとしていると、新婦の友人たちがまばらに座っている中にラルフがいるのを見つけ、うれしくなる。披露宴では、ラルフはローリーといっしょに進行に気を配ってくれた。

披露宴も終わり、新郎新婦は新婚旅行へと出かけて行った。参列者を見送ったあと、ローリーはラルフを家に案内する——結婚を機に、母の家はローリーに譲られることになっていた。だれもいない家の暖炉の前で、二人は夜を明かした。

虚しさが一度慰められると、慰められたいという渇望はますます募った。望まれない子がひっきりなしに安心させてほしいとねだるのに似ていた。五感だけでも十分にわかるのに、それでは納得できず、ただの親切だけを与えられているわけではないという確証をほしがった。自分にも力があるという承認をほしがった。真夜中の切れ切れの会話のどこかで、ローリーは「自分の居場所はどこにもないという感じがよくするんです」と言った。自分でも何を望んでいるのかよくわからなかった。でもラルフは一瞬もためらうことなく答えた。「ぼくと一緒にいればいい。二人が生きている限り、他のだれのものでもない、きみの場所だ。約束するよ」彼はほとんど商談でもしているような調子で、興奮も見せずにそう言った。弁護士に遺言を説明しているみたいだった。

翌日、退院したらぼくと二人で暮らさないかと、ラルフは提案する。自分のいまの部屋は仮住まいのつもりだ、退院後に二人で住むところを探そうと言い、いっしょに暮らし始めてからも、もちろんきみはアンドリューと会って構わない、自分は詮索しないと言い添えた。しかしローリーは、ラルフが自分とアンドリューの関係を尊重しているようでいて、実は先のない関係だと見越していると勘づく。ラルフは、アンドリューが性に目覚めていないとローリーから聞いて、肉体関係がないのであれば所詮はローリーの片思いにすぎず、長続きはしないと考えている。ローリーはひとりで考えさせてほしいと答える。

ローリーはラルフに送ってもらって病室へと戻った。うたた寝をしているとアレクが訪ねてきて、さっきラルフに会ったけれど、とてもうれしそうだったと告げる。ローリーは、アレクとラルフの会話の内容を想像して、きっと自分とラルフはもう恋人になったように語られているのだろう、その噂は彼らの友人たちに広まっていくのだろうと考えて、彼らの人間関係の中に絡め取られていくような感覚に囚われる。

その夜は激しい空襲があったが、患者たちは息を潜めてじっとしているしかなかった。ローリーの隣にはマーヴィンという十歳くらいの少年が寝ていて、腹膜炎の手術後で動けずにいた。マーヴィンが空襲を怖がるので、ローリーは彼のベッドに行き、抱きかかえて寝つかせる。マーヴィンを起こすまいとローリーがそのままの姿勢でいると、患者のひとりは彼に煙草を手渡してくれたり、見まわりの看護婦はローリーが自分のベッドにいないのを見逃してくれたりと、ローリーの優しさをさりげなく応援してくれる。ラルフの友人たちだったらそうはいかないだろう、ローリーに下心があると騒ぎ立てて、純粋な行為も台無しにしてしまうだろうと思うと、ラルフへの返事も決まってきた。

二日後、ローリーはラルフの新しい部屋を訪ねた。明るく迎えたラルフだったが、ローリーが表情を硬くしているのを見て、椅子に座るよう促し、自分ももう一脚の椅子に座って彼が口を開くのを待った。

ローリーは用意してきたことをつかえながら語り始めた。でもいまとなっては口にできないことも多く、留保をつけたり和らげたりしないと言えなかった。自分が口にするつもりだったとは、信じられないこともたくさんあった。「ラルフ、あなたのことを軽々しく考えているなんて思わないでください。ぼくは――」

「スパッド、馬鹿なことは言わなくていい。きみはぼくのことを愛している。それはぼくにもわかっているし、きみにもわかっている」

ローリーは顔を上げた。ラルフの青い瞳が彼の顔を見つめていたが、疑惑を抱いたり懇願したりしている瞳ではなかった。瞳はじっと見守っていた――丹念に注意深く、集中力のすべてを傾けて。ラルフのことを何でも言いなりになる犠牲者のように、自分が拒んだらすぐ屈服してしまうかのように思い描いていたなんて、センチメンタルだった、現実とまったく違っていたと彼は悟った。彼が見ることになったのは、権威をふるうことも躊躇しない、決断力と機転に溢れたひとりの男の顔だった――危機にすみやかに反応して、相手の力を見定めて自分の力を行使しようとしていた。いま軍艦の指揮所に立ち、攻撃をかけようとしていた。ローリーの決心が揺らがないかぎり、敵はローリーだった。

「スパッド、無駄な時間潰しは止めてくれ。ぼくが部屋のこっち側に来て座った途端、ぼくらが愛し合っているかどうか議論を始めるなんて、子どもっぽいじゃないか。要点だけにしてくれ。つまりこの無駄話の結論は何だい？　きみはサンディのパーティでぼくに会ってそれが忘れられなかった。ぼくがおしゃべりのためにパーティに出向いたなんて、きみはもう思ってないだろう？」

彼は返事を待っているというように間を置いた。パブリック・スクールの懲戒でよくやる手口だったが、あまりに古くてありふれたものだったので、彼はその手口を使っていることすら気づかない様子だった。

「部屋に来ていた他のみんなと同じで、ぼくは町にいたから行った。アレクも同じだ、きみは自分で思っているほどアレクのことを知らないんだよ。サンディはきみが行く前にクィア・パーティだと釘を刺しただろう？　それがどんなことかは知っていたよね？」

「はい、もちろん知っていました」

「つまり、ただクィアが集まるわけじゃないってことだ。クィア・パーティというのは出会い系クラブと素人売春宿の中間くらいのところだ。きみは最初からわかっていたんだろう？」

ローリーにとって、あの夜は予想もしていなかったことが多かったが、上品ぶっているとは思われたくなかった。「わかっていました」

「きみはそれでも楽しい満ち足りた気分になったら帰るつもりだったとでも言うのかい？　ぼくが来るとわかっていたとしてもだ」

「ぼくはあなたに会えればよかったんです」

「スパッド、そうか」ラルフの表情は和らいだ。敬意のような表情でもあった。「あんなに年月が流れたっていうのに。そう、きみならそうだろうね」

彼は二本の煙草に火をつけて、一本をローリーに渡して、黙りこくったまま彼を見下ろした。

「ぼくはロマンティックな性分じゃないから」と彼は語り始めた。とくに強調もせずにそう言ったので、ラルフが心からそう思っていることがローリーにはわかった。「デッキの上で、きみが荷敷《にしき》のあいだで泥まみれで横になっていたのを目にしたとき、本当のところ自分がどう感じていたのかわからない。きみは髭を伸ばしたまま、薄汚れて、傷がひどくだれより悪臭を放っていた。きみはぼくにとって何かの象徴になっていたんだと思う。きみがぼくに例の言葉〔「またあとにしてくれよ」〕を返したそのときは、ぼくは忙しくて考えてなどいられなかった。でもその後、病院で何もすることもなく寝転がっているうちに、内側に沁み込んできた。だからぼくは手紙で問い合わせた。だってあんな日のふとした印象が正しいなんてわからないから、どうにか決着をつけたかったんだ。きみが死んだと聞いたときは、それがどうにも必然だったのだろうと思えた。そしてそれから後のことも、すべてが必然だった」

彼は自分の考えに没頭して、やや混乱した語り口になっていた。それは、口にして初めて考えが整っていく男の語り方だった。思っていた以上に多くを語りすぎたと思ったらしい。ローリーの顔を見てすぐに表情を硬くした。

「いや、過ぎた話だ」彼は特徴のない声ではっきり断定した。そこからは、その話題が終わったということ以外わからなかった。「いまのは無視してくれ。もう二度とそんなこともないのだから」突然、ラルフが浴室の床に延びたサンディを軽蔑しきって見下ろしていた光景が、ローリーには思い浮かんだ。

「ぼくはそんなふうに考えていませんでした」

「そう、きみが考えているのはだ」非常事態は立ち上がって迎えねばならないとでもいうように、彼は部屋を歩いてくるりと向きを変え、暖炉の前に戻ってきてそこに立ち、またすぐに歩き出すかのような構えでローリーの頭部を凝視した。ローリーは部屋の壁がラルフの視線を阻んでいると感じ、ラルフを見ながら自分の決意をラルフの勇気とプライドと比べて、わずかに風向きが変わったことも気づかずにいた。もしぼくが弱みを見せたらラルフは敬意など見せてくれないだろう、と思っていた。

唐突にラルフはにっこりして、部屋を横切って近づいてきた。打ち明け話を交わすみたいに、くつろいで椅子の肘に腰を降ろした。声から断固とした調子は消えて、親しげでこちらを落ち着かせてくれる声――ローリーがよく知っている声になった。「スパディ、落ち着けよ。そんなにムキにならないでくれよ。きみはどうしてそんなに問題をややこしくするのが好きなんだい？ぼくらはいつも長いこといっしょにいられなかった、問題はそれだ。二、三時間いっしょにいて、そのあと大急ぎで別れて、きみはひとりで振り返ってあれこれ考えないといけなかった。この忌々しい戦争ときたら！　いつもこうというわけじゃない。スパッド、ぼくはそのままのきみが好きだ。ぼくはきみらしいところを変えたりなんかしない。ぼくは自分がいいように引きまわせる人には惹かれないよ」

嫌々ながら、ローリーは必死の努力をして勇気を奮った。温かい海水から出て、岩だらけのゴツゴツした浜辺に上がるみたいだった。彼は言った。「でも、あなたはいま、そうしようとしているんです」

ラルフの顔を見ると、ただちに指揮所の司令官に戻ったのがわかった。「いや違う。決めるのはきみだ。ぼくはきみが決められるように、事実を並べているだけだ」

切なくなりながらも、ローリーは思い切って言った。「事実の片側だけ。もう片側をあなたは知りません」

ラルフは少し黙ったが、表情はほとんど変わらなかった。静かに言った。「それは本当だ。ぼくは自分の知っている片側だけを並べている。でもそうする権利はあるだろう」

「はい」ローリーは言った。「それはわかっています」

「スパッド」ラルフは優しく言った。「きみがそんな顔をしていると辛い。どうしてぼくらは喧嘩しているんだい？ こんなことに意味はないよ」

「ときどきはぼくも――ぼくもこの関係しかなかったらと思います。でも――」

「スパッド」

「でも実際はあるわけです。それに自分で正しいと思えることをしなかったら、結局は何にもならないんです」

「そしてやってみて間違いだったと判明したら、やはり何にもならないわけだ。酒を飲みたい、きみも飲めるね」

いぶしたオーク材のサイドボードの中では、酒瓶も上品そうに見えた。ローリーは自分がひどく飲みたかったことに気づいた。ラルフが酒を注いでいるあいだに、ローリーはひととおり見渡して、トルコ製の絨毯《じゅうたん》、ヴェルヴェットのカーテン、暖炉の石炭の炎や真鍮のフェンダー、ベッドと明らかに兼用とわかるソファに目を留めた。すでに気づいていたことだったが、ラルフはそれまでバニーの部屋代も折半していたのに加え、バニーがあまりに手に負えなくなったときは屋根裏部屋を借りて、その分も自分で払っていたのだった。これなら前より出費を減らせるだろう。綺麗さっぱりけりがついて、バニーはラルフからすっかり遠のいてしまった。不思議なくらいだと彼は思った。

「可笑しくないかい？」とラルフは言った。「ここは市会議員か何かの秘密の愛の巣、って感じだろう？」

ローリーもいま一度部屋を見まわして笑った。「ピーター・アーノ〔アメリカの風刺漫画家で、アメリカの文芸誌『ニューヨーカー』のイラストを長期にわたって担当したことで知られている〕の人物みたいに、ベッドの中でもポッター先生、スミスさん《ミス・スミス》って呼び合うのかもしれませんね。どんな絵が掛かっていたんですか？」

ラルフは戸棚を開けて見せてくれた。他の装飾品もそこにしまってあった。つまらないことで笑っているあいだも、ローリーはこのすべてが一挙に終わりに近づいていることを忘れなかった。でもそのときは本当とは思えなかった。椅子のほうに戻ったときも二人はまだ笑っていた。ラルフはいつもより多めのダブルを作ってくれていた。ローリーは、それほど酔う量ではなかったので楽観とまではいかなかったが、いまこの瞬間を生きているというセンチメンタルな気分になった。未来は大慌てで走っていかなくても、じきにやってくる。空になったローリーのグラスをラルフは片づけた。隣に座って、最初はじっと黙っていた。ローリーは暖炉の炎に見入って記憶をたどりながら、じきにひとりで帰っていかねばならない、どんな気持ちで帰ることになるのだろうと思った。

「スパッド、ぼくから話がしたい。いまはただ黙ってリラックスしていてほしい。今日、きみは神経を張り詰めっぱなしだね。寝ていないんじゃないか？　二日ぼくと会わなかっただけで、もうピリピリしている。少し落ち着いたね。すべて真新しいことばかりだから、きみは何を怖がらなくちゃいけないのかもわかっていない。ぼくはこれまで身の上話をたくさん聞いてきた。どうしてかわからないけれど、だれかが酒を飲みすぎてクダを巻くときに、ぼくはよくそこに居合わせるんだ。いつだってみんなを駄目にするのは、孤独だ。腹を空かせた男は、腐りものにも気づかず何でも口に入れてしまう。きみはわかっていないけれど、スパディ、ぼくにはわかる。本物のだれかといっしょにいられたら、そんなことはすっかり忘れられる。そうしたら友だちもできる。友だち、つまり他の人たちと同じように、話ができる仲間がね」彼はそっと付け足した。

「だからぼくたちはいっしょにやっていこうよ」

ローリーはもう行かねばならないとわかった。「どうしてこんなに苦しめるんですか？」ということ以外、もう言うこともなくなってしまった。それにそう口に出しても仕方がなかった。別れがたくしたいのだと、ラルフは答えるだろうから。

あるいはこうも言えるとローリーは考えた――「ごめんなさい。彼が先で、つまりはそういうことなんです」と。急所に弾を打ち込むみたいに、それなら返しようもないだろう。

「スパッド。ぼくがきみを思うように、きみもぼくを思うかなんて、そんなことは訊かない。

無意味な質問で、そんなことはわかりようがないからね。でも本当にぼくたちが二度と会えなくても、きみは耐えられるのかい？」

「止めてください」ローリーは出し抜けにそう言って、椅子から立ち上がった。ラルフも立った。二人は、暖炉の前の真鍮のフェンダーとマホガニーの炉棚をはさんで向かい合った。「耐えるしかないでしょう。これ以上苦しめないでください。ぼくが何も感じていないと思っているんですか？」

ラルフは空っぽの棚に肘をかけた。空っぽの木製の棚はローリーにぼんやりした記憶を呼び覚ましたが、たどり返さなかったので、記憶はそのまま消えていった。「何を感じているかなんて、ぼくらは報告し合わなくていい。これがおたがいにとって破滅だということは、きみもわかっている。きみはやみくもに行動しているだけだよ」

彼はプライドと勇気に溢れているようだった。拒絶されたと感じている人の恥ずかしさや侘《わび》しさはなかった。奉じる大義のために苦難を忍んでいる人のように見えた。

「スパッド、こうやってすべてをぶち壊しにしなくても、もうひとりのための時間だってたっぷりある。この戦争が終わるまで、ぼくは海軍だし、きみは働くだろうから、ぼくらは離れていることも多い。分かち合えるものを大事にしようよ」

ローリーは霞がかった未来を覗き込んだ。昨夜、マーヴィンを抱きかかえながら思っていたことを呼び覚まし、あのときのヴィジョンに忠実であろうと努めた。そのあいだもローリーをじっと見ていたラルフは言った——トーンが変わって、ひとつの考えをたどっている男の声になっていた。

「教えてくれよ、スパッド。戦争が終わっても彼が性についてわかっていなくて、それでもいっしょに暮らそうときみを誘ったとする。きみはどうする?」

「考えたことがありません」平和な世界ははるか彼方で、よくて何ヶ月も先だった。ラルフは言った。「ではいま考えてくれ」

ローリーは林檎の園と辺獄のこと、そして夜の調理室のことを思った。シャルロの寝ていた副病棟の思い出も、赤いシェードの光がアンドリューの顔に差しかけていた光景のことも思い出され、挑むように言った。「ええ、もちろんいっしょに暮らします」

ラルフはとても優しい調子で言った。「ねえ、聖アントニウスだって修行は荒野でやったんだ。誘惑は夢の中にしかやって来なかったから、地獄へ失せろと言えばよかった。夢の中でなら言えるよ。感覚が伴わないからね」

ローリーはラルフを見て、どう訴えたら聞き入れてもらえるのだろうと思った。でも休戦はないのだとすぐに悟った。

ラルフは言った。「昇華作用がないと思っているわけじゃない。やってみた人はいると思うよ。登山をしたり、病院を設営したり、あるいはただ神に祈ったりして発散させる。意志の力だけでできると言う人もいるし、特別な気質がないと駄目だと言う人もいる。きみならどうだと思う?」

「わかりました。もう言わないでください。でも説明はできないけれど、彼はぼくにとって大切なんです。彼もぼくを必要としています——なぜかはわからないけど。それに彼はぼくを信頼しているんです。それで十分です」

ラルフは止めなかった。「きみの何を信頼していると言うんだ？　スパッド、うまくいかないよ。彼はきみのことがわかっていないのだし、必要としているのはきみじゃない。必要なのは彼によく似ただれか、彼の前で取り繕わなくていいだれかだ」

ローリーはかっとなって言った。「どうしてわかるんです？　彼のことをあなたは何も知らないくせに」

怒りこそ必要なことをすべてやってくれる、この耐えがたい重圧をはねのけて、自分を麻痺させてここから脱出する勢いを与えてくれると、本能か何かが告げていた。怒りをぶつけようと、彼はラルフの次の発言を待ち構えた。

しかし、ラルフはとてつもなく静かに、そして優しく言った。「それがきみの最終見解というのなら、スパッド、よくわかったよ。これ以上惨めにならないように、ここで別れよう。良い思い出もある。これが終わりなら、そういうことにしよう」

彼は炉棚から腕を外して、そのわずかな仕草で行ってよいと告げているようだった。ローリーは間抜けにも不意を突かれたというようにラルフを見つめた。原因不明の難病を耐え忍んできて、突然、死ぬしかありませんと告げられたみたいだった。

彼は一歩前に進み出た。いつもラルフに助けを求めるのが自然だったし、彼に頼っていれば絶望することもなかったからだった。見ると、ラルフの青い瞳がまっすぐに見返してきた——優しい、揺らぐことのない視線だった。愛をもって彼を見る眼差しは、そのまま戦艦で指揮を取る男の眼差しで、好機を捕らえて一秒の狂いもなく「発砲せよ」と言うときを待っていた。

「ではさようなら、ラルフ。ぼくには——そう思えないけれど——」ラルフは動かなかった。いましかなかった。「さようなら」

「そうやって行ってしまうのかい?」

向きを変えようとしていたローリーは動きを止めた。ラルフが見ていた。微笑んでこそいなかったが、親しみのある和らいだ表情だった。それは「きみが苦しむのをぼくが傍観していると本気で思っているの?」と、尋ねる表情だった。

ローリーは何も言わずに立っていた。考えるとあまりに辛いので、何も考えたくなかった。ただひとときだけ心の両眼を閉じて、予感に抗いながら立っていた。

「それならこちらにおいで」と、ラルフが優しい尊大さを込めて言った。「来てぼくにお別れを言っておくれ」

＊

病院で、ローリーは十日後に退院と知らされた。左右の長さが揃わない足に合わせて新しい靴を作ってもらい、退院前によく足慣らしをしておくようにと勧められた。

足慣らしの散歩のとき、ローリーにいつも付き添うのはラルフだった。二人は病院の外を歩きまわってはラルフの部屋へと向かった。ラルフはローリーに細やかに気を配りながら、将来のこともアンドリューのことも口にしないようにしていた。ローリーはアンドリューとの距離が遠のくのを感じつつ、ラルフがローリーの内心の迷いに気づいてしまうときにはただ、「激しく愛を示す」ことでラルフに応えるのだった。

アンドリューからは病院を移って間もないころに手紙をもらい、休みをもらって会いに来たいと書いてあったが、それから連絡が途絶えていた。ローリーもラルフとの関係をどう説明したらよいかわからず、手紙を書けずにいた。しかしアンドリューからあまりに長く連絡がないので、ローリーは心配になって陸軍病院に電話をかけた。すると、アンドリューはちょうどその前日、病院を辞めてロンドンに行ったと知らされる。

その日、アンドリュー本人からも手紙が届いた。そこには思いがけない内容が書かれていた。ラルフと名乗る男がアンドリューを訪ねてきて、自分とローリーは「親友という以上の関係」にあると仄めかしたという。アンドリューが驚いていると、嫉妬しているのかと男がせせら笑ったので、アンドリューは男を殴ってしまった。男はそのまま立ち去ったが、アンドリューは暴力をふるったことで、平和主義を貫いてきた自分の暴力性に直面することになってしまった。自分を取り戻すために空襲下のロンドンで救援活動をすることに決めた、できることならきみから手紙がほしい、ラルフが言っていたような関係にはないと、きみから直接聞きたい――手紙はそう結んであった。

ローリーは病院を飛び出して電車に乗り、アンドリューの手紙に記されていた住所にたどり着く。そこはロンドンのイースト・エンドの貧困地区で、ローリーを迎えたのはデイヴだった。陸軍病院でクエーカーたちのリーダー格を務めていたデイヴは、妻の死をきっかけに、アンドリューよりも先にロンドンのその場所に移り、救援活動を始めていたのだった。

デイヴはローリーをキッチンに請じ入れて話をする。デイヴはローリーとアンドリューのあいだに特別な感情があることを前から察していたと言い、アンドリューも自分の感情に向き合うべきだが、いまは疲れて眠っているので、そのまま休ませてやってほしいと言う。たしかにローリーとしてもアンドリューが望んでいるような答え、つまりラルフと同性愛関係にはないという答えが言えるわけではない。ローリーはアンドリューと会うことを諦め、最後に『パイドロス』をポケットから取り出し、ラルフの名前が書いてあったページを破り取ってアンドリューの名前を書き加え、この本をアンドリューに渡してほしいとデイヴに頼んで病院に戻る。

翌日、何事もなかったかのようにラルフが病院に現れたので、ローリーの怒りは爆発する。アンドリューはあなたのせいでロンドンに行ったとなじると、ラルフは驚いて何かの間違いだと言う。その反応に怒りがさらに嵩《こう》じて、あなたは他人の人生を掻きまわしては傷つけてばかりいる、もう来ないでほしいと言うと、ラルフは「きみの言うことは正しい」と言い残して去った。

ローリーはあてもなく外をぶらついた。アンドリューとの関係もラルフとの関係も終わって、身軽になったような気さえしていた。ところが病室に戻ると医者が探していると言われ、医務室に行くとアレクがいた。アレクは、バニーの新しい恋人から聞いた話として、アンドリューのところに行ったのはバニーで、バニーがラルフと偽って暴言を吐いたのだと明かす。バニーはラルフに振られた腹いせをしたくて、ラルフの日記からアンドリューの存在を知ってチャンスを狙っていたらしい。

ローリーはすぐにラルフに電話をかけようとするが、ラルフの電話は受話器が外してあって通じない。ラルフは自殺しようとしているかもしれない。アレクは外出許可証をその場で書いて、直接ラルフの部屋に行くようにとローリーをせきたてる。

部屋にラルフはいなかった。机の上には封をしたばかりのローリー宛ての遺書があり、開いてみると、バニーのたくらみとわかってバニーを殴りつけた、すべては自分がいなければ引き起こされなかった事態だったと書かれていた。

気づくと銃に弾を装填したらしい匂いも漂っていて、ローリーはパニックに襲われる。そこにラルフが階下から上がってくる音が聞こえてきて、遺書をそっと元に戻す。部屋に入ってきたラルフは擦り傷をこしらえ疲れ果てていた。ローリーはラルフを見つめて「ぼくはどうしても来ずにはいられなかったんです」と告げる。とっさの言葉ではあったが、愛と共感から出た言葉だった。

＊

二頭立ての馬車は家路を遠く離れてしまった。夜の帳《とばり》が下り、道が暗闇に閉ざされたため、馭者は馬車を停め手綱を緩めた。二頭の馬は、明るいうちは、こんな遠くまで馭者を連れてきたのはお前だと、互いを責めていたが、いまとなっては争うこともなく、静かに草を食《は》んで飢えを満たした。二頭とも疲れ切り、孤独を感じていた。

駆者の声が止んだ――眠ってしまったらしい。二頭も首を寄せ合って眠りについた。

恋人たちの森

森茉莉

恋人たちの火は　太陽《ひ》も月も無い、
　鈍い黄金色《きんいろ》の果物《くだもの》と、
　　薄紅《うすあか》い、花から発する光の中に
　映し出された
　　　黒い華麗な森の中でもえ
その炎はいつの日が来ても、消えることが、
無かった。

義童《ギドウ》

渋谷から若林の奥へバスで大分入ったところに、北沢という町があり、バス通りの裏側に、寺院の境内や樹立ちが右側に長く続いた小道がある。

渋谷、若林間のバス通りと、新宿、三軒茶屋間のバス通りとを繋ぐ上水を、挟んだ、何本かの小道の一つである。その小道の一角に、小さな砂利置場があり、その砂利置場の隣に、時々薔薇色の車の止まっている何か分らない建物が、あった。よくみるとロオゼンシュタインという銀座の菓子屋の配達所兼菓子焼場である。そう思ってみれば屋根の後部には、さびた薄緑色に塗った煙突がある。仮普請《ぶしん》のような建物だが全体が灰色で、雨除《よ》けに張り出した入口の天幕も、さびた緑と薄灰色との太縞《ふとじま》で、それらしい瀟洒《しょうしゃ》な感じは、あった。

或日《あるひ》の午後、その建物の中から出て来て、薔薇色の車に飛び乗った若者がある。

肉の引締った細い体で、魚のように身ごなしが素早く、首を一寸竦《ちょっとすく》めると細い腰から先に運転台に、閃《ひらめ》くようにして乗ったと思うと、チラリと車の前を見てから首を捻《ねじ》るように車から出して後《うしろ》を見、首を引込めるとギアを入れ、ガタガタという音響と一緒に、忽《たちま》ち走り去ったのである。

十七か十八か、まだ十九にはなっていない。素早く車の前後を見定めた若者の眼はひどく美しくて、夢みるようだが、中に冷たい、光がある。その眼は嫩《わか》い、磨《と》ぎ澄ましたような美貌の、幾らか反り気味の小ぢんまりした鼻の、鼻梁《びりょう》の蔭に嵌《は》めこまれていて、鋭い面を持った工芸品に象眼した宝石のようである。柔順で冷淡で、だが充分に抜け目のない、捷《はしこ》い眼である。意志は弱そうだが、自分の欲望や快楽のためになら、幾らかの意志を持たないわけではない。そんなように、みえる。どことなく釣合った年相当の相手ではなくて、気懶《けだる》い体を横たえている年上の女の傍《そば》か、又は彼を愛撫する男の傍にいることが似合っている、そんなところがある。

＊

若者はやはりそういう若者で、あった。

ロオゼンシュタインの菓子焼場からあまり遠くないところにある或一つの部屋の中で、今若者は睡《ねむ》っていた。年上の情人《じょうにん》と会った後《あと》の深い睡りである。若林の奥の邸町《やしきまち》に入って行く、バス通りに沿った横道に、木造の洋館のアパルトマンがある。その一室である。

夜明けの部屋はまだ暗い。夜からの重い空気が、あたりに立ち迷っているように、見える。鳥と木の葉が描かれた窓掛の垂れた、壁も床も茶色の部屋の中に、木製の寝台《ベッド》が部屋の大部分を占めている。これも茶色の、光る糸で縁取りをした毛布と、白い大きな枕蒲団との谷間に、壁に向いた若者の頭が埋《うず》まっている。艶《つや》のある茶っぽい髪が、犬が臥《ね》た跡の草むらのように、なっている。若者の名は巴羅《パウロ》である。本名は神谷敬里《けいり》だが、情人の義童《ギドウ》がそう呼んでいるのである。昨日義童と外で摂《と》った夕食が早かったので、寝台の中に入ってから冷蔵庫から出して喰った塩漬肉《ハム》の残り、珈琲《コオヒイ》の滓《おり》の残った白いモオニング・カップ、茶色の牛乳入れ、麺麭《パン》の塊なぞが載ったステンレスの盆が、置き去られたように、寝台《ベッド》に寄せて置いてある卓子の上に載っていて、陶器の灰皿の中にはフィリップ・モオリスの吸殻が、樋《とい》の下の穴に詰まった落葉のように粘り着いている。指先に力を入れて消す癖が、巴羅にあるからだ。(巴羅というのは読み難《にく》いので、以下はパウロと書こう) それはパウロに元からある癖ではなくて、義童（この方も以下はギドウと書くことにしよう）の癖を真似る内に、意識しないでもそうするようになったのである。紙巻は皆半分より稍々《やや》先までで揉《も》み消してある。これもギドウとの愛情生活の中で出来た、習慣である。

巴里《パリ》の郊外に大きな邸を持っている、故アントワン・ド・ギッシュを父に持ち、日本の外交官の娘であった珠里《ジュリア》を母に持つギドウは、すべての行動に贅沢《ぜいたく》と浪費とを匂わせている男である。ギドウはパウロに金を呉《く》れる。街の食事も、酒場の勘定も、ギドウが払ってくれる。靴も、背広も、誂《あつら》える。レエンコオト、バンド、ジレ、スウェータア、すべて充分に買い与えられて、いる。ロジェ・ギャレの石鹼、巴里製のブリヤンチン、薄紫の透明な固形の荒れ止め、4711番のロオ・ド・コロオニュ。それらのものがパウロの鏡を置いた台の上に並ぶようになって、パウロの生来の緻量《きりよう》はいよいよ磨きがかかって、水際《みずぎわ》立って来ていた。

二三度寝返りを打っていたパウロは、薄く眼を開《あ》いた。眩《まぶ》しそうに長い睫《まつげ》を瞬《まばた》くと、延ばした腕を折り曲げ、手を眼の上にかざす。手の影の中で、美しい二つの眼が今度は明瞭《はっきり》と、開いた。脣《くちびる》の上を、ほんの影のような喜悦の色が横切る。思い切り伸びをした両腕を頭の後にかい、下眼になった眼を空《くう》の一点に止めて、少しの間凝《じっ》としている。幸福な場所に位置を占めて恬《てん》としている若者の眼だが、炎のようなものが内にあって、感情の薄い男の眼のようには、見えない。腕と一緒に伸ばした脚が毛布を蹴《け》って、薄い水色《ブルウ》のパジャマの、胸の釦《ボタン》が外れて、胸があらわになっている。固く締った浅黒い胸の上で銀色の鎖が揺れ、丸形の写真入れが裏を出して、首の下に止まっている。昔の土耳古《トルコ》の旗のような、半月と星の形とを並べて彫ってあり、その溝《みぞ》に小粒のダイアモンドを嵌めたものである。ギドウが弟の路易《ルイ》のをくすねてパウロに与えたもので、時代のついた、美しいペンダントである。眼を窓の方へ向けると、ひどく無邪気な眼になり、口笛を吹き、吹き終った唇を微笑にゆがめると、懶《ものう》そうに半身を起して紙巻の袋を探り、腹匍《はらば》いになって火を点《つ》けた。一寸ふかすと直《す》ぐに捻り消し、慌てたように起き上って瓦斯《ガス》に火を点け、薬罐《やかん》をかけて珈琲を淹《い》れにかかった。時計は八時を示している。再び寝台に腹匍いになって、昨夜の残りの麵麭と塩漬肉《ハム》とを齧《かじ》り、熱い珈琲を飲むと、パジャマを脱いで二三度腕を振り廻した。

パジャマを脱ぐと袖《そで》のない丸首襯衣《シャツ》に、膝の下までの洋袴下《ズボンした》だけになり、三面鏡の表面を掌《てのひら》で乱暴に擦《こす》り、顔を突出すようにする。眉墨《まゆずみ》を補ったような美しい眉の下の、大きく瞠《みは》った眼が、半面に光を受けた翳《かげ》の濃い顔の中に、洞《うろ》のようである。酒場の年上の女、同じアパルトマンの女、なぞとの間にいつの間にか絡みつくものを生じている事がある、そんなことが何度か重なる内に、瞳が眼一杯に動かず、挑むようになる、こんな時、嫩《わか》い、稚《おさな》い不安と、どこかに潜めた勁《つよ》い自信が満ち、優美な鼻梁を挟んで暗い罪の炎を、出すのだ。悩みありげな眼差しは、稚い不安が潜んでいることで一層魅する光を、勁めている。稚い不安、それはパウロの弱々しい善意で、ある。そうしてそれはパウロが想ったこともない、見たこともない神というものに繫がっているもので、あった。

ギドウの愛情に、甘えと自信とを抱いた表情になり、唇を微笑《わら》うともなく引き吊《つ》らせたパウロは、ブラシを取って髪を梳《と》かし、顔を洗うと、薄紫の水晶のような荒れどめを取り上げた。ギドウのを貰った巴里製のものである。一寸明るい方に透かして見てから、頬から顎へ擦りつけた。ギドウの後を二三度撫で廻し、もう一度輝く眼を鏡に据えると、寝台《ベッド》に掛けてある洋袴をはき、薄いブルウの襟《えり》のあるスウェーターを着た。洋袴は濃灰色のジインパンツである。巴里の青年のようだとギドウに言われてからは、そのつもりになっているのである。

「敬ちゃん、いかすじゃないの」

「凄いわね、この頃」

口々に配達所の上っ張りを着た娘達が、言い囃《はや》した。パウロはじろりと彼女達に眼を流し、黙ってジュラルミンの薄く平たい菓子の箱を次々に、運び出す。

「どうせ」

「ねえ」

二人の娘は脣を曲げ、互に睨むように顔を見合い、ポケットを突っ込んだ手でぱくぱくさせ、嘲《あざけ》るような微笑いを、浮べる。

「女はうるさいなあ」

賢いパウロは、一寸は相手になるのである。

「何処《どこ》で買ったの？」

「誰かさんのプレゼントよ、無論」

「女の友達なんか一人もあるもんか」

吐き捨てるようなパウロの言い方に、ひどく実感があるので、感の鈍い坂井ちさ子も、金丸豊子も一瞬ぽかんとした顔になって、パウロに手を貸し、菓子の箱を運び始めたのである。

やがてパウロは例の素早い動作で、薔薇色の車に、飛び乗った。車は忽ち寺と邸の間を抜け、バス通りに出る。淡水魚の水槽のように青く透《すきとお》った自家用車や、不恰好《ぶかっこう》なタクシイ、スクータアの群が追い抜かれて次々と後に行く。ギドウと入ったことのある小さな支那蕎麦屋の、紅《あか》い枠《わく》と毒々しい牡丹《ぼたん》の花のある硝子戸《ガラスど》の側面が、眼に入ったかと思った次の瞬間には、バスの一丁場と半ばを過ぎた地点に来ている。車の操作がひどく達者なパウロは、ギドウとのドライヴの約束を待ち切れぬような心持で、待っている。その事を考えると、胸の動悸が高くなる。ギドウの車はロオルス・ロイスで、ある。その日尾張町《おわりちょう》の交叉点で停止信号に引っ掛ったパウロは、美しい眉の根にたて皺《じわ》を寄せ、横眼に隣に止まっている車を見た。ものすごい新車である。

（独逸《ドイツ》のシュミットだ。……）

パウロの額のたて皺が消えて、眼が女のように耀いた。黒いジャアジイらしいスウェータアの逞《たくま》しい肩越しに、運転台の男の顔がこっちを見た。一瞬ギドウと同じの、ギドウの持っているあるものが、底深い黒ずんだような眼から発していて、それがパウロの顔にあてられ、パウロはどきりとして顔を正面に向けた。磨《と》ぎ澄ましたような横顔がたじろぎと羞恥とをおびて、ふと少年のようになった稚い眼が、とまどったように瞬いた。ギドウよりは大分年を取っている。四十を三つは越しているだろう。だがパウロの困惑は信号の切り替りによって、救われた。パウロは猛烈なスピイドを出してその車を遥か追い抜いた瞬間、失敗《しま》った、と思った。（遅らせりゃあよかったんだ）パウロは心の中で舌打ちをした。黒い眼に後《あと》を追われているような気のするパウロは、後《うしろ》を見ずに、走った。ギドウのようではあるがギドウの上を越す強烈な光、残忍さのようなものを、パウロはその黒い眼に感じたのである。ギドウの勁さと、叡智《えいち》と、達識のようなものがあるのだろうが、何もかもが鈍い光を出す眼の底にある、黒い執念のようなものの中に、塗り隠されている。(凄い奴だ)パウロは眩いた。ロオゼンシュタインに近づくと、パウロは慌てて腰の辺りを探った。店で着せている白い上着を丸めて傍においていて、店に近づくと車を止めて、急いで被《かぶ》るのである。水色《ブルウ》の襯衣《シャツ》と、濃灰色のジインパンツを隠してしまう白い上着を、パウロは嫌っていた。

黒い男はパウロの車の後部に、ロオゼンシュタインの字を認め、交叉点を渡ると築地《つきじ》の方面に、走り去った。男はパウロが既に相当の金と、技倆《ぎりょう》のある男の情人を持っていることを一瞥《いちべつ》の内に、見抜いていた。そうしてロオゼンシュタインの店員はカモフラアジュだろうと、察しをつけた。今でこそゲイ酒場《バア》なぞが出来て、この種の男は相手に事欠くことはなかったが、素人の逸品となると、稀少《きしょう》価値は紅玉《ルビィ》のピジョン・ブラン(白鳩)以上だったので、大体どんな若者がいて、それがどんな人間のものであるかということは、何処からとなく聴えて来る風評のようなものがあって、同類の間では、と言ってもここでは金のある連中のことなのだが、知れていたのである。それだからパウロに一眼で魂を奪われたものの、うかつに手を出すことはしないで、遠巻きに情勢を見まもるよりないのである。こういう仲間の間の少年の情人に対《むか》っての嫉妬《しっと》というものは、酷《ひど》いものである。それは稀少価値から来るものも、そこに加わるもののようで、あった。

＊

下北沢駅の近くの「茉莉《マリ》」という酒場で、パウロはギドウを最初に、見た。

いつも坐る入口から右へ入った奥の止り木に、パウロは掛けて居た。その日の夕刻店で受取った金が大分隠《かく》しに入っている。パウロは尖端《さき》の細い指先でハイボオルの洋杯《コップ》を支え、それを軽く揺すっては、暗い燈火《ひ》の方に透かしてみたり、肱《ひじ》をつき、尖り気味の顎を突き出した横顔の脣を尖らせたり、女が見ているのを意識した若者のように、その美しい光る眼を洋杯越しに凝《じっ》と据えて睨むような表情をしたり、そうかと思うと左手で腰の隠しをもぞもぞやって、鍵の音をさせたり、その返す手で洗ったばかりのように艶のある、バサバサとした髪を掻きまわすようにしたり、少しも凝としていないのである。洋杯をカチリと置いて、今度は左手で頬杖《ほおづえ》をつき、少し尖らせたような口つきをする。そうして薄眼になって、チイズなぞの皿を見本に入れてある硝子の筐《はこ》を意味ありげに見たり、急に卓子に突伏して、しゃくうような眼差しで辺りを見たりするのである。

そのパウロの様子を、先刻から凝と見ていた男が、あった。それがギドウである。パウロと向き合う位置になる正面奥の止り木に、ギドウはいた。勁い首を持った三十七八の美丈夫で、仏蘭西《フランス》人の特徴が顕著である。だが皮膚の色は浅黒く、日本人の日本語を話している。知識を潜めていることがすぐに解《わか》る額だが、広くはなく、黒い髪が濃い。仏蘭西人によくある大きな、丸みのある眼には何処か剽軽《ひょうきん》な味と一緒に、南洋の島なぞにいる毒のある蛇のような感じがある。その若者を見ていると、二重写しのようになって、千七百七八十年代の仏蘭西の書物にある、アルファベットに林檎《りんご》の枝なぞの絡んだカットが見えてくる。鵞鳥《がちょう》の羽のペン、羊皮紙の巻物、首を幾重か巻いて花形に結んだ白絹の襟飾《えりかざ》り、或は又バスチィユの牢獄内の寝台、マラアの半裸身が乗り出している陶器の風呂桶《ふろおけ》、短い洋袴に徽章《きしょう》のあるベレを被り Egarité • Liberte • Fraternité

のプラカアドを持ったサンキュロット、そんなものが出て来る。智慧《ちえ》と達識のありそうなこの若者は、たしかに仏蘭西の名誉と、仏蘭西の淫蕩《いんとう》とを、内側に潜めて、いた。太い頸《くび》をめぐる襟《カラ》は薄く汚れているが、その日の午後に替えたものらしく、清潔である。灰色の羅紗《ラシャ》のジレと襟との間に覗いているネクタイは濃い藍《あい》の濃淡の斜め縞《じま》の堺目に、血のような紅の線が入っている。黒い上着に、濃灰色に黒の細縞の細身の洋袴《ズボン》を穿《は》いている。後首から被るように幅の広いチェックのマフラアを胸の両側に垂らし、肱を突いた手で顎を支え、右手は先刻から隠しに突込んだ儘《まま》である。大分飲んでいるらしいが少しも酔っているようには見えない。顔色が蒼《あお》んで、黒い眼が据わっているのが、平常《ふだん》と違っているだけである。二人の間にいた客の一人が立上って勘定を払った時、そっちへ眼を遣《や》ったパウロの眼が、ギドウのそれと合った。ギドウの眼には思わず知らずのような微笑が浮んだ。同時にパウロははっとして、軽い胸騒ぎを、覚えた。この為体《えたい》の知れない惹きつける力を持った大きな男が、随分前から自分の一挙一動を見ていたのを、パウロは咄嗟《とっさ》にさとったのである。パウロの挙動がどことなくぎごちなくなり、照れた様子をし始めるのを見て、ギドウは再び微《かす》かに、微笑《わら》った。少間《しばらく》してパウロは、偸《ぬす》みみるような眼をギドウに走らせたが、忽《たちま》ちその眼を外した。何処か恐しいようだった黒い眼が、柔かく崩れていた。既《も》うその女の体を知っていて、その体が甘美だということを知っている男が、或妄想《もうそう》を頭に浮べて女を見る時の眼である。肉感的なものが微笑に綻《ほころ》びた脣の辺りに濃い影を塗っている。

「ジンフィイズ」

という声がした。パウロの眼が再びそっちへ行く。今度は男はボオイの方を見ている。パウロの、瞳を斜め上にひきつけた、眉越しに見る美しい眼が、少しの不安と、小さな恐れとを潜めて一瞬ギドウの横顔に当てられた。上脣にうねりがあり、下脣が綺麗《きれい》なカアヴを描いているパウロの脣が、冷たい美しさで両端が窪《くぼ》む程、引き締められている。パウロはその眼を素早く、外した。なんとなく面映《おもはゆ》くて、席を立ってしまいたいのだが、そうすることがどこかで残り惜しくも、思われる。パウロは前よりも髪を掻き上げたり、よそ見をしたり、鍵の音をさせたりを、頻繁に繰返している。そうしてあの男はジンフィイズなんか飲むのだろうかと不思議に、思った。不意にボオイの手が伸びて自分の前にジンフィイズの洋杯が、置かれた。パウロの眼が再びギドウに走る。

「遣り給え、御馳走するよ。嫌いじゃないんだろう？」

男が言った。射すくめるような力があるのだがそれでいて剽軽な、おどけたような瞳がきっかりと眼の端に据わって、パウロを見ている。自分でも知らぬ内に、パウロは微笑していた。可愛らしいのだということを自分でよく知っている、無邪気な微笑いの中で、二つの美しい眼は憧れを、おびていた。何か言おうとして黙ったパウロの脣は羞《は》ずかしそうに、両端に窪みを拵《こしら》えて、引き締った。ジンフィイズの洋杯を大切なもののように持ち上げ、燈《ひ》に透しては脣に持って行くパウロは、照れたような微笑いを男に見せるように、なった。ネクタイ、ジレ、マフラア、一つ一つが高価なものだということが解る服装である。それを男は惜しげないようにしている。何処からくるのかパウロには解らないが、一種の高級さがあって、「茉莉」という名のこのちゃちな酒場の片隅が、男のいる為《ため》にどことなくいゝわくありげに、見える。パウロは酔ったために潤《うる》んだ眼に、ふと真面目なものを浮べ、子供臭い脣の結び方をし、凝と男を見た。パウロは男の持っているなにものかに、深いところで魅せられると同時に、自分の大学を中退したことや、本も読まないようになっている生活に感ずる羞ずかしさのようなものが、頭に登っていた。

「何時《いつ》も来るの?」

「ええ」

パウロは艶のいい茶がかった髪の、揉上《もみあ》げの辺りに手を遣り、その手で鬢《びん》を掻き上げた。男の蒼んだ顔は引き締っていた。恋をしている人間の顔が時としてそうなる、悪寒を堪《こら》えているような、渋いような感覚で引き締った頰、脣の辺り。下眼に自分の鼻の先を見ているようにしていた眼が、ふと壁の辺りに走ってそこに、止まる。雀を追う隼《はやぶさ》のような眼が、熱のあるようになっていて、白い部分《ところ》まで瞳の暗さが拡がってみえる。パウロは自分でも解り得ない憧れに押され、その横顔に陶然《うっとり》とした眼をあてている。そこには嵐の暗い空があり、敏捷に空を突切る雀を追って鋭い嘴《くちばし》で空を切る、隼の羽音が、あった。ダブルのハイボオルを最後に誂《あつら》え、飲み終ると後の柱時計と腕の時計とを見比べ、ギドウは上着を撥《は》ねて後隠しを探った。肱の下に敷かれている伝票を忘れていて、そうしながら眼で卓子の上や、足もとを探している。ボオイが、

「そちらでございます」

と、手を後首《うしろくび》に遣って、眼で肱の下を指した。

「ああ」

男は立上り様《ざま》に斜めにパウロを、見下ろした。

「じゃ……」

掌《て》を一寸《ちょっと》上げた。尖端《さき》の細い、白い掌である。パウロは先刻から伝票のありかを知っていて、ボオイが首を手で巻くようにして注意したのを見ていたが、顔を上げ、瞬《まばた》きをして、眼を伏せた。男が出て行くと、パウロは俄《にわ》かにそこにいることが下らなくなったように、思った。

「前から来てる人?」

ボオイの須山が、片眼を瞶《つぶ》った。

「この頃ちょいちょいね。変った奴だよ、凄いや」

「変ったって?」

「見りゃ分るだろう? それに金は凄いらしいや。うまく遣ったじゃないか、どんどん来いよ。こっちはどいつが払ったっていいんだ。度々来いよ」

黙ってパウロは立上り、後隠しに手を遣ると、

「お勘定は戴きました」

と、もう一人のボオイがふざけて、言った。(訊いてたようじゃなかったが、僕が何杯飲んだか見ていたんだ)パウロは俄かに狙《ねら》われた者の羞恥に襲われ、

「じゃあ又来らあ」

と、口の中で言うと、後の椅子席に掛けてあった上着を取り、見る間に袖を通し、襟を細い両手で掻き合わせながら敏捷な足で、早くも扉の外に見えなくなった。

パウロが、ネオンだけが暈《ぼや》けて光っている横町へ出ると、十間程向うに先刻の男がゆっくりと

歩いていたが、振り返って立止まった。頷くように顎《あご》を動かすと、一緒に来いというように又後向きになって歩き出した。パウロの足は一瞬躊《ため》らったが、走った。何故か兄弟のような懐しさが先に立ったのである。パウロが追いつくとギドウは下眼遣いにパウロを見下ろして、微笑った。親しい、だが秘密な、微笑いである。パウロはひどく安心な気がしたが、同時に一方で、どこかで何かが呼び醒《さ》まされるような想《おも》いが、ある。パウロは後隠しに手を入れた腰を一つ捻《ひね》るようにして、チラリと男に眼を走らせ、俯《うつむ》いて、歩いた。

「家《うち》は近いの？」

「ずっと遠く。……松延寺の方」

俯いた儘パウロは、言った。

足元が明るくなったので顔を上げると、街燈の下である。ギドウは立止まった。パウロの見上げた眼が、ギドウのそれと含羞をおびて絡み合った。二重瞼《ふたえまぶた》のパウロの眼は鋭い刀《とう》で彫ったように彫りが深く、薄紫色の炎を出すかとも、思われる。ギドウの手がパウロの肩にかかった。きょうだいいか、高級な仕立屋《クウチユリエ》のような、自然な手である。

「明日僕の部屋へ来ないか。マルティニとチイズを御馳走しよう。それから君に着るものを誂えて上げよう」

男の手が肩先から腰の方へ、一寸離れてはいるが体の線に沿って、撫《な》でるように、動いた。

パウロはマルティニを知らなかった。唯暈《ただぼんや》りと、夢のようなことが振りかかって来たのを、感じた。

「来るね」

「ええ」

パウロの声は少女のそれのように、小さかった。

＊

北沢の酒場での出来事があってから、パウロの生活は忽ちギドウのそれと密接したものに、なった。パウロはそれが自分に気分のいいことなら、意志のない人のような感じで、成り行きに任せる男である。ギドウ自身にも、ギドウの生活にも、大きな魅力が、あった。それだからいつもの、流れに自分を乗せて行く流儀で動いただけである。だがパウロは次第にギドウに魅せられ、無意識のようにして持っている功利的な考えの外《そと》でも、ギドウを慕うようになって、行った。

パウロは両親の生きている頃、大学に一年程行ったのだが、生来の怠け者で、何をする気もない。本能的なものでやることより出来ない。車の運転は出来るので、ギドウの口利《き》きでロオゼンシュタインの運転手に入ったのである。それまではクリーニング店の配達をやっていたが、親方の細君が妙な目つきをするようになって、お払い箱になった。クリーニングの店は妙な匂いがするし忙しかったが、アパルトマンの多い北沢の界隈《かいわい》では、そこに住んでいる中年の細君や酒場の若い女なぞが、扉の蔭《かげ》で手を握るようにして握らせてくれる百円硬貨や、どうかすると五百円札なぞの秘密な収入があるので、癪《しゃく》に障《さわ》ったパウロは、店を罷《や》める日の午過《ひるす》ぎ、仕切りのカアテンの蔭で太った細君の胸を抱いて、接吻を盗んだ。パウロは細君が肥《ふと》った胸を波打たせ、飛び出した眼を虚空《こくう》に、荒い息をしているのを離し、ちらりと見てから走るようにそこを逃げ、釘に掛けた手拭いを取り、隠しておいたチップの金を素早く隠しに突込んで、店を出た。それからは函館《はこだて》で結婚している姉の住子《すみこ》からせびり出す金で北沢界隈をぶらつき、不良の仲間に足を踏み入れかけていたのである。姉の住子には、ギドウの所で飜訳《ほんやく》の手伝いをしていることにしてある。暁星《ぎょうせい》を出て仏文科に一年いたのだが、殆《ほと》ど勉強をしないのでギドウの手伝いが出来るわけはないのだが、東大の講師ということも利いて、住子は半信半疑ながら、死んだものが生き返ったように、思った。

暈《かさ》をきた月と、温い風との四月が過ぎ、樹々が緑の吐息を吐く五月もすぎて、六月になった或《ある》日《ひ》の午後、パウロは寝室に腰を下ろしているギドウの傍《そば》に、体をくの字にして足を揃えて投げ出すように坐り、優しく寄り添うように、していた。珈琲《コオヒイ》を滴《したた》らせた牛乳《ミルク》のような色の、薄いスウェータアを着たパウロの顔の中で、瞳が暗く、耀いている。ギドウの手が優しく、栗色をおびたパウロの髪を搔きまわすようにしている。

ギドウの仕事場を兼ねた居間である。田園調布に本宅があって、未亡人の珠里《ジュリア》が住んでいるが、ギドウは広い一間《ひとま》とホオル、寝室に、テラスに台所が附《つ》いただけの、贅沢な家を建てて、稀に家の法事や雑用なぞでそっちに帰る他は、自分一人の生活をしているのである。その家はバス通りを一つ入った横道を四五町奥へ入った所にあった。パウロはギドウの家の近くに部屋を借りたのである。

「モナ・リザの顔って、気持悪いね」

パウロはギドウの掌《てのひら》を軽く振り払うようにして、横からギドウを見上げた。

「階段のか?」

ギドウの手が下に下りて、小ぶりなパウロの顔をかこうように、した。

田園調布の本宅の、ギドウの書斎に上る裏階段の突当りの壁に、モナ・リザの複製画が掛っていて、使いに行ったパウロはそれを見ていた。

「魅力があるの? あれ、永遠の謎だって?」

「あれは古い顔だからな。あれはあれで面白いんだよ」

「ふうん。……ギドは魅力を感じる?」

パウロはギドウの掌を乱暴にふり離すと、ギドウから離れ、窓際の長椅子に行って、撓《しな》やかな体でその上に腹匍《はらば》い、鋭く形のいい鼻の両脇に嵌《は》めこまれた、宝石の瞳を、光らせた。パウロの髪の触感を残して浮いた掌を下につき、ギドウは右手をパウロの方に振った。パウロの手は間髪を容《い》れず卓子の上のネイヴィ・カットの箱と燐寸《マッチ》とを取って放る。パウロから眼を離さずにギドウはそれを受止め、紙巻《シガレット》を抜き出して火を点《つ》け、天井に眼を向けて一服深く吸いこんだ。

「おととい、凄い奴に会っちゃった。二度目よ」

ギドウはパウロの顔の上に視線をゆっくりと戻して、言った。

「そいつは俺の知っている奴かも知れない」

「まさか。まだなんにも言わないじゃないか。どうして解《わか》るの?」

「凄い奴は幾人もいないさ。どんな奴だい」

「まあ黒いライオンみたいね。頭の毛はもくもくしていてね、顔も額も頬も、だぶだぶしてて、色は印度人《インド》みたい。脣《くちびる》も黒いんだ。油っ気の多いみたいな顔、首も。そうして眼がね……」

「そいつなら見たよ」

ギドウは苦みのある顔で、微笑《わら》った。

パウロは素ばしこい猫のようにギドウの顔色を見て、言った。

「嫌いな奴さ。俺を見ていやがったっけ」

パウロは新車のシュミットのことは、言わずにいた。

次の瞬間、もうそれを忘れた顔でパウロは頬杖《ほおづえ》をついた上に顎をのせ、その顔を捻って天井の辺りに懶《もの》う い眼を上げたが、脣を尖らせるようにして口笛で、ギドウに習った歌をやり始めた。

＊

ギドウと会うことになっている水曜日を翌日に控えた、火曜日である。パウロはロオゼンシュタインに車を置いた儘《まま》、有楽町のホオムに、立っていた。ギドウの使いで神田の本屋に行くのである。向う側のホオムに眼を遣《や》ったパウロは、そこに黒い男を見た。現実に見ぬ前から一種の予感があったようである。パウロは素早く眼を斜下へ外《そ》らし、そしらぬ顔で澄まし返った。これはパウロが、厭《いや》な中年女なぞが前にいる時なぞによくやる、ギドウが、（綺麗《きれい》な芸者の顔だね）と評する顔である。（今の芸者にゃあ殆どないがね。巴里の高級の商売女《クルチザンヌ》がよくやるね）ギドウが言った。（僕そんなに凄いの？）パウロはその時、大して嬉しそうにもせずに、言った。パウロの自信は深くなって来ていて、大抵のことでは甘い顔にはならないのである。男は少し、前とは変っていた。真昼の太陽がバックミラアに反射する運転台で、猛獣のように黒い肩越しに眼を光らせた最初の印象とは違っていて、幾らか肉が落ち、広い額の下の異様に据わった眼で、パウロを視《み》た。獰猛《どうもう》な囚人が反逆心をなくして、穏《おとな》しくなったと、いうような、そんな眼である。（偉い奴ってのはすごいな。やくざの野郎なんか問題じゃないな。だけど奴は魅力がないや。ギドウの方が百倍も素晴しいや）パウロは心の中に、呟いた。パウロが黒い男の視線の焦点になっている掻痒《そうよう》感のようなものは、長くは続かなかった。男とパウロとの間に電車が黒く塞《ふさ》がり、それが再び動き去った跡には、男の姿は拭い去ったようになくなっていたからだ。いつ、何処《どこ》から来たのだろう。気がつくと、黒い男のいた丁度後《うしろ》の柱にギドウが寄り掛って立っている。亡霊を見たような顔をしたパウロの唇が、忽《たちま》ち喜悦に弛《ゆる》んだ。薄茶《ベエジュ》のバアバリのコオトの立てた襟から、橄欖《オリ》欖地《イヴじ》に伊太利《イタリア》模様のマフラアを覗かせ、隠しに手を突込んでいるギドウの顔は、離れて見てもくっきりと、目鼻立ちが彫り上げられている。ギドウはホオムに上って来て、黒い男の立っているのを後から見て、すぐにパウロに気づき、柱の蔭に入っていたのである。黒い眼ががっちりとパウロに止められているが、何処かに、陶然《うっとり》としたようなところが、ある。それでいて烈《はげ》しい、灼《や》くようなものが、中にある。唇の辺りにも放心した表情が、あった。ギドウは顎でパウロに合図をした。パウロは細く長い足でホオムの階段を駈《か》け下り、次の階段を一段飛ばしに上って、ギドウと一緒になった。

「神田かい?」

「うん、ギドは？」

苦みのある微笑《わら》いがギドウの脣を、掠《かす》めた。

「黒い奴を見たよ、……澄ましてたね」

ギドウの最初の一句でパウロは、子供が陰険なことを思い巡らす時のような顔を、一瞬露《あら》わに見せていたが、次の言葉で明らかにほっとして、微笑った。

「直《す》ぐ行っちゃったけど。だけど変な奴ね」

「今日は時間がないんだが一寸《ちょっと》出よう。腹は？　何か喰うか？」

「モナのサンドウイチ喰っただけだけど、なんでもいいや」

「いやに今日は穏《おとな》しいね」

そう言いながらギドウは先に立って、歩き出した。

「マカロニはどうだ」

「うん」

やがて二人は新橋寄りのマカロニ料理の「イタリアン」の階段を上った。白絹のシャツに濃灰色のジインパンツの上から、焦茶《こげちゃ》のレエンコオトを首へ詰めて、被《かぶ》るように着ていたパウロは、コオトを脱いで椅子の背中に掛けて坐った。生々とした茶がかった髪、固く締った胸、襯衣《シャツ》の襟に滲《にじ》んでいる雨の染《し》み、七月の微風の中でパウロは若い木のように、爽やかである。つい今しがた雨がぱらついていたことを、ギドウは思い出した。茶がかったパウロの髪にも滴《しずく》が光っていたからだ。

「首のは？」

「ここらは路易《ルイ》さんがいるかも知れないでしょう？」

「平気だよ。大体分っているさ」

「そう？」

パウロは一寸《ちょっと》伏せた眼をすくい上げるように、白眼勝ちにして、見上げた。

「悪いんでしょう？　植田さんに」

植田というのは植田邦子という、人の奥さんで、ギドウがパウロに出会わぬ前の、ギドウの情人である。ギドウがこの日その植田夫人と会う時間を割《さ》いて、パウロと駅を出たのだということは、二人の間で充分通じ合っていることで、あった。ギドウは既にこの女をもて扱って、いた。

「殊勝なことを言うなよ。何を喰う？」

「いつものよ」

ギドウの顔はよほど穏かに、なっていた。料理とキャンティが運ばれて来ると、ギドウは酒の栓を抜いてパウロの洋杯《コップ》に注いで遣《や》り、自分のにも注いだ。ギドウはパウロの、洋杯に重なる唇に眼をあてて、いた。昼間は幾らか乾いている。ほんのわずかの襞《ひだ》の間は薄紅色が濃く、合わせめから奥も紅《あか》い色が濃い。上唇の中ほどが小さく突き出て膨んでいて、合わせると下唇はそれだけ譲歩して窪《くぼ》むのである。肉の厚い何かの花片《はなびら》のようなパウロの唇を、ギドウは肉慾《にくよく》的な感覚以外にも観賞していた。清潔で、汚れていたことがない。ギドウは埃《ほこり》などがついていると、直ぐにハンカチを水に浸して取ってやるのである。（ミネルヴァの唇だ）と、ギドウはよく、言った。

「これキャンティね」

「こいつを飲むと羅馬《ロオマ》の城址《しろあと》でやった、煮たようなのを想い出すね。……パウロを伴《つ》れて一度行くよ」

「うん」

パウロは烈しい瞬《まばた》きをして眼を伏せ、紅い酒の洋杯に脣をつけた。

「羅馬もいいが、ヴェネチアもいい。キャルナヴァルはヴェネチアになるようにするんだね。大きなゴンドラを買い切って、船縁《ふなべり》でギタアを弾かせるんだ。そうすると街の騒ぎが聴えて来る。街中が湧《わ》き立っているんだ」

パウロは頰を薄紅くして陶然《うっとり》とした眼を据えていたが、眼を伏せて、きいた。

「何時《いつ》？」


……………………


ギドウは紙巻《シガレット》の灰をはたき、黙っている。

「今日『茉莉』で待っていないか？　十時」

「いいけど」

「けど、なんだ」

「ギド、どうしたの？　随分時間が遅いと思っただけなんだ」

「じゃあ九時半、いいね」

ギドウの調子からひどく烈しいものを受けとり、パウロは俄《にわ》かに羞恥の胸騒ぎを、覚えた。

ギドウは五六年前に、巴里から帰る飛行機の中で、黒い男を見たのである。沼田礼門《レイモン》という名の、姦通《かんつう》問題で同僚の指弾に会い、学校を止《や》めて浪人している心理学の男だということも、最近になって知った。二人の男は互の眼を見た時、互の出生と性行との秘密を読みとって、いた。礼門も仏蘭西《フランス》人を、これは母に持っている。ギドウはパウロの話をきくより先に、礼門が東京近辺にいることを知っていた。ギドウは彼を帝国ホテルのロビイで見たことがあり、横浜の支那人街で、遠く姿を見かけたこともある。パウロが礼門を見たらしい話をした時以来ギドウの胸の底に、礼門を警戒すると言っては言い過ぎだが、そんな気持が時折動いて、いた。偶然というものが、ギドウのこれまでの生涯の中で、何度か彼の運命を変えて来て、いるからだ。ギドウはホオムに立ってパウロを見ていた礼門の、黒い、仏蘭西の漁夫が着るようなガバガバした雨外套《レエンコオト》と、白のリンネルの洋袴《ズボン》の姿を見た瞬間、パウロへの熱情が、軽い嫉妬の色を纏《まと》いつけて、熱帯のカリイを舌に置いたように、どうにもならぬ燃え上りをするのを、おぼえたので、あった。

＊

ギドウのパウロへの熱情の高まりは、三日を置いた次の機会にも衰えずに、いた。午後の六時、「茉莉」の扉を開けて入って来たギドウは、ストレエトを一つ飲むとすぐにパウロを連れて、北沢の自分の家に行った。夜、暴風雨《あらし》の中で若い樹々が打ち合い、絡みあって、樹々の枝は雨に洗われて耀《かがや》いた。若い木は水の中を逃走する蛇のように美しい反《そ》りを打ち、倒れ伏す樹々たちは打ち伏したまま、永遠に起き上る時はないようにも、みえるのだ。そんな恋の時刻の後、夜になった部屋は静かで物音も、なかった。

白い絹の襯衣《シャツ》の胸をはだけたギドウは、書物卓《かきものづくえ》に肱《ひじ》をつき、精悍《せいかん》な眼をパウロに向けた。

「いい話があるんだ」

ギドウはパウロにその日、パウロの仕事についての話を持って来ていたのである。ギドウと附《つき》合《あ》っている以上は贅沢にも事欠かぬパウロである。だがギドウは、パウロに幾らかの生活の力をつけてやろうとしていた。ギドウは銀座の画廊、ブリヂストン、デパアトなぞの展覧会に足を運んで画《え》を買う、一部の金持連中と、家同士の附合いがある。その連中の中には画商を間に入れることを嫌い、直接画を持っている人間同士で譲り合う場合、顔を知らない相手もあるので、適当な素人、それも気軽な若い人間に、適当な礼金で橋渡しを頼みたいと思っているのがいた。よくある半玄人《くろうと》のような連中にみすみすぼろい商売をされるのも不愉快である。その仲介人に、ギドウはパウロを推してやろうと言うのである。その連中の中には手に入れた画を、二三年も持っていて、飽きると又他のものと買い換えるような人もある。限られた顧客であるから大きなことはないが、いいものを扱うので、一度動かせばかなりの小遣いにはなるのである。パウロはその話をギドウからきかされると、眼を輝かせたが、幾らか不安をも、感じた。

「それなら出来るね？　僕に」

窓際の長椅子《ながいす》にパウロは寝転んで、ライフを見ていたが、猫のように起き上って、窓と直角に置かれた壁一杯の書棚に嵌《は》め込みになった書物卓を前に、回転椅子に肱をついてより掛っているギドウの傍《そば》に、立った。

「適役だろう、パウロには」

ギドウが、言った。厚地の織出し模様の窓掛《カァテン》の中は静かな夜である。パウロの額には珍しく沈んだ、真面目に何かを考えている人間の表情があり、夜の部屋の中で、パウロはひどく感動したように、見えた。瞳の色が深くなって、唇が薬を飲んだ子供のように、堅く結ばれている。

「僕じゃ貫禄《かんろく》がないからな。ギドなら素晴しいけど、ルオオだって、ルッソオだって、もっと昔のだって、皆《みんな》知っているし」

「僕じゃ少し役不足だね。みんなパウロを素人としてみているんだから、幾らか解っていて、感じがよけりゃあいいんだ」

ギドウはパウロの顔を微笑《わら》って見ていて、言った。

「そう」

パウロはギドウの傍から離れて、長椅子の上に上靴の儘《まま》両足を抱えて、坐りこんだ。

「みんな金持の家《うち》だろう？　凄《すご》いな」

「まあ遣《や》ってみるさ。パウロは素ばしこいから気に入るよ。金持の連中は大体気が短いからな。几帳面に遣るんだ。引き締める位で丁度いいんだ。愛嬌は充分だからな」

パウロの顔の中に珍しくおとなしい、真面目な少年の心を見たギドウは、少し微笑った。若い処女《きむすめ》の顔を覗きこんで微笑う中年男のような、そうかと思うと赤ん坊をあやす人のような、微笑いである。パウロが微笑った。ギドウの微笑を意識した微笑いである。ふとギドウの顔が苦みを帯び、唇の辺りに或《ある》感情が、塗られた。眼は依然として微笑っている。

「お婿さんの口が掛るかも知れないぜ。浮気をしなけりゃあうまく行くさ」

涙が溜《たま》っているのではないかと思うような、力んだ二つの眼がギドウを見詰め、可愛らしい唇がぎゅっと結ばれた。額にかかった髪を振り上げるようにしながら、黙ってギドウを見ている。

「どうしたんだ、冗談だよ」

ギドウは鋭い眼を柔かに崩し、溶けるように、微笑った。ギドウを愛するようになり、ひどく慕っている心持が、一種の、女のヒステリイのように昂《こう》じたのである。

「女のような奴だな」

ギドウは立上って書棚から厚い書物《しょもつ》を抜き出し、椅子にかえって、厚い紙の綴じたものを取り出して、膝にのせた。

「冷蔵庫にマルティニがあるだろう。みてごらん」

ギドウの心がすでに仕事の方に入りかけている。それがパウロを又、刺戟《しげき》した。

「ギドウこそ怪しいんだ」

ギドウはパウロを見た。

「植田さんのことだろう？　まあ何とでも思うさ。パウロだっているじゃないか。何処のお嬢さんだい？　バスの中に俺の眼があったのを知らないんだな」

パウロはしんから驚いた顔になった。

「知ってたの？……ひどいや」

「可愛いじゃないか」

ギドウが微笑った。パウロは不貞《ふて》たように仰向けに寝転び、下眼遣いにギドウを見ている。

「変な顔じゃあないけど」

「悪いところのない顔だね。どっちから見てもおかしくない顔だ」

「そう。それがいい点。……だけど僕の方はちんぴらだもの。何でもないや。ギドウの女《ひと》は凄い奥さんでしょう？　それに僕の方は向うから来たんだぜ」

「俺だってそうさ」

ギドウが、言った。三十八になったばかりの、顎から頬にかけて髭《ひげ》の剃《そ》りあとの青い、ギドウの額が、ふとうるさそうに、眉根《まゆね》を寄せた。

パウロは今度は腹匍《はらば》いになり、肱の下になった切り抜き用の鋏《はさみ》を引っ張り出して、それを見ながら、言った。

「だけど、凄い奥さんなんでしょう？」

「見たいか」

「うん」

パウロはギドウの方に振り向いて、言った。ギドウの眉根の縦皺《たてじわ》を見逃してはいないパウロは、もう機嫌が直っている。

「明日フウド・センタアへ来てごらん」

「あそこで食べるもの買うの？　何時頃？」

「五時十五分位にしよう」

「よし」

パウロは鋏を一寸《ちよつと》上に投げて、巧《うま》く受けとった。

「もう、少し黙っていてくれよ」

そう言ってギドウは調べものに、かかった。煙草色《たばこいろ》のパイルの上履きの足を卓子にのせて組み合わせ、膝の上の原稿の束を、読み始めた。パウロは又ライフを見ていたが、ふらりと立上って、書物卓《かきものづくえ》の奥にあるサイドボオドから、橄欖色《オリイヴいろ》に黄金《きん》で縁をとったヴェニス硝子《ガラス》の洋杯《コップ》を出して、冷蔵庫からマルティニを出して来て長椅子に戻りながら一口飲むと、ギドウの脣《くちびる》に持って行った。ギドウが洋杯を手ごと抑えて飲んで離すと、再び長椅子に肱をついて長くなり、洋杯に脣をつけた。

「上の電気消す？」

「うん、いい」

「ジュ　トゥ　オルドンヌ、アッソワ　イッシ」（此処《ここ》へ来て坐るの）

ギドウは眼を鋭くしてパウロを見、書物卓に仰向くように寄りかかり、パウロの撓《しな》やかな形に凝《じつ》と眼を据えたが、一寸右手を上げる。パウロは一寸ギドウを見たが、卓子の上にあった鉛筆を見つけて、放った。

＊

パウロの仕事もうまく適《はま》って、パウロの方からも小さな贈物をすることもあるようになり、パウロとギドウとの間に少間《しばらく》平和な、楽しい日々が、続いた。

八月に入るとギドウは、北奥白の別荘にパウロを連れて行くことにした。夏季大学もそこで開かれることになっていた。

九時四十五分発の奥白行きの準急、スワンが、鋼鉄の長い胴体をホオムに横づけにしている東京駅は、山登りの若者達や、避暑客を混えた旅客の群で、ごった返していた。その一つの窓に、ギドウらしい男の顔が、見えた。シイトに仰向けになった顔に、黒のハンティングを載せているが、睡《ねむ》ってはいないらしい。ホオムの騒々しさをハンティングで防いでいるように見える。傍若無人な形で両足を、向う側の座席の下まで踏みのばしている。膝の上にはカアキ色のレエンコオトが、暗い緑の大柄なチェックの裏をみせて、載っている。下着位が入っているらしい書類用のポオトフォリオと、明治屋の買物包みが座席に転がっている。八月の三日の、ものがみな煮えるような暑熱が、襯衣だけになったギドウの背中から胸に汗を滲《にじ》ませている。上質の黒のサアジュの洋袴《ズボン》、結んだというよりは、一遍潜《くぐ》らせて折り畳んだような、結び目の広い灰色のネクタイが、肩の下までぶら下がっている。敏捷に飛び込んで来る筈のパウロの気配はまだない。

ギドウは今度の旅行に車で行くと、パウロに約束していたのである。だがいよいよ出発の時になって、車は目につき易いことに気づいたのである。湘南《しょうなん》方面に行く人間にはギドウを識《し》っているものが多く、彼等は皆車であり、ギドウの黒のロオルス・ロイスを知らぬ人間はないのだ。九州の佐山という友達を用件で訪ねるというのが、この旅行の表面の目的になっていて、それは植田邦子へのきかせである。佐山は中学からの無二の友達で、何も隠す必要がなく、旅先から局留めで出す夫人への手紙も、二重封筒にして送れば投函してくれるのである。

ギドウは、別れて来たばかりの植田夫人の、肥満した醜い体の妄執《もうしゅう》が、頭に重くのしかかっているのを、感じていた。俯伏《うつぶ》せになると、寝台の上に張りをもって圧《お》しつけられ、熱のあるように熱くなった二つの乳房、紅紫のラズベリィのようだった乳頭と乳暈《にゅううん》、鳩尾《みぞおち》から腹にかけての撓やかな丘は、子供を生まない為に弛《ゆる》みがなく、その上に濃い影をつけて重なる下肢の重みの下に、ギドウとの、もう二年余りになる秘密を隠していた弾力のある下腹。それらは最近になって急激に太り出し、線が崩れて来ていたのだが、パウロを知るに及んで全く魅力を失ったものに、なった。そんな肢体が、倦怠の潜んだギドウの眼の下でうねる、すでに飽き果てた燈の下の場面が、十九に二カ月足りないパウロの、青くて若い木のような、爽やかな体の後《うしろ》に、次第に腐敗した果実の匂いを漂わせはじめてからもう四カ月になる。腐敗の匂いのする果実の皮膚の裏側には、絶えず燃え上ろうとしている猜疑《さいぎ》と嫉妬との狂乱がある。それに対抗する為には、ギドウの持つ魔のような魅力を出して、それを抑えつけるよりない。東上原の奥の、終戦の頃には米将校の車が毎晩のように止まっていた、或斜陽族の別宅を改造した旅館の一室で三晩宿っていたギドウは、平常自分の倦怠を覚《さと》らせまいとして、既《も》う夫婦のようなものだと、暗に倦怠のあるのが当然なことを報《し》らせてはいたが、大体が演技に充《み》ちた逢《あ》いびきに、疲れていた。

ココア色のアロハ風の襯衣《シャツ》の、鳩尾の見える程開けた襟《えり》の下に、細い黄金《きん》の鎖を見せているパウロの、白に近い灰色のジインパンツの足が、敵に追われる雌鹿《めすじか》の敏捷さで、その時八番ホオムの煤《すす》けた階段を上っていた。動作は捷《はしこ》いが、パウロの様子にはどこかに抵抗のようなものがある。

パウロは今日、早く来るのが厭《いや》だったのだ。ギドウの目印のハンカチで、パウロは忽《たちま》ち車内に飛びこんだ。同時に発車のベルが鳴り渡った。

「危いぞ」

深い想《おも》いの底から醒《さ》めたようなギドウの眼が、立っているパウロを射た。パウロはその眼を外して自分の胸の辺りを見ている。洗ったらしい艶のある髪が、額にそよいでいる。急いだので耳から頬にかけて紅《あか》みが差した淡黄の顔は、柔かなココアの色に映えて綺麗《きれい》だが、不平を隠しているのが、伏眼にした眼と、反り気味の鼻とに顕《あらわ》れ、薄紅い唇も尖り加減に結ばれている。後髪に手を遣《や》り、次にその手が鼻の下を横に擦《こす》る。(模様のある蛇の眼ね)とパウロがギドウの眼について言ったことがある。その眼が自分に悪いところがある場合、こわくてならない。だがそうかといって、車を止《や》めたことの不平は抑えられないのだ。それで早く来たくなかった。それが見抜かれていることは承知している。下眼遣いの、しょげたような眼に演技がある。それを知っていて、ギドウは柔いだ。

「雨外套《レエンコオト》は？」

「忘れちゃった」

パウロはギドウの前に掛けると、もう一度後髪に手を遣り、窓の方に眼を遣った。温《あたたか》みの余りないパウロの心臓に、ギドウの胸の熱いものが、流れている。

「だって僕」

そう言うと、思いがけなく涙が滾《こぼ》れた。ギドウは微笑《わら》っている。パウロはそれに気づいていた。

涙で燦々《きらきら》したパウロの眼が微笑った。どこかに灰色のある黒い眼が微笑い、白い歯が薔薇色の脣から覗くと、ギドウの胸に歓びが湧いてくる。車は音もなく走っている。風が出たらしい。

「これ、あれでしょう?」

「うん」

パウロは明治屋の紙包みを解き、アルモンドの実をチョコレエトで包《くる》んだ菓子の箱を出した。後《うしろ》に寄り掛ってチョコレエトを口に入れる。次の一つを持って、眼で訊《き》く。ギドウは首を振った。

「酒場《バア》は開いてるんだろう? まだ」

「行《い》く? 咽喉《のど》乾いてるんでしょう?」

「まだいいよ」

「ウィスキイ?」

「諾《うん》」

窓から身をひいて紙巻に火を点《つ》け、その儘後に寄り掛り、倦《だる》さからギドウはすっかり脱出した顔で、パウロを見た。パウロは車の動揺を楽しむように、黒い中にまだちらちらと見える街の燈火《ひ》に眼を遣っていたが、靴を脱いで黒の薄い靴下の足で座席に上り、膝を揃えて抱えこんだかと思うと、その足を伸ばして窓の下へ突っかうようにし、又折り曲げてシイトの背にしなだれるように、寄りかかる。(まるで猿を連れているようだ)ギドウは心の中で、微笑った。ひと通り動き廻るとパウロは普通に腰をかけてギドウと向き合った。ギドウの差出す紙巻を咥《くわ》えると、一寸窓の方に流れたパウロの眼が含羞《がんしゅう》をおびてギドウの眼にかえる。パウロは紙巻をギドウの脣に咥えさせた。

「フィリップ・モオリス、東京駅にあったの?」

ギドウは洋袴《ズボン》の隠しを探り、一箱の封のままのフィリップ・モオリスをパウロの膝に投げた。

「植田の家さ。……見たろう」

「うん、凄いヴォリウムね。だけど一寸気の毒みたい。……ギドウがとても凄かった。奥さん背中丸くしてケースの中覗いてたね」

「中々役者だね、パウロは」

「分らなかったでしょう? 傍で見て遣った。ギドが後のケース見に行ったでしょう? それで此方《こっち》みたのでよく見えた。あれ故意《わざ》とでしょう?……とてもギドを愛してるのね」

そう言ったパウロの眼が、幾らか意地悪な光を帯びる。ギドウは面白そうに微笑っている。パウロは眼を白くしてギドウの口から紙巻を捥《むし》り取るようにして奪い、窓の外に投げ捨てた。闇を走る車輛《しゃりょう》の響きの中で、パウロとギドウとの幸福感は静かに高まって、いた。

やがて車は奥白駅の構内に入った。奥白駅は暗く、漆喰《しっくい》のような匂いがし、十一時五十分の所に針が止まっている白い大時計の盤が、鮮かに見えた。パウロは見る間に闇の中に飛び出して行ったが、大型のタクシイに向って駅を指し示すのが見え、素捷《すばし》こく乗り込んでいる。雨外套《レエンコオト》を抱え、灰色の幅広のネクタイを風に飜《ひるがえ》して立っているギドウを見ると、運転手は旧知の人を見る眼をして、首を竦《すく》めるようにして、運転台の中で挨拶《あいさつ》をした。風の中を車が走ったのはかなり長かった。闇の中に海の音がし始めて少間《しばらく》すると、車は砂丘を登り難《にく》そうに徐行し始めた。大きな鳥の翼を拡げたような建物が見える。パウロは落ちつかなくなって、腰を浮かすようにし、眼を光らせて建物を見詰めた。

「あそこ?」

「ああ。……ここでいい」

ギドウは三四枚の銀貨を摑《つか》み出して、運転手に渡すと、飛び下りたパウロの後《あと》から砂の上に下りた。パウロはギドウが器用に廻す、滑らかな鍵《かぎ》の音にも胸をときめかせながら、隠しに両手を突込み、海の匂いを一杯に吸いこみ、低く口笛を吹いた。

広いホオルを横切り、螺旋《らせん》になった階段を上って奥の部屋の扉を又鍵で開けて入ると、ギドウはルウム・クウラアのスイッチを入れ、椅子《いす》や足台、卓子なぞのある間を打《ぶ》つかりもせずに横切って、奥の一隅に壁に沿って造りつけになっている革のディヴァンに腰を下ろして足を投げ出し、腕を伸ばして傍《かたわら》の壁を探った。その一隅だけが橙《オレンジいろ》色に明るくなる。パウロは暗い壁の画《え》を見上げ、撓《しな》やかな腰つきで卓子を廻り、熱帯魚の泳いでいる巨大な水槽を覗いた。

「砂の上をごらん」

「ア。山椒魚《さんしょううお》……」

「其処《そこ》の隅に冷蔵庫があるだろう。スコッチを出して来いよ。パウロはマルティニがいいだろう」

「汽車で飲まなかったのね」

「洋杯はそこに食器棚がある」

パウロが洋杯と、氷の容《い》れ物、白く曇ったスコッチの罎《びん》とを銀盆に載せて持って来る。

「マルティニは?」

「僕もスコッチ」

ギドウとパウロとは各々酒を注ぎ、洋杯を取り替えたりしながら、飲み始めた。

「そこの扉の向うヴェランダでしょう? 見たいな」

「落ちついていろよ」

ギドウは底深く光る眼をパウロの首筋に据え、振り向いたパウロの肩を、掴むようにして胸の上に引き寄せた。氷の塊が自然に溶けて動き、打《ぶ》つかり合う音が、沈黙の中に、鳴った。

＊

翌朝寝台《ベッド》を下りたパウロは、昨夜の広間を抜け、持ち出して来た鍵束を熱心に選び出して扉をあけ、ヴェランダに飛び出した。昨夜の風で出来た襞《ひだ》が、細かな波の模様をつけている砂丘が見渡すかぎり、拡がっていて、その果てに、白い波頭のゆるやかなルフランが、動いている。不定形の石と石との間の土に雑草の生えている雨晒《あまざら》しのヴェランダは、簡素な鋼鉄製の仏蘭西《フランス》風の椅子と卓子とを、置いてあるだけである。鎧戸《よろいど》を開けた直《す》ぐ際《きわ》の隅に、竜舌蘭《りゅうぜつらん》が肉の厚い葉を尖らせている。手摺《てす》りに上体を持たせかけて、パウロは幾らかの間、海を見ていた。昨夜寝室に移ってから、(山椒魚で何か思い出さないか?)とギドウが言った時、パウロは不意を突かれて、黙ったのだ。揶揄《からか》うような微笑《わら》いを浮べているが、ギドウの眼には、或《ある》光が、あったのだ。たしかに山椒魚を見た時、パウロはあの黒い男を思い出したのだ。そうしてそれを黙っていた。ギドウの揶揄い半分な言い方にはどこかに執拗なものがあって、それを魚のように身をかわすのに疲れたのだ。本当になんとも思っていないのなら、何でも平気で言えばいいんだ。ギドウはそう言って、パウロを追い詰めた。ギドウの言葉が、その針のようなものをどこかへ蔵《しま》いかけた時パウロは、言ったのだ。（ギドは僕のことなら本当には怒らないんでしょう？）この、実感の上に立った、無心で作為のない殺し文句は、ギドウを完全に敗北させ、ギドウの心臓に新たな火を点けたのだが、ギドウによって、この種の男に嗅覚を持つようになったパウロが、黒い男に興味を持たぬまでも、そこばくの尊敬の念を抱いていることが、ギドウにはこの頃解《わか》っていて、それがギドウを刺戟《しげき》するのである。仲直りをしたあとの甘い回想と、疲れとに浸っているパウロは、大きな掌《てのひら》の中に摑まれているような、そんな幸福感に、包まれていた。

やがてギドウが出て来て、

「海へ行こう」

と言い、シャワアにかかるパウロを待って、黒のパンツだけになったギドウとパウロとは、階下の広間にある、砂丘に向って開け放たれた扉から、砂の上に、走り出た。二人は一間程離れては腕を伸ばして、手を結ぼうとするようにして触れあい、触れたか触れぬかのうちに又離れたりしながら、顔を空に仰向け、高々と笑い、海に向って、走った。首にかけたタオルは、パウロのは臙脂《えんじ》の部分《ところ》と黒の縞とが端にある白地のもの、ギドウのは強い黄色である。

ギドウの別荘で三日を過ごすと、ギドウはパウロの言うなりに海岸のホテルに移った。ギドウはホテルを危く思ったが、パウロの甘えに負けたのである。ホテルの階下全体に続いている長いヴェランダの下は半町足らずで海に続いていて、ビイチ・パラソルの茸《きのこ》の群が強烈な陽の下に光を反射し、入江になっている海は鈍く光り、プウルのように静かである。ギドウが仕事を始めたので、一人出て来たパウロは、ひと泳ぎすると、デッキ・チェアに似た布を張った寝椅子の一つに、体を投げかけ、眉を眩《まぶ》しげに顰《ひそ》め、小生意気に、情事の名残りの堆積《たいせき》のみえる脣《くちびる》を結び、海を見ていた。焦茶《こげちゃ》の絹のアロハ風の襯衣《シャツ》を釦《ボタン》を嵌《は》めずに胸を出し、懶《ものう》い足は八の字なりに投げ出されている。例の白金《プラチナ》のペンダントの鎖が、浅黒い艶のある胸の上に鈍い光を放っている。誰かが自分を見ているような気がして気になるので、二階の部屋の方を見返り、ついでに素早く見当の辺りを見たが、何者をも発見出来ずに終《しま》った。ヴェランダにいた筈のギドウの姿はなく、ヴェランダは空洞に、白く光っていた。それきりパウロは海の方に眼をやり、ぶら下がった右の手で砂を掬《すく》っては溢している。ギドウとの想いに浸り、夜の記憶に青白み、眼を白くし、脣《くち》じりを頬に窪《くぼ》みこむほど引き締め、何処《どこ》を見るともなく睨《にら》んでいる。何時《いつ》の間に来たのか、ギドウがチェアの足元に寝転び、黒い、厚い髪と、後首とを見せて向うむきに肱《ひじ》をついている。パウロの女のような繊い手が、ギドウの首を取り巻くように触るのを軽く払って、ギドウは仰向けに倒れた。倦怠と好色との漲《みなぎ》った大きな眼が、胸の底まで徹《とお》るような力を、パウロに注ぎ入れている。羞《は》ずかしげに眼を伏せ、パウロは砂を掬ってはギドウの胸にかける。

突然起き上ったギドウが勢よく立上った。

「あんまり進まないんだ。何か飲もう、暑いよ」

「うん」

パウロは蝗《いなご》のように飛び立ち、細い足に砂を蹴《け》って、走り出した。顔を洗って、何か上へ着る為《ため》である。ギドウがゆっくりと片手を腰に当てて、後《あと》から行く。人混みのごちゃついた中に、ひどく黒い一つの顔が、首を廻してその二人を、見送った。例の男である。黒人の血が混っているのではないかと思われるような皮膚の色である。十《とお》近く自分より若いらしいギドウの、濡れたような胸の窪みにある胸毛と、初めて見たパウロの、少しの贅肉もなく引き締った、魚のように敏捷な体とに向って、黒い男のシャドウで隈《くま》どったような眼が、憎悪に似た光を出して一瞬纏《まと》いついたが、ギドウの、優越を意識している不敵な顔をも、苦い微笑いの中に、呑みこんでいたのである。


夜の食堂でパウロはようよう、黒い男を発見した。

「知ってたの？　ギド。こっちを見てる」

黒い男から素早く眼を外《そ》らしたパウロが、言った。

「見たがっているのだから見せてやるさ。明日《あした》は丘の家へ帰ろう」

「明日から講習ね。午後だけだけど……」

壜ごと持って来させたキャヴィアをフォオクで口に運びながら、パウロは不平そうに言ったが、一方胸の中で、ギドウを誇る気持が膨んで、いた。（ギドウの方がエロティックだし、ボオ（美《び》貌《ぼう》）だ。あの黒い奴にはギドウのような程のいいところはないに違いない）

「ボオ（美貌）じゃないのね」

そう言ってギドウを見たが、フォオクを置いてギドウは白葡萄酒《しろぶどうしゅ》の洋杯を右の手で触りながら、黒い男の方へ眼を遣《や》っている。自信の据わった流し眼が、無限の色気を含んでいて、肉慾《にくよく》的なものの塗られた脣の辺りが、相手に向って無言の決闘のように、構えられている。美しい眼の片方の眉を心持釣り上げ、問題にしていないのだということを誇張した、パウロの切り削《そ》いだような嫩《わか》い顔が、そこへ重なった。権高な、美しい芸者のよくやる顔つきである。黒い男に充分に示威をやったと見極めると、二人は顔を見合い、親しげに食事を始めた。ギドウがキャヴィアをパウロの麵麭《パン》に塗ってやる。パウロは氷の上に載ったメロンをギドウにやる。パウロは凍らせたグレエプに替えたのだ。果実を半ば平らげた時、階段を下りて来る、水色のブラウスを濃藍色のキュロットの上に出して着た娘がある。爽やかな顔の、賢そうな娘である。パウロの眼につれてギドウも、振り返った。

「奇遇だね」

「……悪いけど」

「いいさ」

パウロとロオゼンシュタインの隣の「モナ」で知り合った梨枝《なしえ》である。梨枝は階段の中途でパウロに気づき、小さな顔の中に白い歯が、光った。階段の上の方へ手を振って何か言い、ギドウを見て幾らか躊《ためら》ったが、駈《か》けるようにしてパウロ達の卓子に、近づいた。二三人の少女が下りて来て、ギドウ達の方をちらと見ながら、階段の向う側の席へ行くのが、見えた。パウロが二人の間の椅子を引き、ギドウを見て、(ギッシュ先生)。(梨枝さんです)と、引き合わせた。梨枝はギドウを見て顔を紅《あか》くしたが、パウロの手を卓子の下で探し、手の甲を抓《つね》った。

「親類の家へ来たの、お友達と。葉書上げたのよ。……」

「ふうん、僕は急に飜訳《ほんやく》のお手伝いの仕事が定《き》まったんだ。ごめんね。葉書出したんだぜ」

ギドウがボオイを呼び、梨枝に好きなものを訊《き》いて、言い附《つ》けた。

梨枝とパウロとはもう二三度ホテルで会っているが、それはパウロが結婚の条件に外れている為にそうなったので、梨枝は所謂《いわゆる》素堅気の娘である。パウロはもともとませていて、それを巧妙に隠して小出しにしているので、梨枝の愛情は深まり、心の中では一生離れたくないと、思っている。パウロも根はまだ子供なので、幾らか気が咎《とが》めながらも、梨枝の優しい、小さな母親のような愛情は、胸のどこかに滲《し》みこんではいるのである。料理が来ると梨枝は、パウロの好きなもののがあると小さく切ってフォオクに刺して、口に入れてやったりしながら、食事を始めた。ギドウは持って来させたウィスキイをちびりちびりやりながら、パウロの様子に眼を当てている。時折いつもの、あやすような微笑いが浮ぶ。梨枝がふと、ギドウを見た。

「夏期大学でしょう？　今」

「ああ、明日《あした》からね」

ギドウが、答えた。

「ご親類って、近いの？」

「ええ、延覚寺のそば」

梨枝の眼がパウロに還《かえ》った時、パウロはナフキンで唇を拭《ふ》いていたが、その眼は不良っぽい、気の無いものを浮べて、傍見《わきみ》をしていた。

扇風機の音が懶げに鳴り、パウロの洋杯の氷が溶けて、滑らかな面を浮かせている。ふと梨枝は眼に見えぬものに、襲われた。何処から来たのだろう。妙な、索寞《さくばく》としたものが、楽しいパウロとの食事の間にさえ、入り込んで来ている。冷たい風のようなものが、何処からか遣って来て、自分をこの食卓ごと包んでいるようだ。ギドウがその時立上ってパウロに、言った。

「じゃ部屋は取るからね。門限は九時だよ」

そう言うとギドウは食堂を出て行った。パウロが梨枝を見た。

「僕の部屋別に取ってくれるんだって。来る？　いいでしょう？」

いつものパウロの優しい眼だ。自分は夢を見たのだろうか。梨枝は何か解らぬものに包まれた中で、パウロの澄んだ、魅するような眼に見入っていて、そうして、頷《うなず》いた。嫩い、産毛《うぶげ》のある顎《あご》である。朧《ぼんや》りナイフを持っている、梨枝の小さな手に、パウロの手が、重なった。梨枝にはこの空漠が、パウロの正面に今まで坐《すわ》っていたギッシュの存在に、関聯《かんれん》があるような気がどこかで、している。一眼で崇拝したいものを受けとった立派な男の、自分を見た眼の中にあった、謎《なぞ》のようなものが、どこかで気に掛っている。殆《ほとん》どそっちは見ずにいたのだが、いつか眼に入っていたギッシュの、シイザアの首のような強い顔と、逞《たくま》しい体から生えたような太い頸《くび》、そうして黒い髪。それらのものが、パウロとの楽しさの中に、何ものかを注ぎ入れていて、それが扇風機の鈍いうなりと一緒に梨枝をどこかで、怯《おび》やかしていたのだ。パウロはこれまで梨枝といた時には思いもしなかった、自分の残酷な位置が、明るい食卓の上で否応《いやおう》なしに照らし出されたのを覚える、と同時に、梨枝をこの儘《まま》で帰しては気の毒だというのか、何かを気づかれては困るというのか、たしかに利己的な、わけの解らない想《おも》いがしていて、それがギドウと一致したのを、感じている。無垢《むく》な心を傷つけることを疚《やま》しくも、思っている。睫《まつげ》の長い、夢みるような眼の中に、混乱するものを圧《お》し隠して、パウロは梨枝の手を軽く抑えるように、握った。

部屋に入ると、後を向いたパウロの手の中で、鍵《かぎ》の廻《まわ》る音が小さく、鳴った。

「敬里《けいり》、いや」

「どうして？　何か怒ってるの？」

「ううん」

「じゃ、どうして？」

パウロは梨枝の手を引いて長椅子《ながいす》に倒れ、梨枝はパウロの上に倒れたが、柔かな抵抗をしながら起き直って、椅子の端に、パウロに寄り添うようにして、腰を下ろした。パウロが手をとった。

パウロは梨枝の眼を凝《じっ》と見ている。

「ね、敬里。ギッシュさんて、何か知っていらっしゃるのね」

「知ってるって、何？」

「敬里のことで。ほかの女のひととの、……すぐお部屋を取って下さるなんて」

「ギッシュさんは何も関係ないよ。僕たちのことに。……そりゃあ僕のことは大抵知ってるさ。僕はお手伝いやってるけど、大学一年しか行かないから、いろいろ教わってるんだ。部屋を取ったのは、ギッシュさんの仕事で僕たちが会えないからだよ。面倒くさいこと言うの止《よ》せよ。どうかしてるね、リエは」

「でも」

梨枝はパウロの手を離したがっていたのを止《や》め、深い眼をしてパウロを、見た。

「僕が何か悪いの?」

罪の意識が底にあって、一層魅するような耀きを増しているパウロの眼の中に、ふと麻痺したような心を埋めた梨枝は、いつも繋ぎ合って歩いているパウロの、優しい手に、強い力が入って来て、引きよせられる儘に、パウロの胸に頽《くずお》れた。いつもの灰色をおびて黒い、宝石のようなパウロの眼が、底に青みを湛《たた》えて梨枝の胸を、分別のない、哀しみもなく、楽しささえもない、空《くう》なものに、したのである。壁画の天使のような顔をしたパウロの手で、白いロンの下着の釦が外される。二十歳の春を湛えた体が、パウロの戯《たわむ》れの下で、嵐の中の薔薇のように吐息を吐き、羞恥をおびて悶《もだ》える一刻が過ぎると、梨枝は顔を長椅子に伏せた。濡れた髪の纏《まつわ》っている細い首を、雫《しずく》をのせた丸い肩の間に埋めている梨枝の上にパウロの、慾情の一刻が嘘のように見える少年めいた顔が、伏眼になった眼を注いでいる。唇の端の微《かす》かな反《そ》りが、幾らかの慾情の跡を、見せているだけで、ある。不意に半身を起した梨枝の眼が、鋭いものを見せて、パウロの眼を探したが、幾らかの演技を隠したパウロの無邪気な眼と、優しい抱擁に再び頽れ、二人のポオルとヴィルジニイとは、譫言《うわごと》のような永遠の誓いを繰り返して、一つの恋の塑像《そぞう》のように、少間《しばらく》の間離れずに、いた。

部屋で独り下調べをしていたギドウは、丁度この時立上って呼鈴を押し、ウィスキイと氷とを持って来させた。ホテル・バカラと白く、何かの塗料で字を入れた洋杯に氷を入れ、酒を注ぎ、脣に持って行ったギドウの眼が、ふと暗く、光ったが、その暗い光は、パウロと梨枝との恋の一刻が原因ではない。それは直《す》ぐに察せられる。地下室の酒場《バア》に行かずに酒を運ばせたのも、黒い男との出会いを避けたのだ。濃い黄色をおびた薄茶に、焦茶の斑点のある豹《ひょう》と、黒く光った豹とはホテル・バカラの一室と、薄暗い酒場の片隅とで、重い、暗黙の内の闘いを交えていたので、あった。嫩《わか》い少女の、水蜜桃《すいみっとう》のような肩と、細い首との谷間に半ば顔を埋めているパウロの眼が、天使《エンゼル》のような罪のない憧れを、一階上にいる自分に向けて点《とも》しているのを、ギドウは見ないでも知っている。ギドウの心は、パウロの汗に濡れた撓《しな》う体と、黒い男の眼の奥に燻《くすぶ》っているあるもの、との二つに岐《わか》れて、牽《ひ》きいれられて、いたのだ。

＊

その夜寝台《ベッド》の上で、優しい腕でギドウの首を巻き、ギドウの顔を優しい手で囲うようにして、その片頬に自分の頬を擦《す》りつけたパウロの愛らしさは、可憐《かれん》で、やさしく、パウロの撓いのある背中に廻したギドウの手に、永遠の愛の誓いの力が籠《こ》められたことは、言うまでも、なかった。深い夏《グランエテ》の、濃く厚い、無花果《いちじく》の葉の蔭《かげ》に、優しい小蛇はその黄金色《きんいろ》の薄い光を、ひそめたのだ。

＊

パウロはギドウの丘の家で、ギドウの講習に出て行く留守の間一人でいたが、退屈の為に幾らか不機嫌になり、梨枝を呼びたい誘惑に駆られた瞬間もあった程だが、黒い男のために、海へ行くことも、出来ない。パウロは舌打ちをし、ギドウの大切にしている独逸《ドイツ》製の切り抜き鋏《ばさみ》を、ヴェランダの横手の石垣の窪《くぼ》みに隠したり、ギドウの書き始めていて、ひどく気の乗っているエッセイの原稿の一部を、寝台の蒲団《ふとん》の間に隠したり、した。ギドウは結婚した助教授のように、丘の家と、奥白駅に近い高校との間を三日間往復したが、九州の旅の終る筈の時期が来て、ギドウとパウロとは再び夜行で東京に、帰った。パウロは美しい顔を買われて、今ではロオゼンシュタインの喫茶部のボオイをしていたし、ギドウの所の手伝いということもあるので、幾らか休暇を貰う位の自由は利《き》いていたのである。

ギドウの愛情の中で、深い、安らかな呼吸をしているパウロの日々は、ほんの僅《わず》かの不満を除《の》けては、幸福の鐘の音の中に、あった。パウロの北沢町の部屋の、曇った鏡の中に、再びパウロの瞳《ひとみ》が写り、朝も昼も、夕刻も、旅の前より、冷たい炎を出すようになった二つの眼は、菫色《すみれいろ》をおびて、鏡の中に、光った。旅の間に勢をなくしていた、ギドウが買った熱帯植物の群に、薄い襯衣《シャツ》と下ばきだけになって、朝晩水を遣《や》って歩くパウロの姿は、哀れな程愛らしいのだ。ギドウとの逢《あ》いびきは午後の光や、夜の燈火《ひ》の下で、二日置き、三日を置いて、続いた。パウロの、ギドウの心に絡みついて行くような気持の深まりは、樹《き》の幹に絡む蔓草《つるくさ》のような夜の愛情の形態を伴って、秋の冷えのある日々の中で、いよいよギドウの心を深みへ引きいれて、行った。

*

植田夫人の、既に女の黄昏刻《たそがれどき》に来ている、四十八歳の体の中に巣喰い、日々にその重苦しさを増して行く、絶え間なく後から追い立てられるような苛立《いらだ》たしい想いは、いつの間にか冷めて来た萌《きざ》しの見えるギドウへの恨みなのか、或《あるい》は女としての水気のある姿態の喪失への憎しみなのか、その境界線を、危《あぶな》くして行くのである。その喪失感は一つの正確な格調をもって、着実に、日々に、刻々に、夫人を襲っていた。夫人が愛したコルトオのピアノの弾奏のように、それは正確で、美しくさえある。林檎《りんご》の枝を彫刻した、錆《さ》びた黄金色《きんいろ》の大きな鏡の前で、夫人の残映のような若さの名残りは時を刻み、秒を刻み、夜という黒い湖を越えては、耀く明るさを現す一つ一つの日々を刻んで、夫人の体の隅々から脱落して行くのである。細い、鞭《むち》のような体を誇っていた夫人の体は、あらゆる隅々に贅肉《ぜいにく》が附いて、醜い腐肉の感じを呈して来た。今では夫人は、入浴の後で鏡の前に立つことがないように、なっていた。

ギドウは夫人の最後の男である。若さを保とうとして夫人が昼も夜も繰り返す美容の手段にも係らず、醜い肥満が始まった夫人の体は、若いギドウの軽い嫌悪を呼び醒《さま》している。それが夫人に鋭い苦痛を与え、技巧を多く必要とするようになった夜の、又は午後の狂乱の中で、夫人の神経は尖《とが》り、磨ぎ澄まされて、いた。ギドウの眼が自分の胸を見て燃えたのは、まだたった一年前のことである。すべての過去の情事が、絵に描いたもののようなものに過ぎなかったことを夫人に教えた、ギドウの烈しい愛撫が、生々しい近い記憶の中にある。現在のギドウの眼の中には、夫人が見出すまいとしながら、見出さぬわけには行かない、濃い倦怠がある。近い過去の中で、激しい慾情《よくじょう》と歓喜とを誘発したギドウの後首《うしろくび》が、又は艶のある厚い胸が、夫人の憎しみをひき出し、それが棘《とげ》のある言葉の一つ一つになって、夫人の脣《くちびる》から発せられる。だがギドウの勁《つよ》い横顔と、太い首は、それらの言葉を全く、受けつけない。受けつけないどころか跳ねかえすように、みえるのだ。冷却を巧みに隠しているギドウの眼差しが、この頃では何者かの存在を、その奥に潜めている。それを夫人は読みとっている。ギドウは新しい相手を全く否定している。そこには強い自信がある。夫人がギドウの新しい相手について絡んで行く臆測を出ない言葉の矢は、すべて外《そ》れ矢《や》に、終った。内攻した夫人の嫉妬は、夫人の中に架空の相手の顔を浮び上らせていて、ふとした時夫人の頭に、フウド・センタアで見た美しい青年の顔が浮ぶことがある。夢のように、ちらと見たパウロの顔が、どうして夫人の頭に浮んで来るのだろう。夫人の顔は若い頃繊くて、どこかパウロに似ていた。細く締った顔が、弛《ゆる》んで柔かくなり、現在は生来夫人の最も憎んでいる膨《ふく》らんだ中年女の顔になっている。そのことが、夫人の昔の顔への郷愁が、ふと見たパウロの顔に、仮想の女の顔を、結びつけるのだ。

だが既に夫人にとってギドウの新しい相手のことはどうでもいい、鈍い倦怠のようなものに過ぎない。自分の若さの喪失と、ギドウとの恋の中に吹き入れられた、棘のある柔かな布で撫《な》でられるようなものとが、夫人の頭を占領していて、ギドウを憎む心だけが、夫人の全霊を支配しているといっても、いい。すでに習慣に過ぎない狂乱の中で、ギドウの指を嚙む夫人の老い猫のような歯は、もう愛情の歯ではない。鋭い憎しみの牙で、あった。ギドウの肉体を離すまいという執念の出た夫人の眼は、太った為に一重に延びた瞼《まぶた》の下で、陰惨なものを出していて、その眼の中の執念は、最初から幾らかは感ぜぬではなかった、病犬の前に生肉《なまにく》を振り廻すような残酷さをギドウ自身に覚えさせ、恋の残虐《ざんぎやく》に馴れたギドウを、怯《おび》やかした。

性根のないような、綺麗《きれい》な年下の男達が、或時期《あるじき》々々にギドウの傍《そば》にいたが、パウロは最も嫩《わか》く、繊く、敏捷である。英国人と仏蘭西《フランス》女との混血児のような美貌は、片時も傍を離したくない執着を、ギドウに持たせると同時に、無心な悪徳、狡猾さ、のようなものが、薔薇の棘のように柔かな、撓《しな》う痛みで、ギドウを刺すのである。薔薇の茎に出た最初の、薄紅い棘のようなものを持っていやあがる。ギドウは、想った。悪い奴《やつ》だ。知らないで持っている毒がある。毒のある小さなけしの花だ。それで俺はこんなになったのだ。マリフェナだな。系図を調べたことはないが、どこかに欧羅巴《ヨオロッパ》人の血があるのじゃあないか。あの甲虫《かぶとむし》のような黒い眼の中にある灰色が、日本人のものではない。ギドウは独り部屋にいて、夫人との間を断ち切るきっかけにしようとしている巴里行きが、大学の都合で一寸《ちょっと》延ばしになっている状態に苛々しているような時、稚《おさな》く美しいパウロを、想い浮べていた。ギドウは夫人の執念に危険を感じて、いた。パウロに溺れているギドウの精神が、植田夫人にどこかで伝わり、夫人を諦《あきら》めの悪い、執拗な炎で灼《や》き、異常な憎悪でのたうたせていることは疑いが、なかった。

＊

同じ刻《とき》、パウロはロオゼンシュタインの工場の附近を、歩いていた。ギドウとの贅沢な夏の生活、ギドウに愛せられているために受ける、あらゆる華麗な場所、もの、たべもの、との関聯《かんれん》が、もともと怠惰なパウロを蝕《むしば》み、ギドウも甘やかす一方に傾いて来ているので、パウロは今日も店をさぼり、「茉莉」へ行ったり、パチンコをしたりしてぶらぶらしていたが、怠け疲れの体をもて余して、今銭湯に飛びこんで来たのである。白絹のアロハを、濃灰色のジインパンツの上から被《かぶ》り、湯上りタオルと対の薄青の濡れタオルで首筋を拭きながら、ブリヤンチンを振っただけの髪をパラパラさせ、素足にサンダルを突っかけている。今日はギドウから電話が掛かる筈だ。そう考えただけで、少女のように浮き浮きして来るのである。パウロは濡れた髪と光を競っている黒灰色の眼をパチパチさせ、ロオゼンシュタインの前を過ぎながら、塀の中の見馴れた樫《かし》の梢《こずえ》を、見上げた。ギドウに貰った、栓を開けたばかりのロオ・ド・コロオニュが、鏡の前に檸檬色《レモンいろ》の液体を耀かせているのを想い浮べ、アパルトマンの部屋に向って足早になった時、何かの気配を感じて、パウロは後《うしろ》に、振り返った。

地面から忽然《こつぜん》として湧き出たように、梨枝が立っていた。不意を突かれてパウロは、梨枝には決して見せてはならない狼狽を現し、失敗《しま》ったと思った途端に胆が据わったのか、ひどく澄ました顔になって、梨枝の顔を正面から見た。梨枝は固い顔をしていて、妙に老《ふ》けてみえる。

「びっくりするじゃないか。……どうしたの?」

初めて見るパウロの湯上りの美貌が、風のように青葉の樹の中で匂い、ふと酔ったようになった梨枝は、再び白い顔に、返った。何ごとかを言おうと、決心して来たようにみえる、怯えたような顔である。

「僕の家《うち》この近くなんだ。来ない？　ちらかってるけど」

梨枝は何かに牽《ひ》かれるように頷き、パウロに近づいた。

「どうかしたの？　先週はごめんね。仏蘭西のアルバイトが急に日が変ったんだ。明後日《あさって》も行くよ……」

「いいのよ」

弱い声で梨枝は言って、並んで歩き出した。ギドウのことを出すのが結果が悪いのは承知の上である。パウロは梨枝と、少しずつ離れようと、思っている。ギドウに完全に惹《ひ》かれているパウロは、梨枝と居ることがひどく退屈で、あった。だが部屋につれて行くことはあんまりだろう、と、パウロは、思った。部屋にはギドウに貰ったもの、ギドウのもの、ギドウと共通のものが多くあって、ギドウの生活援助がどういう種類のものかということを、如実に示しているからだ。梨枝がその点については鈍い筈だとしても。不意に驚かせた梨枝に腹を立てていたパウロも、それは少し酷《ひど》いと、思った。

「何処《どこ》かへ行こうよ」

パウロは優しい声に、なっていた。

「何処？」

二人はバス通りに出る、寺と邸町《やしきまち》に挟まれた小道を、歩いた。木洩《こも》れ陽が今日の終りの紅《あか》さを石魂道《いしころみち》の上にあて、細かな斑点を描いている。

「ギッシュさんの家へ寄らない。車出して来て乗ろう」

梨枝はギドウをパウロの相手とは思っていない。だがギドウとパウロとの親しみの周辺に、ギドウというものの後《うしろ》に、パウロの何かが隠されていると、思っていた。その何かを、梨枝はきのう、突きとめたように、思うのだ。

「ギッシュさんのところ?」

「車出すだけよ。じゃカメオで待っていてよ。車持って行くから」

「じゃ行くわ」

肩に廻つたパウロの腕は一度手先を垂れたが、柔かく梨枝の顎にかかった。眼を伏せたパウロの顔が、透《すきとお》る青葉の梢を被って下りて来る。敏《さと》い、小蛇のような梨枝の眼が、鋭くパウロの眼を窺《うかが》ったが、眠っているかと思われるような、長い睫《まつげ》を伏せた眼の奥には、陶酔を誘うものがあるばかりである。車の来る気配に脣が離れると、パウロが言った。

「全く東京の町の接吻って、ギッシュさんの言う通りだ。巡査の歩き廻っている所で掏摸《すり》をやるみたいだ」

不快が再び梨枝の胸に、拡がった。ギッシュという人間の話をパウロがするのが、梨枝に不快を持って来る。奥白で出会って以来数回の逢いびきは、パウロの殆《ほとん》ど奉仕のような態度で隙間なく満ち足りていて、それが梨枝を却《かえ》って不安に、していた。その理由が、解《わか》ったのだ。前は通ったことのあるパウロのアパルトマンを通り過ぎて、二町程行った所にギャレエジ附《つ》きの贅沢な木造の家が、あった。裏は庭かテラスかが、あるらしい。パウロはギャレエジの鍵を外して車を出し、運転台に飛び乗ると、梨枝を横に乗せ、車は音もなく邸町の石塊道を抜け、バス通りに出ると、他の車の群を睥睨《へいげい》するようにして、黒く甲虫のように光る胴体で、行く街々を圧して、行った。（この車ギドみたいだ）パウロは想《おも》った。パウロは、梨枝の様子を見て、何かの不安を感じとっていたので、対《むか》い合って話すことをおそれ、それで車へ乗ったのだが、梨枝がカメオに寄ると言い出したので仕方なく、ゴオモンバラスの通りの横町へ曲る角で車を止め、伊太利《イタリア》のカメオを模した大きな看板の下の潜《くぐ》り門を、扉を押して入った。ギドウがこの時間にいる筈はない。だがギドウが万一いた場合、梨枝の状態が、なにかの不安を潜めていることを、ギドウに合図しなくては、ならないのだ。

パウロは片隅の卓子を選び、並んで掛けようとして端へ寄ったが、梨枝は向い側に坐り、パウロの顔に、眼をあてた。パウロの顔には隠された緊張が、ある。悪いことをしていて、母親の前に出た少年のような暗いものが、ある。梨枝の眼の中に、母親の乳の味と、女の憎しみとが鬩《せめ》ぎ合っていて、パウロをたじろがせるのだ。突然梨枝が、言った。

「あたしね、変な奥さんに会ったの」

（植田夫人がいつ、ギドと一緒の俺を見たんだ。俺と梨枝がいるところを、何処で？）パウロは忙しく瞬《まばた》きをし、暗い眼を、梨枝に向けた。

「敬里。ほんとうに、言って頂戴。……あの凄い奥さんと知っているのね」

（奥さんが僕たちや、梨枝といる僕を見たとすると、……あのぎらぎらする眼で、もう解ってしまったんだ、……）ギドウの身辺を不安に思う黒い雲が、パウロの胸に、拡がった。

「奥さんて？　何？」

「よして。知っている癖に」

「だって解らないよ、そんなこと言ったって……」

「奥さんは敬里を知っているわ。ギッシュさんの所へ来る人ね、って」

パウロの頭が忙しく、廻転した。

「うん、もしかしたら、ギッシュさんのママの所へ来る人かも知れない。……僕を追っかけたことはあるんだ。ギッシュさんの所へ来て僕に会おうとしたんだ。だけど僕はあんな年寄りを好きにならないよ。……そうだろう？」

「嘘だわ」

「どうしてさ。僕嘘なんか言わないよ。ギッシュさんに来させないように頼んだんだ。だから変なこと言うんだ」

「嘘。奥さんの顔を見れば、敬里と奥さんがどんなによく知ってるかってことが解るわ。敬里はあたしがそんなに馬鹿だと思ってるの？……」

（植田夫人の奴）パウロの眼が白くなり、顔が青み走った。一秒でも早くギドウに会わなくてはならない。その時酒場《バア》の円く囲んだ卓子の端にある受話器が、けたたましく鳴った。パウロの胸は音のする程動悸が打っている。ボオイが眼で報《し》らせた。梨枝の哀しみの眼が、背中に貼りつけられているのを感じながら、パウロは走った。

「ギッシュさん？……ご用？　ええ、車持って来ちゃって、ええ、じゃ」

「何処へ行くの？」

「ギッシュさんが出版社の人に会うんだって、車が要るんだ。すぐ帰って来る。待ってて。本当に直《す》ぐ帰るよ」

落ちつかない様子でパウロは梨枝を、見た。梨枝は黙って立上った。

「駄目よ、帰っちゃ」

梨枝は出口へ走る。パウロはボオイに「後で」というなり、後を追った。

車に乗りこんで、ハンドルに両手をかけたパウロは、その儘《まま》じっと首をハンドルの上に、伏せた。怒りと、哀しみに閉ざされた梨枝が、見守っている。パウロの足がアクセルにかかり、その儘拝むように、ハンドルに揃《そろ》えてかけた腕の上に顔を伏せた儘、ハンドルを大きく、ゆっくり廻した。梨枝の低い、小さな叫び声を後に、甲虫《かぶとむし》のように光る車体は青葉の街を見る間に、遠ざかった。

＊

幾らか錯乱状態に陥った植田夫人は、車のブラインドを下ろして、ギドウの通る駒場の附近から、北沢町のギドウの家の辺り、銀座なぞを廻ることを、始めていた。ギドウとパウロとの二尾の魚は、夫人の網を避けているように、一度として姿を見せなかったが、梨枝がパウロに会った日から十日前、夫人の車が駒場の附近から銀座へ出ようとして、渋谷の葵坂《あおいざか》を通った時、夫人の鋭い眼は、ゴオモンバラスに曲る広い通りを向うから来る二人を捉えた。その時夫人はギドウと歩いてくるのが、フウド・センタアの青年だと瞬間悟り、何かの罠にかかったのを、知った。その時は瞬間であったし、青年の様子に特別変ったものを見なかったが、それから三日後、夫人が贈物をととのえる為の、止《や》むを得ない用事で銀座の和光に行き、買物を済ませてそこを出た時、一間程離れた鋪道の際《きわ》に立っている、パウロと梨枝との後姿を、見たのである。

植田夫人の眼は、初めて明瞭《はっきり》とパウロを、見た。夫人の眼はパウロの、女の分子を充分に持っている、ある情緒と、躍る魚のような敏捷な動きをしそうにみえる肢体とを見逃さなかったが、それと同時に、梨枝と一緒にいるパウロの、どこかに気の乗らない、額縁の中の恋人とでもいうような様子と、硝子《ガラス》のような執着の欠如とを、明確に見とっていた。女といるこの青年に、エロティックなものが殆ど、感ぜられない。梨枝の肩に腕を廻し、車を止めようとしてふと夫人の立っている方に無意識に眼を流したパウロの眼の、紫色に光るかと思われる、宝石のような美しさを眼に入れると、夫人は眩暈《めまい》がし、全身の血が頭に登り、耳から後に火が点《つ》いたようになり、又忽《たちま》ち冷めて、水を浴びたように寒くなるのを、おぼえた。パウロと梨枝とが車を止めて乗りこむのが、どこかで夫人の視野に、入っていた。額際の皺《しわ》と、艶《つや》のない染毛の、繊い音を立てる楽器の糸のように美しく撫で上げた鬢《びん》の辺りとに老いを見せ、夫人は病人のような足を一歩、一歩、駐車場に置いてある車の方へ行く為に、鋪道の際に、運んだ。

＊

「心配したってどうなるんだ。大丈夫だよ。俺が巧《うま》く遣《や》るから、パウロは気にしないでいいんだ。分ったか?」

「うん」

ギドウの泊りつけのホテルの寝台の上に、パウロは情事の後《あと》の体を、横たえている。パウロの若い葡萄《ぶどう》のような眼は、ギドウの狂乱と、厚い胸の奥に蔵《しま》われているように思われる自分への愛情の、湯のような温かみとに、満ち足りて見開かれてはいるが、底にある不安が、どこか苦しげなものを宿していて、眼の下にも、若い頬にも、光線の具合で幾らか腫れたようにみえる、稚《おさな》い口もとの辺りにも、悩みの跡が、あった。少間《しばらく》の間、不安をひそめた甘えのある眼で、ギドウを見詰めていたその眼を伏せ、長い睫の蔭で何か考えていたパウロは、ふとその眼を大きく開けて、ギドウを見た。酒に酔ったような薄紅い色が、眼の辺りに発している。

「僕年とるの厭《いや》だ。僕が殺されちゃうのがいいや、……」

「馬鹿言え」

ギドウは半身を起してスタンドの蓋をかしげた。

「眩《まぶ》しい、……消してよ」

パウロは裸の腕で眼を蔽《おお》い、寝返りを打った。ギドウの手が細い首に纏《まつ》わるようにかかる。

「ギドが僕を殺してしまうといいんだ。……ギドが危い」

「又ヒステリだな。何だって殺すの、殺されるのって言うんだ。誰が誰を残すものか。俺達の社会はそこだけが取得だ……。もう止《よ》せ。明後日《あさって》は来るね」

「ええ、きっと」

パウロは身を捻《ひね》って向きを変えながら、ギドウの手を両手にとり、その手の上に脣《くちびる》を、触れた。

＊

ギドウの「葡萄祭り」というエッセイ集の出版記念会が、椿山荘《ちんざんそう》で開かれた夜。彎曲《わんきょく》した橋も、築山《つきやま》の塊も、既に夕闇に閉ざされているが、宴会場の中は蛍光燈《けいこうとう》の光に澄み透《とお》つて、明るかった。定刻より既に十分が過ぎ、控え室は煙草《たばこ》の煙と、談笑の潮騒《しおさい》で満ちていた。片隅の長椅子にぽつんと腰を下ろしたパウロの美貌は、人々の眼を充分に、そばだてさせていた。

パウロはひそかに腕時計を覗いては、天井を見ている。

その朝パウロはギドウの家に、行っていた。一緒に会に出る約束が出来ていたのである。雨の上った裏のテラスに、九月の陽光が黄金色《きんいろ》に降り注ぎ、石畳の窪《くぼ》みの湿った色や、生垣《いけがき》の際の灌《かん》木《ぼく》の群がりの蔭の、濡れた色を早くも拭《ぬぐ》い去ろうとしていた。幾らかの風が渡り、爽やかな色がギドウの居間にも、テラスにも、漲《みなぎ》っていた。半ば濡れたしゃくなげや、沈丁花《じんちょうげ》、クロオヴァーなぞの葉の群が、微《かす》かに動く時がある。鋼鉄の白く塗った骨組みばかりの椅子が三脚、それと同じの細い脚をつけた硝子の厚い卓子が、痛い程光っている。珈琲《コオヒイ》を飲んだあとのモオニング・カップが二つと、生クリイムの壺が、出ている。ギドウのは愛用の巴里製の藍《ブルウ》の茶碗《ちゃわん》である。裏木戸からテラスに飛びこんだパウロは、白いハンティングを両手で前に持ち、直立してギドウに微笑《わら》いかけた。美しい眼に甘えが滲《にじ》んでいて、薄い肉色の唇が、頬に幾らかの笑み皺を刻んで反《そ》り返っている。うねりのある上唇と、薄い下唇との間に白い歯を覗かせたパウロの唇の辺りには、蝶の接吻の下で何度か蜜をふり滾《こぼ》した花のように、甘い色を湛《たた》えている。一瞬パウロの唇に目を奪《と》られたギドウの眼が、仏蘭西《フランス》人特有の甘い微笑いに崩れたが、ふと意味ありげに睨《にら》むようにパウロを見た。

「もう直ったか? ヒステリは」

パウロの眼が羞《は》ずかしげに、ギドウを見た。昨夜のギドウの電話で、ギドウが植田夫人と、平常通りの時間を過したことを、パウロは知っているのである。だがギドウの楽しげな微笑いの中には、何か隠れているものが、あった。

ギドウの髭《ひげ》を剃《そ》るのを見ていたパウロは、ロオ・ド・コロオニュをタオルにふりかけて、手を拭《ふ》いたりしながら、言った。

「少し暑い位よ。今日は」

「うん」

ギドウは、アルサス人のような逞《たくま》しい横顔を三面鏡にくっつけ、眼を大きく開いて鼻の脇を強く擦《こす》っている。

「紅?」

「うん」

「どら? もう大丈夫……」

部屋着を脱いで、黒の長めの上着と灰色のヴェストに、濃灰色に黒の細かい縞の洋袴《ズボン》、銀灰色に、ぎざぎざの多い木目《もくめ》の入ったタフタのネクタイに着替えたギドウは、大きな鳩時計を見遣り、眉根《まゆね》にたて皺をよせてパウロが渡す腕時計を、見ながら嵌《は》めた。ギドウの幾らか野暮な、きまった服装《なり》をした様子には、学識を持つ男の重みのようなものが出ていて、パウロを夢中にさせ、憧《あこが》れの色がパウロの瞳を、満たした。

「まだ大丈夫でしょう？」

「うん」

「ア……」

ばさばさという羽音がして、尾の白い何かの鳥が、明るい後庭の緑が、長い矩形《くけい》の窓のように光っている、出入口の上の方を掠《かす》めて、突っ切ったのだ。これもまるで鳥のようなパウロの体が足を蹴上《けあ》げて飛び出したが、上部に多すぎない肉附きのある脚の動きは、水面を飛ぶ若い蛙《かえる》のように跳ね踊るようで、ギドウの眼を楽しませるのだ。

後隠《うしろがく》しに両手を突っこんだギドウが出口に現れると、パウロはがっかりしたように後向きに立って、空を見ていた。

「さあ、そろそろ行くか」

ギドウはパウロの（幸福が逃げ去った）なぞと言い出すのを未然に防ごうとして、言った。その時夫人からの電話が鳴り、ギドウは「巧く遣るよ」という眼をパウロにして見せて、車に乗った。それでパウロはギドウの遅いのをひどく不安に思って、気にかけているのである。

「何者だい、あれは」

窓際の一団の間でこんな評定が起きていた。先刻からパウロの横顔に紅《あか》らんだ太った顔を向けていた八津という文学者の一人が、顔をもとに戻して、言った。

「お稚児《ちご》さんだよ。ギッシュ氏の」

「へえ、そういうことは聞いてましたがね、へえそうですか」

出版社の男の巻田が言って、八津を見た。

「そういう八津先生はどうなんです、その方は」

「いくらか素質があるかな」

「危い、危い、菊井君なんか余り傍《そば》へ寄るなよ」

「だが逸物《いつぶつ》だねえ。馬ならルビイクインだ。ジャン・コクトオに見せたいようなもんだ」

「あっちじゃあお歴々にそういうのがいるって話ですね、文壇の」

「文壇にも、劇壇にも、あるらしいね。大体マルキィ・ド・サドゥとドクトゥウル・マゾッホの連中らしいね、あれは」

パウロは人々の視線が自分の上に集まっているのを知っていたが、そしらぬ顔で隠しを探り、フィリップ・モオリスに、火を点けた。ボオイが誰かを探しているのに気づいたパウロは立上って、又坐った。ボオイがパウロの横へ来て、

「神谷敬里様と仰言《おつしや》る方、お電話でございます」

と言うのを聴くと、ボオイの方へ手ぶりをして、大股に歩き出した。白絹の、角の丸い襟《カラ》のワイシャツに濃紺《ネイヴィブルウ》のチョオク・ストライプの背広、幾らか明るい同じ色の蝶ネクタイのパウロの姿は、若い鮎《あゆ》のように人々の間を抜けて、消えた。

「雀《ジヤツク》っていうのとはもう切れたのか?」

「大分前から見えませんね」

「その上何処かの令夫人も手玉にとっているっていう話ですね」

「何処かのね」

「いやあ、御存じだったんですか」

「俺を知らんな」

「お見外《みそ》れしました」

「いや、達者なものだよ。仏蘭西文学の助教授の名に恥じないね。もっとも先生は仏蘭西人との混血児《あいのこ》だがね。全く発禁ものだよ、あの先生の生活たるやね」

「背徳の匂いは文章にもありますね」

嫉妬半分《やきもち》の囁《ささや》きは、他のグルウプの間にも、草叢《くさむら》を渡る風のように、鳴っていた。

ギドウの電話はパウロの顔を明るくした。植田夫人と今まで遊んでいたと、いうのである。電話は駒込《こまごめ》の駅からである。夫人のそれが、油断をさせる手段だろうという事に気づくような頭は、パウロには働かない。やがてギドウが現れ、人々の間に満遍なく愛嬌《あいきよう》を振りまきながら、控え室の中央へ、進んだ。パウロを見て微笑った。そうして手を上げた。パウロが臆《おく》する色もなく傍へ行くと、人々は一種の表情をして、パウロを見た。

「これは神谷敬里君といって、僕の飜訳《ほんやく》の手伝いをしてくれている人で、来月の明後日《あさって》で十九になります」

パウロは耳の辺りに血の色を燃えさせ、一歩片足を後《うしろ》へ退《ひ》くような様子を挨拶の代りにして、

あとは横を向いて、隠しに手を入れたりしている。水際立った顔と様子が、辺りを冷やかな風で払うようである。八津は、

「何カ月かかった？　軽井沢で大分やったんだろう？」

と言いながら、パウロの服装から黒いエナメルの、誂《あつら》えらしい靴の先まで、好奇と臆測との眼を光らせている。

「今年は山へは行かなかった。冷房したんでね」

「じゃあ奥白か」

「ああ」

ギドウの眉の辺りに微かな影が、差した。山田曾根彦、滝達郎、山木《やまぎ》信雄、野方己四雄なぞの、ギドウと緊密な仲間も寄って来て、ギドウのいる一団は仏蘭西の小説の題名なぞを交えた批評や、冗談が、爆笑を伴って辺りを圧した。パウロは椅子にかえり、人々の眼を意識した美しさを辺りに光らせ、時折ギドウの笑う顔が、人々の黒い集団の中から見えるのに、もどかしげな眼を注いでいた。

やがてギドウが長椅子へ行って掛けると、主な人々はその周りに掛け、又は取り囲んで立った。ギドウは脚を開いて掛け、立てた膝に置いた紙巻《シガレット》を挟《はさ》んだ掌《てのひら》の親指と人差指との間を開き、片方の手で身振《ジエスト》りをしながら、上向き加減の顎を突き上げて、何か諧謔《かいぎやく》でも弄していているらしい。右の薬指にはAのイニシャルが白く、濃藍色の硝子の表面に出ている伊太利《イタリア》製の純金の指環《ゆびわ》が嵌《はま》っている。父親のアントワンの遺品《かたみ》である。友達と談論しているギドウの姿を初めて見たパウロは

少女のような憧れの瞳を、凝らすのだ。（仏蘭西人の形が日本に育っても出ちゃうんだな）パウロは心の中に、想った。

（ギド、死んじゃ駄目）

パウロは胸の中で、叫んだ。尾の白い鳥が、パウロの手の届かぬ高みを飛び、羽撃《はばた》きの音も直《す》ぐさま微かに、あっという間に空高く上り、灰色の点となって消え去った、朝のテラスが、目に浮んだ。（ギドと僕だけなんだ。本当に愛してるのは……）額際《ひたいぎわ》から立ったような黒い髪に、自然のウェエヴのあるギドウの、惚《ほ》れ惚れするような品のある好色の色を塗った眼と唇の辺りが、水際立っている。（本場だからな。みんなギドウを嫉《や》いているんだ。偉くったってみんな野暮なんだ。ギドみたいな奴はギドしかいないんだ）パウロは再び心の中で、想った。

白い卓子掛けが清潔に光る匂いを立て、ギドウの注文で、中央の花入れに温室の菫《すみれ》の花束が飾られ、食器の周辺にも小さな花茎が撒《ま》かれた卓子が、縦横に人々の間に埋まり、透明な洋杯が林のように立ち並び、銀色のフォオク、ナイフなぞが沈んだ光を放っている宴会場の華やかさは、パウロを魅了した。パウロは胸を躍らせ、メエン・テエブルの丁度前になる卓子の隅の席から、正面にいるギドウを見て微笑ったり、例の白眼の多い鋭い眼をして、唇の端を引き締める表情をしたりしている。隣に坐った出版社の顔見知りの三谷幸子や、向い側の甍《いらか》書房の鮎沢二郎なぞと、白い歯を見せて少年のように微笑うパウロの様子を、ギドウの眼が時折追っている。ギドウの短い挨拶に続いて、来客の冗談を交えた祝辞が次々に、中にはギドウの苦笑と倦怠をひき出すようなのも交って、続いた。

デザアトの氷菓《アイスクリイム》が切られ始めた頃である。白い、耀いた布にある織り出し模様の艶《つや》や、そうして、あちこちで鳴る、静かな食器なぞの触れ合う音、それらの中にパウロはふと、思いがけない、待ち伏せていたような、不思議な冷たさと、寂寥《せきりよう》とを、感じた。寂寥はふと生れ、それはパウロの胸の中に滲《し》み徹《とお》るようにして入って来る。パウロは救いを求めるようにギドウを、見た。同じ刻《とき》、ギドウも不安な予感を、覚えた。白い卓子や菫色の花、耀く食器もろとも、自分の体が何処《どこ》かへ連れて行かれるような気がする。体が軽々となっていて、何処かへ連れて行かれる。何処か？　それは静かなところだ。何も見えない、何も聴えない、場所だ。ギドウは、何かの悪い夢を見ているのだと、そう強いて思い、現実の世界をはっきりと、見詰めようと、した。パウロと眼が合った。胸がなんだか掻《か》きむしられるようになって、パウロの眼に凝《じつ》と、眼を据えた。パウロの半ば開いた薔薇色の唇が、何かを言おうとしている。

（パウロ!!!）

ギドウの眼はパウロを見詰めて、瞬《また》きをするのも惜しいように、見えた。絶え間なく湧《わ》き上る人々の談笑の響きが、二人の寂寥をとり囲み、食器やナイフの触れ合う音の中に、死の声がする。誰かの声が二人の耳に入った。

「ギドウ・ド・ギッシュ君の為に乾杯しようと思います」

二人は起ち上った。ギドウはパウロの眼を凝と見ていて、洋杯を眼のところに持って行った。パウロは不安に瞬く眼をギドウに向けたが、白い手の洋杯が小さく揺れている。

遅くなって駆けつけた、ギドウの飜訳で芝居を演《や》った新劇の連中から贈られた花束を、パウロが捧げる時、方々でフラッシュが焚《た》かれた。花束を受取るギドウと、伏眼になって片手のカフスを引っ張っているパウロを見る人々の中には、反ギドウ派の人間もいたが、彼等は厭《いや》でも希臘《ギリシャ》の昔の男色の貴族の美青年と、ナルシスのような少年の影を、そこに見ない訳には行かない。遠い雷のような、親愛と、嫉妬との入り混った拍手の中で、走るように席にかえるパウロの頬は羞恥で薄紅く、匂っていた。

＊

その夜ギドウは門を入り、車を入れてから横手に廻って、硝子扉《ガラスど》の鍵を外して入ったが、正面の扉に、朦朧《もうろう》とした黒いものの影を見たように思った瞬間、下腹部に重い響きと、灼《や》くような疼痛《いたみ》を覚え、そこへ手を遣《や》ろうとするように見えたがその儘《まま》膝を泳がせ、肩と額とを打ちつけるようにチイク材の床の上に俯伏《うつぶ》せに、倒れた。中途で幾らか右に旋回するようにしてかしいだので頭は右を下に横向きに伏せられた。弱い、呻《うめ》き声の中で、拳銃《けんじゅう》の床に落ちる固い音が、した。居間へ行く扉に背をもたせて、植田夫人は立っていた。差し込む月の光の中で、その黒い影は立っているというより、何かで上から釣られているように、見えた。やがて糸が断たれたように、がっくりと膝を折って蹲《うずくま》った夫人の手が、床を匍《は》うようにしたが、夫人にはもう何をする力も無いように、みえた。

ギドウの傍で自分も咽喉《のど》を撃つ積りが、それの出来なかった哀れな夫人が、待つ間に吸った煙草《たばこ》の吸殻も、酒を飲んだ洋杯もその儘、蹌踉《そうろう》として去ったのは夜中の二時で、あった。夫人は横手の硝子扉の鍵を開けて一度中に入り、玄関から表に廻って硝子扉の鍵を締め、硝子扉と向き合った扉に寄りかかってギドウを待っていたのである。ギドウは平常玄関を使わずに、横手の硝子扉から出入りしていた。針金の入った、耐火硝子の四枚戸である。車は家の前の横通りを二町程奥へ行った所に、止めてあった。車を置いてある所まで、夫人は長いことかかって、歩いた。ホテルや旅館を転々と換えながら、外だけでギドウと会っていた夫人だが、ことが植田氏に知れた場合などの、非常な時にだけ使うということをギドウに誓った上で、夫人は合鍵を造らせて持っていたのである。梨枝を連れたパウロを夫人が見たという事を聴いた瞬間から、ギドウの頭にあったのは、この鍵のことで、あった。自分とパウロとが見られているだろうことはパウロの言を俟《ま》つまでもない。ギドウが懶《ものう》さに耐えなくて逢引《あいびき》を先へ延ばした或日《あるひ》、駒場を出て「茉莉」へ行く自分を夫人が蹤《つ》けた事のあるのを、ギドウは知っていたのである。自分たちや、パウロと娘とを見た夫人がすべてを悟る事も、解《わか》っていた。ギドウは夫人が梨枝を捕まえたのだけは不幸な偶然だろうと思っていたが、それも偶然ではなかったのである。夫人はパウロと梨枝とを見た日、自分の車が和光の向う側に渡って尾張町の四つ角を右回しようとした時、先刻《せんこく》眼の端に入れていた二人の乗った臙脂《えんじ》色《いろ》の車が停止信号に引掛って、和光と対角線の角に止まっているのを見た。夫人は懸命に追跡して、梨枝の家が、渋谷の裏手にある深見町のタクシイ会社の横町にあることを確かめた。そうしてタクシイ会社の前に立っていた、好奇心の強そうな、ぐれかけているような若い男を摑《つか》まえ、金を遣って、梨枝が葵坂の通りの洋裁店に勤めている事から、始終来る青年がロオゼンシュタインのボオイである事まで聴き出したので、あった。ギドウが玄関を使わずに、硝子扉から出入りする事は、一度ギドウの部屋を見に十分程訪ねた時、扉を開けて遣りながら、ギドウが夫人に話したのである。

翌朝パウロが来て、平常《いつも》のように門の脇《わき》の柵《さく》を飛び越えたが、森とした気配に胸騒ぎを覚えて横手へ走った。そこでパウロは俯伏せに倒れて固くなり、もう息のないギドウを、見たのである。パウロは竦《すく》んだ足を懸命に動かそうとして硝子扉に摑まり、それがひどく大きな音に聴えたので息を呑み、短い呼吸《いき》を、吐《つ》いた。硝子扉の、朝の光を反射する透明と、爽やかな秋の微風の中に、それらとは余りに違う暗い、寂しいものを、パウロは見たのだ。黒い帽子を被《かぶ》った儘、逞《たくま》しい横顔が蒼白《あおじろ》く褪《さ》め、右腕は下敷になり、捻《ねじ》れたようになって、掌を裏返している左の手首には瑞西《スイス》製の時計の硝子が朝の陽に光っている。死体になったギドウは恐しい。パウロは逃げようと、顫《わなな》く脣《くちびる》を噛《か》みしめ、力の無い膝に力を入れて一歩、一歩、五六歩を玄関の方へ向いて歩いた時、パウロの胸を掻《か》き挘《むし》るものがギドウの体からも、ギドウの家からも発していて、パウロの足を地面に縛りつけた。既《も》うこの家には僕は来られないんだ。パウロはあるだけの力をふり絞って引返し、家の中に入った。そうしてギドウの部屋を、台所を、歩いた。今は主人のない書物達が、ぎっしり並んで詰まっている、壁に造りつけの桃花心木《マホガニイ》の本筐《ほんばこ》、その上に並んだミュンヘンの洋杯、パウロの贈った硝子の猫。本筐の隣の、何処か知れない孤島と海を描いた額。居間の隅に置かれた、暗い緑色の巨大な硝子の壺。居間と寝室との間の小さな四角い廊下に掛かっているギドウの母親の珠里《ジュリア》と、叔母のクリスチイヌの肖像、パウロの、ギドウが下から撮った伏眼の、脣を尖《とが》らせた写真。それらのもろもろの物共が、瞳の定まらないパウロの眼の前をぐるぐると、廻った。パウロの胸を最も苦しくしたものは居間の書物卓《かきものづくえ》の上にあったギドウの書きかけた仏蘭西語《フランス》の紙切れで、あった。修道女の学校で習字を習ったのだと言うギドウの、修道女式の分り易い書体でいて、方々が巻いたような癖のある字である。所々朱色の鉛筆でラインが引いてあり、ひと処《ところ》丸で囲ってある。台所の抽出《ひきだ》し台に、ギドウが毎朝使っていた、そうしてひどく好いていた明るい藍《ブルウ》の厚い珈琲茶碗《コオヒイぢやわん》と、分厚い牛乳《ミルク》の洋杯、丸く厚い大匙《おおさじ》が出ている。パウロは呼吸《いき》が止まったようになって、大匙に手を触れたが、直ぐに離した。

(ギド!!!)

ギドウの声が高々と笑ったような錯覚と一緒にパウロはよろけて抽出しの角に手を打《ぶ》つけ、大きな音がしたので飛上り、逃げるようにして居間を抜け、ギドウの死体の脇を、死体は見ずに、ギドウの真似の十字を切って擦《す》り抜け、硝子扉から転ぶようにして駈《か》け出した。パウロの手にはギドウの書いた紙切れと、剥がした自分の写真とが確《しっか》りと、握られていた。生垣の手前で通る人の無いのを確かめ、再び顫《ふる》え始めた足で早く、早くと気ばかり向うへ急《せ》きながらパウロは横道を奥へ、奥へと、歩いた。ギドウのことが気になって、出ていた古い上着を着て来たパウロは、俄《にわか》にまだギドウと会わぬ前の、どこか哀れな美少年の姿に還《かえ》ったように、みえる。手が顫えるので、立てた上着の襟《えり》を確りと摑むようにして、パウロは後から人が追って来る錯覚に怯《おび》えながら、歩いた。横道を大分奥へ行った処でバス通りに出たパウロは、そこへ来たバスに飛び乗った。帰って部屋にいることなぞは出来ないのだ。渋谷で都電に乗り、日比谷で下りた。雨晒《あまざら》しの椅子が取巻いている音楽堂は、ギドウが最初背広を誂え、襯衣《シャツ》やダスタアコオトなぞを買って呉《く》れた日に歩いた処である。パウロは停留所から踏み出そうとして反対側から来た都電に気づき、愕《おどろ》いて足を引っ込めた。その時、帝国ホテルの方から来る人混みの中の二人連れが、目をそばだてて、囁《ささや》き合った。

「おい、昨夜《ゆうべ》のだぜ。しけた恰好《かっこう》をしているじゃないか。何かあったんだな」

「顔色も怪《おか》しいぜ」

二人は妙な笑いを浮べ合った。パウロは辺りのものは何も見えないので、二人の男にも気づかなかったが、その一間程後に、黒い男が自分に眼を当てていることにも、気づかずにいた。パウロは黒い男の眼と、二人連れが振り返る視線の中を道路を横切り、公園に入った。ペンキの剝げ落ちた椅子の群を、パウロは見た。そうしてギドウと腰を下ろした覚えのある椅子の中の一つに小さく腰を下ろし、無意識のように煙草を探すと、ギドウの紙切れが手に触れ、慌てて手を引っ込め、今度は上着の内隠しに手を入れた。光が一本ひしゃげて入っていたのを取り出し、出る時入れて来たライタアを出して火を点《つ》けようとしたが、咽喉がひどく乾いているのに、気づいた。ギドウと会わぬ前に吸っていた光の撓《しな》ったのと、仏蘭西製のライタアとを手にした時、パウロの頭に初めてギドウの死と、自分の現在の境遇との不幸な関聯《かんれん》が、登った。唇だけは微《かす》かに薄紅《うすあか》い色をとり戻しているが、顔はまだ白い。光が底に沈んでいる美しい眼ががっくりしたように、足元に、落ちた。パウロは紙巻を捨て、ライタアを隠しに蔵《しま》い、そうして力無く立上って、歩き出した。凝《じっ》としていることが耐えられないのだ。(今ギドが向うから来たら、僕は飛んで行って飛びつくんだ。そうしてどんな時だって、どんなことがあったって、獅嚙《しが》みついているんだ)パウロの眼に初めて涙が、溢れ出た。慌ててハンカチを引張り出したが、それは昨夜別れる時、ギドウと取りかえたものだった。昨夜ギドウが、一緒に帰るというのを無理遣りのように自分を一人で帰した時のことが、想い出された。（僕を安心させていたんだ）ハンカチをもとに戻し、胸をひき締めるようにして嗚咽《おえつ》を堪《こら》え、手の甲で眼を擦《こす》り、パウロは音楽堂を後に、公園の裏門の方に向って、歩いた。ふと靴の音に気づいて顔を上げると、一瞬ギドウだと思ったのは黒い男で、あった。男はパウロを見ていたのだろうが、知らぬ顔でゆっくりと擦れ違った。男は行き過ぎると後《うしろ》に振り返った。奈翁《ナポレオン》のような髪の、広い、厚みのある額の下で眼が微笑《わら》った。思いがけぬような、柔かな微笑いである。沼田礼門《レイモン》はパウロを交叉点で見た時から、パウロの身の上の激しい変化に、気づいていた。ギドウに色恋沙汰《ざた》で変事があったことも察しられる。パウロの様子には、独りになった子供の陰影《かげ》が、明瞭《はっきり》と出ていた。もう一羽の隼《はやぶさ》は、この翼を垂れて飛んで行く雀《すずめ》を、自分のものにする機会が来たのを、知ったのだ。礼門はパウロが公園の椅子にいる間、裏門に近い腰かけにいて、遠くから見ていたが、万一パウロが犯人の場合は救いの手を延べて遣る積りで、いた。全く女のようなパウロの、取り乱した様子を見ていて、礼門の愛情の火は胸の底から、抑えることが出来難いほど、燃え上っていた。ギドウの寵愛《ちょうあい》を受けた後で、単なるボオイの収入で生きて行くことが、どれ程パウロにとって酷いことかということも、礼門には解っている。又礼門は度々の出会いで、パウロが自分を怖《おそ》れてはいても、どうにもならぬ程嫌っているのでないことも、承知している。礼門の微笑は礼門の、愛着と、新しい餌《えさ》への興味とのそれで、あったのだ。

パウロは腹が空《す》いていることに気づいて居なかったが、朝牛乳《ミルク》を一本飲んだ切りである。力の無い足つきで、パウロはやたらに人道を抜け、車道を横切り、人混みを抜けて、歩いた。気がついて見ると新橋に近い河岸《かわぎし》に出ている。パウロは橋の欄干に寄り掛かり、鈍く光っている灰色の水や、舫《もや》っている穢《きたな》い船の内部《なか》なぞを見ていたが、胸の底に、つい先刻まではなかったものがあるのに、気づいて、いた。一つの小さな明りが、胸の奥に点《とも》っている。それが何だか、思うのも怖しいものである。道徳などというものを余り頭に想い浮べたことのないパウロにも、それがギドウに悪いのだということは分るのである。まだパウロはギドウが怕《こわ》いのだ。ギドウは既《も》う死体になっている。だが死体が起き上って来るように、思うのだ。だが一方、怖れる心とは別なものが、そこへ向って牽《ひ》かれているのを感ずる。パウロはつい今のさきまで、哀しみも、何もない、麻痺したような胸が、微かに遠い処で、哀しみの大きさを感じていた。その哀しみが小さな一つの現実に繋がって、破れて出た。その途端に別なものが入って来て、そうしてそこから甘い、あやされるようなものが感ぜられて来たのである。そこで、パウロがパウロに、還ったのだ。ギドウとの愛情の中で、感傷的になり、それがヒステリックに昂《こう》じていたパウロの心が、生来の本性に還ったのである。パウロは今から直《す》ぐに其処《そこ》へ入れるかどうか、解らない。ギドウに貰《もら》った小遣いがまだあるからである。ギドウはパウロに大きなものを遺《のこ》そうと、思っていた。だが絶望はもう去った。甘い哀しみが、パウロを浸し始めた。甘い疼痛《いたみ》をもつ悔いのようなものである。ふと顔を上げたパウロの唇は、美しい薄紅い色をとり戻し、顔全体が、茎の尖端《さき》を水に浸された花のように、幾らかの生気をつけていた。ギドウに蹤《つ》いていた昨夜までの、寵妓《ちょうぎ》のような、一種の矜持《きょうじ》のようなもののある美しさが出来て来るのに、もう時間はかからぬだろう。

パウロは後隠《うしろがく》しに両手を突込むと、欄干を離れた。幾らか力のある足どりで、橋を渡り、新橋の方へ行くパウロの脣から、ふと低い、だが軽やかな口笛が洩《も》れた。ギドウに習った歌である。口笛は晴れた黄金色《きんいろ》の空気の中に美しい尾をひいて流れた。パウロの眼は、どこかの遠い処から生きて還って来た人のように、四辺《あたり》を見、空を見上げなぞしている。まだ幾らか昏《くら》い、罰せられた子供の眼で、あった。

もうひとつのイヴ物語
Another Rib

マリオン・ジマー・ブラッドリー
ジョン・ジェイ・ウェルズ／利根川真紀 訳

「いいですか、これはあなたが知りたいとおっしゃったことなんですからね」とファニュが呟いた。この小柄な異星人の発音はいつも通り抑揚がなく、平板だったにもかかわらず、どことなく同情と心痛が伝わった。「お気の毒なことです、ジョン」

ジョン・エヴェレットは画像機の前でうなだれた。やがてしぶしぶ前かがみになり、もう一度画像を見て、彼の衝撃は確実なものとなっていった。「いつ、きみはいつこれを撮ったんだ?」と彼は尋ねた。

「天——あなたの言葉でどう表現するのかわかりませんが——天体が一回公転する前ですよ。友よ、現在の光景を見たいのですか?」

「とんでもない! これで十分最悪だ。きみは——きみの照合に間違いはないんだな?」

ファニュは三本指の手で巧みに書類をめくって、天体座標図を取り出した。震えながら、目と心を集中させてエヴェレットはそのデータを調べ、時折、振り向いては画像機を見て確認した。間違いなかった。ソル——かつての太陽——光り輝く巨大な渦巻きが、ああ、なんということか、冥王星の遥かかなたまで覆い尽くしている!

長いあいだ座ったまま身じろぎもせずにいたことに彼は気づいた。筋肉がこわばり、血の巡りが鈍くなっていることが、今では麻痺した脳でも感じ取られた。ファニュはただ待っていた。

ファニュはいつも待っていた。この異星人は何十億年も待っていたのだ。もちろんファニュ自身ではなく、彼の種族が、ということだ。待っていた、他の異星人たちを、他の知的生物を、新たな文明を——いわば新たな熱狂の対象を、つねに待っていたのだ。彼らは長く待ちすぎた。もう残っているものは多くなかった。

「俺たちもきみたちの仲間入りをしたということか」と、エヴェレットはしまいに苦しげに呟いた。

「それはどういう意味でしょうか――？」

「きみは言ったね――」と、彼は思いやりのある言葉を探して口ごもってから、「きみの種族は絶滅しかかっているって。俺たちはもう、絶滅しちまったみたいだ」

「生存者がいるのでは――」

彼は勢いよく立ち上がったので椅子をひっくり返してしまい、それを置き直そうとしばらくあたふたした。「いや、生存者なんていないさ。俺たちが他の天体に向かう、最初の宇宙探査機だったのだから。そして遥かプロキシマ星まで来たのだ。何のためにだ？　地球のような惑星を探すためさ。なるほど、俺たちはそれを見つけた――だが、何のためにだ？　誰のためにだ？　ああ、神よ、誰のためだったか！」

「ジョン」と、三本指の手で彼の肩にそっと触れながら、「あなたは一人ではありません、わたしは一人ですが。あなたには仲間が、あなたの――あなたの隊員たちがいます」

エヴェレットは窓辺に歩いていき、谷間一帯に点在している探検隊員たちのちっぽけな小屋の群れに目をやった。「今現在は、そうだ。十六人《メン》いる――良い仲間たちだ。だがファニュ、俺たちはいつかは死ぬんだ。きみたちの寿命に較べると、人間の寿命は哀れなほど短い。俺たちはいつか死ぬ――それに、俺たちはみな男《メイル》だ。きみたちの尺度からすれば、俺たちは――今日はこここにいるが、明日はいなくなっている」

「ジョン、絶対そうなると自信をもって言えますか？」

エヴェレットは振り向いて、この異星人の大きな緑の瞳を覗き込み、乗り越え難い言葉の壁を、言いたいことを即座に理解させることができないもどかしさを呪った。突然、衝撃から来る麻痺状態に取って代わって、心底からの恐怖が彼を圧倒した。こんなところで、友好的な異星人に時間を使って「メン」と「メイル」の違いを説明している場合ではないのだ、俺は今発見したばかりではないか、俺たちの地球が——彼の声はくぐもった。「ファニュ、俺の言うことを信じてくれ」と、彼は声を詰まらせて続けた。「五十年後には、人類《ホモ・サピエンス》はきみたちの種族よりも遥かに徹底的に絶滅しているだろう。そろそろ行かないと——隊員たちに伝えなければ」

目が見えないかのようにつまずきながら進み、ドアの取っ手を探るあいだ、彼は思いやりのある大きな緑の瞳が自分の背中にずっと向けられたままであることを意識していた。

＊

彼はどうにか自分を落ち着かせて、静かに話したが、男たちは彼が初めて聞いたときと同様に激しい衝撃を受け、恐怖心から言葉もなく麻痺したようになり、それから互いに身を寄せ合い、自分たちの身近さから、その団結から慰めを得ようとしているかのようだった。

「それについては——間違いはないんですか、隊長？」と、コードがおずおずと尋ねた。彼はつねに、巨体と釣り合わないおずおずした話し方をした。

「自分の目で画像を見た、天体座標図もだ、コード。ファニュの――あの異星人のデータを疑う理由はない。得られた情報から判断すると、それは俺たちが出発してから六ヶ月ほどして起こったようだ。やつの装置は俺たちのものより優れている。まもなく俺たちの装置でも、それが確認できるだろうよ」

後ろのほうにいた一群の男たちの中から、押し殺したすすり泣きが漏れた。男たちの顔には苦悩が色濃く表れていた。未来が未来でなくなったという理不尽さと格闘しているのだ。駆動室から来た若いラティマー――仲間からティップと呼ばれていた――が、前かがみになり、両手に顔を埋めていた。みんなの脳裏に浮かんだ問いをようやく口にしたのは、ツェンという若い操縦士だった。

「それでは――僕たちだけ、ということですか、隊長?」

「俺たちだけだ」エヴェレットは一呼吸おいて向きを変え、背中で解散を告げた。これは演説をぶつような話題ではなかった。なんらかの方法で、各自がみなそれぞれのやり方で、この事態と折り合いをつけなければならないのだ。

*

ファニュの服の擦れる音に気づき、彼は向き直って笑顔で挨拶した。二人は丘の上に並んで立ち、小さな谷間で働いている男たちを見下ろした。「あれは何を作っているのですか?」と、ファニュはやがて問いかけた。

「あれは――」と、エヴェレットは楽しげな微笑を隠すことができなかった。「病院ですよ、きみと――薬剤担当隊員のギャレットのための」

「え?」ファニュの顔つきでは笑顔をまねることはできなかったが、両目を喜びですばやくしばたたかせた。「それは大変ご親切に。ご親切なことです」

「いや、とんでもない。問題をひとつ解決するためですよ。きみたち二人で、われわれの健康を守ってくれる、と俺は確信しているのでね」

「あなたの種族は大変逞しい!」と、ファニュの声は抑揚がないながら、驚きと畏敬の念に溢れていた。「わたしたちの種族は、あなたたちと同じような運命の宣告を受けたとき、絶望に陥ってしまいました」

「俺たちがそうしなかったとでも思うのかい?」初めの数週間を思い出して、エヴェレットの顎が引き締まった――呆然とした男たち、両手首をまさに傷つけようとしているところを止められたギャレット。それから彼は背筋を伸ばした。「烈しい労働は絶望に対する救済策、少なくともそれに対抗するための防衛策だということに、俺たちは気づいたのさ」

「なるほど」と、異星人が言った。「少なくとも――そういうことがありうる、ということは理解できます。しかしいつまで働くことができるのでしょうか? あなたたちはああした精巧な建造物でこの谷間を埋め尽くすつもりですか? あなたたちの種族の十六人のために?」

エヴェレットは苦々しげに頭を振った。「俺たちは谷間を埋め尽くす前に、みな死ぬだろう。だが、少なくとも自分たちの生活を良くすることはできる、俺たちが――いなくなる前にね」

「死ぬ必要はないのですよ」

彼はくるっと向き直り、この異星人と相対した。「きみはこの二ヶ月間ずっとそのことを事あるごとにほのめかしてきたね。絶望よりも悪いものがあるとしたら、それは偽りの希望だ！　たとえきみの種族が不死身で、その点で例外だとしても――」

「あなたを怒らせるつもりはなかったんです、ジョン」と、ファニュは奇妙な小さな手を上げて謝罪した。

「それなら、ほのめかしはやめて、はっきり言ってくれ」

「哺乳類は――」と、ファニュは始め、それから言い淀んだ。適切な用語を探しあぐねているのが明らかだった。

「そうだ、俺たちは哺乳類だ、専門的分類で言えばな」と、エヴェレットは苛立ちを露わにした。「だが、哺乳も出産も、俺たちの太陽系とともに滅んだんだ」

「それは真実ではない――というか、それが真実となる必要はないのです」

エヴェレットは異星人をじっと見つめたが、これまでの何千回と同様、その謎めいた顔の表情を読み取ることはできなかった。ファニュは続けた。「わたしはあなたたちの種族が服を身につけていない状態を観察して、調査フィルムから得た情報と照らし合わせてみました――あなたたちの宇宙船からの――大変ありがたいことに、あなたたちが持ってきてくださった資料です――どうお礼を申し上げたらいいか――」

「それはわかった、わかったよ！」と、彼は遮った。ファニュは異常なほど礼儀正しかった。

彼はこの異星人が好きだったが、この異星人と本当の意味で完全にうまくやっていける地球人はツェンだけだった。ツェンは、この過度の礼儀正しさに慣れていた。

「言いにくいことですが、わたしが言おうとしているのは、あなたたちの——性の異なる二つのグループは、互いに極めて似通っているということで——」

エヴェレットの目が大きく見開かれた。それから彼は当惑して、笑い声をあげた。「ちょっと困ったな。つまり、きみが言うことが理解できないんだが、ファニュ」

「あなたたちの二つの性別は、例外的なことに極めて類似していて——」

「ああ、差があってこその男女、と言うじゃないか！」エヴェレットが大声で笑ったので、谷間にいた男たちの何人かがどうしたのかと上を見上げ、自分たちの隊長が万能で聡明な異星人と一緒に笑っている様子を目にして喜んだ。「もしきみが、俺たちの——女にも二本の腕、二本の脚、一つの頭がついているということだったら、確かに俺たちはずいぶんと似ているさ、だけど——」

ファニュは思いやりを込めてジョンを見やった。「いいえ、そういうことではありません。わたしが言いたいのは、わたしたちの種族と比較すると、あなたたちの性による相違は、微細なものにすぎないということです。一方から他方に転換するのは、かなり簡単な問題でしょう。映像資料では、何度かそのような転換が自然発生している場合がありましたし、医学的処置によって転換がなされている場合もいくつかありました」

エヴェレットは自分が目を見張っているのがわかり、怒りが喉元までこみ上げてくるのを感じた。彼はそれを必死になって抑えた。ファニュには決して理解することなどできないのだ。こいつは他の種族のタブーについて、読んで情報を得たにすぎず、完全に理解してはいないのだ――不快感にもかかわらず、エヴェレットはむせながら笑い飛ばした。「なるほど、なるほど、きみの言うことはわかったよ、ファニュ。それは興味深い理論だが、たとえそれがうまくいくとしても、それは、なんというか、そんなふうには運ばないよ」

「なぜです?」

「つまり、その件については――部下たちが耐えられないだろうからさ。俺たちは実験用モルモットじゃないわけだから」と、彼はとげとげしく終止符を打った。

「ええ、もちろん違います」その声は再び深い同情に溢れていた。「あなたたちは絶滅を運命づけられた種族です、ですが、ただひとつだけ可能な打開策があるわけです。わたしたちの種族にはそのような二度目の機会はありませんでした」

ファニュは実験室のほうに音を立てずに去っていき、エヴェレットはその後ろ姿をじっと眺めながら、頭の中ではひとつの考えが鳴り響いていた。「これは驚いた! あいつは理論的可能性について言ってたわけじゃないんだ! 本気で実行するつもりなんだ!」

*

かすかな音に、彼は目を上げた。人が入ってくる気配に気づいていなかったので、コードの大きな図体が思いがけず目に飛び込んできて驚いた。

「隊長、邪魔して申し訳ありません」

「遠慮はいらないよ、コード。用件は何かな？」

大男はおどおどした笑顔を見せた。「習慣を変えることは難しいです、隊長。あっしには変えられないと思います」コードは、体の大きさや物腰とは裏腹に愚かではなかった。乏しい教育経験と自分の無様な体軀に戸惑って、自分を表現することが苦手なだけだった。今彼は、落ち着きなく右足から左足へと重心を移動させながら、呟いた。「あっしは――代表として選ばれたみたいなんで、隊長。そのう、仲間たちの代表として」

「苦情処理のためか？　なあ、俺は実際には、もうきみたちの指揮官じゃないんだ、コード。俺たちは今はみんな一緒だ」

「はい、でも――あんたはそれでも隊長だ」

エヴェレットは溜息をつき、大男が先を続けるのを待った。「あっしたちの――あっしたらの何人かが、個別の宿舎を建てたいと望んでるんでさ、隊長。そのう――喧嘩をしたとか、そんなことじゃないんでさ、ただ――自分たちのプライバシーが欲しいというか――家《ホーム》というか、隊長、なんかこういう――」

「以前、地球にあったようなやつか？」コードが無言で頷くのを見て、エヴェレットは続けた、「そうだな、反対すべき理由は見当たらないね。俺に相談する必要はなかったよ」

「ただ――そのう、隊長、仲間の何人かは、あんたが誤解するかもしれないと考えたんでさ、隊長」

「誤解?」エヴェレットはコードの赤らんだ顔を見て驚きながら、呆然として繰り返した。

「そのう、つまり、男が二人だけで住むということで。あれとは違うんでさ、隊長。本当でさ」

コードが去ると、彼の顔には戸惑いながらも面白がる表情が浮かんだ。その表情には、ほとんど恐怖と紙一重の奇妙な不安が混ざり合っていた。

「あいつは本気でそれを心配していたんだよ」と、彼は後でファニュに伝えながら笑った。

「心配すべきではないんですか?」と、ファニュは優しく訊いた。「ジョン、そんなにじろじろ見ないでください。あなたたちの言葉をきちんと理解できているか自信がありませんが、わたしが思うに、あなたの仲間は気づいているのだと思います——その種の事柄を最も認めそうもないのがあなただと」

エヴェレットは怒って立ち上がった。「きみが言おうとしているのは、俺の部下たちが実際に——」

「あなたは彼らが自由意思をもっと言いました。言いましたね、彼らはもうあなたの部下ではないと」

エヴェレットは顔をそむけ、うんざりしたように手で両目を擦った。「そうだ、俺はそう言った。習慣の問題だ」

「道徳も習慣なのですか、ジョン?」

「ファニュ! なあ、きみが俺たちのタブーを知らないことはよくわかっている。おそらくばかげたものかもしれない、でもそれは俺たちの一部なんだ。やつらについては——」

「あなたはそもそも彼らのことを知っているのですか、ジョン?」

「もちろん」

「ここにはどのくらい滞在するつもりでしたか?」

彼は口を開きかけたが、そのまま動作を止め、頭の中で計算した。「惑星で六ヶ月、到着までに八ヶ月、帰還するのに八ヶ月だ」

「もうどのくらいここにいることになりますか?」

「十八――ヶ月だ」あの呪われたテープ映像の中の資料を思い出して、彼の顔は歪んだ。「ファニュ、きみのことは友人だと思っているが、今言おうとしていることはばかげているぞ。きみは適切な評価を下せるほど長く地球人を知らないのだ」

ファニュは厳かに頭を振った。「あなたたちのテープ映像には民間の諺がありました――わたしたちにも似たような諺があります――それは、木に近づきすぎると森は見えないというものです」彼は窓辺に来るようにジョンに手招きし、指差した。「数えてみてください、ジョン。七つ小屋があって、そのうち三つは小型です。なぜですか?」

喉元まで押し寄せる恐怖心、ぞっとさせると同時に吐き気を催させる猜疑心を、必死で呑み込もうとしながら、彼は首を振って否認した。「あいつらは友人同士なのさ。きみには理解できないんだよ」

「そうでしょうか?」その声はひどく悲しそうに響いた。「わたしたちの種族のあいだにも友人関係があったとは思わないんですか? しかしあなたたちは恵まれています、友人同士が連れ合いになることもできる体があるのですから」

「やめてくれ！」エヴェレットは大声で叫びたかった。大きな白塗りの壁が目の前で崩れ落ちていき、自分が素手でそれをどうにか喰い止めようとしていて、部下の男たちがすぐ脇でそんな自分を眺めている光景が浮かんだ。ファニュが再び手招きした。その風変わりな手が指す方向を、彼の目が知らず知らずに追った。男たちは即席の球技に興じていて、大騒ぎし、笑いさざめき、叫び合い、押し合ったり取っ組み合ったりしていた。二人がつまずき、重なり合って倒れた。起き上がるまでにやや時間があり、二つに分かれたが、そこには物足りなさと同時に一抹の罪悪感があった。

彼は窓から身をひるがえし、その光景を頭から消し去ろうとした。崩れた白塗りの壁には大きな穴がいくつも穿《うが》たれ、取り返しのつかない惨事の跡を呈していた。刷毛で塗り固めるべく、彼の思いは狂おしく駆け巡った——子どもたち、悪ふざけ、思春期への逆戻りなどの思い出が、漆喰代わりになりはしないかと。

「この問題は仲間の男たちに委ねるべきです！」ファニュの声音に初めて怒りの先触れが混じって緊迫していた。「あなたたちには二度目の機会があるのですよ、ジョン！　死に絶えたいかどうか、彼らは自分たちで選ぶ権利があるのです！　あなたが彼ら全員に代わって決断を下すことなどできないのです！　仲間の男たちに委ねなさい、さもなければ——」彼が向き直ると、この小柄な異星人が実際に震えているのが見えた。「さもなければ、わたしが自分の判断でそのように事を運びます」

エヴェレットは口の中に苦みが広がるのを感じた。「わかった」と、彼は叫んだ。「隊員たちに任せよう——だが、もしやつらがその後できみを八つ裂きにしたとしても、俺を非難しないでくれよな！」

＊

話しているあいだ、彼らの表情を見るだけで十分だった。男たちはもちろんファニュを理解していた。彼は今では仲間の一人だった。みな彼の種族の悲劇的な歴史を知っていたし、彼の知識を尊敬し、彼を愛してさえいた。だが、やはり彼は部外者であり、そのことを彼は証明してしまった。人間を理解してはいなかったのだ。

戸枠をノックする音が、彼を驚かせた。

それはコードともう一人の男だった。エヴェレットは薄暗がりの中でそれが誰か見分けようとして瞬《まばた》きした。若いラティマー——ティップと呼ばれている見習い——まだ少年だった——なんてことだ！　俺の目の前で、この俺のすぐ目の前で！

「隊長——」と、コードが切り出し、それから言葉に詰まった。青ざめて打ちひしがれたこの大男の様子から、エヴェレットは自分が相手を公然と糾弾する表情をしているに違いないことに気づいた。彼——とても寛容で、情け深い指揮官で、今はみんな一緒、などと言っていたのに、いい、全然違うじゃないか！　自分のことを神とでも思い込んでいるのか？　エヴェレットは突然自分を腹の底から憎み、顔の表情を落ち着かせようと努力した。新たな謙虚さを込めて、彼は言った。

「お入り、コード。きみもだ、ラティ――ティップ。何の用だい？」

「あんたが――二日前に言ったことについてなんでさ。そのう、つまり――あのう――ドクター・ファニュが言ったことについてでさ。あの人は本気で言ったんでしょうか？」

「本当に本気だったんでしょうか？」と、ティップも加わった。エヴェレットは視線を移した。確かに若い。それでも彼には照れたような様子はなかった。澄んだ目で臆さずに彼は隊長の目を見返した。器量が良く、運動神経も良い、大学対抗戦で活躍するタイプだが、器量が良すぎるというわけではない。たこができた両手。顎の輪郭に沿って昔のニキビ跡がかすかに残っている。

「えーと」と、エヴェレットはゆっくり言い、声を客観的に保つように努めた。「彼は本気だと言っているよ」

「ドクター・ファニュは冗談を言う人には僕には思えません」と、少年は続けた。ここ数ヶ月というもの、折れた肋骨やひびの入った膝や足首を直してから、異星人は彼らにとって「ドクター」になっていたのだ。

「そうだね、冗談だったとは俺も思わんよ」

「あの人はどうやって――つまり――」

「詳細は俺にもわからなかったが」と、エヴェレットはすばやく割り込んだ。「それでも、彼ができると言うなら――あの種族は生物としては十分に進化しているわけだから――彼には自分で言う通りのことができるのかもしれないな。俺たちに再生産をさせることがね」

「赤ん坊を作ることですね」と、ティップが言い直した。その率直さがエヴェレットに衝撃を与えた。彼は心の中でさえ、そのように捉えてみたことはなかった。「あなたから——僕たちがあの人と話せるようにしてくれますか、隊長？」

コードが割り込んできたが、いつものようにぎこちない喋り方だった。「ティップとあっしは、長いあいだかけて、このことを話し合ってきたんでさ。面白いのは、あっしらもいつも——なんていうか——そんなふうなことを考えてたんでさ、そしたらドクター・ファニュがやってきて言ったんだ——要するに——なんていうか、あっしらをあの人と話すために連れてってくれんか？」

彼は頷きながらゆっくりと立ち上がった。「もしそれがきみたちの望みならね」二人は黙ったまま頷き、彼はドアのほうに向かっていったが、疑念と不信感に引き裂かれたままそこで振り向いた。

「きみたち、答えてくれるかい——ひとつぶしつけな質問があるんだが？　きみたち二人は——それはこのプロキシマ星に来てからきみたちのあいだで育まれたものなのか——それとも着陸以前から、きみたちはそうだったのか？」

男たちは二人ともにわかに狼狽し、幻滅し、聡明な指揮官に対する信頼が突然天辺からひび割れたように見えた。コードの唇は怒りに歪んだが、衝動的に叫んだのは少年のほうだった。「一体全体、隊長、僕らを何だと思っているんですか？」

「すまん」と彼はすばやく言った。「俺は——すまん。自分から志願したというのは立派なことだ」彼は向きを変え、丘の上の実験室に彼らを連れていったが、頭の中では、言わずに済ませた返答が繰り返し鳴り響いていた。「おお、神よ、俺にはわからない！　本当に俺にはわからない！　さらに悪いことに、俺にはきみたちがどうなっていくのかわからないし、それは神にもわからないのだ！」

＊

「それは外科手術の観点から言えば、本当に初歩的な処置なのです」と、ファニュが学術的に話し始めた。

エヴェレットは身をよじり、目は診療室の閉ざされたドアのほうへと彷徨い、ファニュは続けた。「化学作用の面では、もちろん、それほど自信がもてるわけではありません。ホルモンは合成して作り出さなければならないでしょうし、下垂体刺激物質ですので、多くの予測できない事態が考えられます。幸運なことは、あなたたち人間の男女は両方の種類のホルモンを十分なだけ作り出すので、わたしはそれらを試しに合成してみることができるのです。それがうまく機能しないという理由はないわけです」

彼は異星人を睨みつけ、その声の科学的な冷静さに対して怒りの感情をぶつけた。「言い換えれば、やつらはたんに実験動物なんだな！　実験室のモルモットなんだな！」

「全然違います。うまくいくでしょう。ただ、腺組織の適応には時間がかかるかもしれませんし、多くのことが肉体の適応しだいということになります。もしわたしが彼にもっと若いときに、思春期前に接することができていたならば——」

「なぜティップなんだ?」と、彼は自分の正気にしがみつきたくて、話を遮り、胸が悪くなるような医学的な問題から注意をそらす質問を発した。「コードのほうがずっと大きいし、やつのほうが向いているだろうに――」

「胎児を宿すのに? まったく違います。残念ながら、これは骨盤の発達の問題なのです。コードは男性的すぎて、骨盤が狭すぎるのです、宿すには――」

エヴェレットはヒステリーじみた笑い声をあげた。「男性的すぎるだと! こいつは驚きだ! 男性的すぎるなんて!」

「あなたには鎮静剤を出しておきましょう」と、異星人は抑揚なしに言った。「どうやら必要そうですから」だが、彼の肩に置かれた手にはかすかな同情が感じられた。エヴェレットがいくらか気を取り直すと、ファニュは言った。「ジョン、やらなければならないのです。もしあなたの種族が存続を望むなら――」

「おそらく、俺たちは存続すべきじゃないんだ!」と、彼は怒鳴った。「死ぬほうが、よっぽど見苦しくないじゃないか、きれいに、人間として、俺たちが造られたままの姿で死ぬほうが、なにか――いやらしい模倣をするより――これは自然なことではないぞ!」

「この惑星におけるあなたたちの種族の存在も、自然なものではありませんよ」

「それは違う話だ」と、彼は弱々しく反論した。「あれは工学によるものだ。これは――」

「あなたたちは、自分たちが利用するために家畜を交配させて、新種の遺伝子型をもつ個体群を生み出してきました。あなたたちは、人間の交配もある程度管理してきたのです、結婚に制限を設けたり、欠陥のある型については強制的に不妊手術を行なったりして——」

「俺はそれには反対した！」と、エヴェレットは抗弁した。「それは別の話だ——」

「あなたたちの置かれた立場も別の話なのですよ——あなたの種族にこれまで起こったいかなる状況とも別なのです」と、異星人が言った。地球人は悲しげにじっと相手を見つめたが、心の中では偏見と知性とが葛藤していた。「ジョン、わたしはこの問題をあなたの隊員の判断に委ねるように求めました。あなたはそうしました。彼ら自身で決断を下すのがまさしく公平なことだと、あなたは考えたのです。彼らは決断しました。それなのにあなたは反対しています」

「俺はあいつらをここに連れてきたではないか？」

「そうです、それについては感謝しています。いつの日か、あなたは自分に感謝するようになりますよ」

「そいつはどうかな。ああ、きみの論法によると俺は時代遅れということになるが、それでも俺はやっぱり——」と、彼の声は消え入り、診療室のドアのほうを振り返った。「なぜ両方ともなんだ、きみはただ——片方だけを転換すればいいのに？」

ファニュは驚いて瞬きした。「彼らの肉体的な楽しみのためですよ、ジョン。それがあなたたちの種族にとって、生殖の手段としてであろうとなかろうと、極めて重要だということを、わたしは理解しています。一定の解剖学上の再調整によって——」

「後生だから《スペア・ミー》！」彼は異星人がその表現を理解しないのを見て、手短に説明を補った。

「すみません」と、異星人は謝罪を呟いた。「あなたが知りたがっているものと思ったものですから」

「俺は――」と、エヴェレットは口ごもった。「俺はむしろ科学的な側面について知りたいんだ。まだ理解できない。つまり、男と女がいる。それで話は終わりのはずだ」

「まったく違います、あなたの種族に関しては。はっきりとした男性器と退化した女性器をもつ人たちがいます。あなたたちがその例です。一方で、わたしは映像資料で見たことしかありませんが――はっきりとした女性器と未発達の男性器を備えた人たちがいるのです」彼は間をおいた。「続けてかまいませんか?」

隊長は自分が強い酒を飲みたがっていることがわかったが、ファニュに続けるよう頷いた。

「今お話ししたように、痕跡器官というものがあり、そこには一定の共通の要素があるのです。DNA遺伝子は、ホルモンやある種の化学物質によって、異性のものであっても刺激することができます――それは昔あなたたちの科学者たちによって、小規模ではありますが行なわれたことです」エヴェレットは異星人のドクターが小型のガラス瓶を手に取り、中身を光にかざしているのを見ていた。「あなたの種族が、再生産に関わる生殖器も含めて、すべて二つ一組をもって生まれてきたということは、大変幸運なことです」

「それによって、きみは実験用モルモットとして使い捨て可能な人員を手に入れるわけだ」

もしファニュに人間のような表情ができたとしたら、おそらく感情を害したように見えただろう。エヴェレットはこの異星人の身振りや声の抑揚に日増しに敏感になっていたので、相手が傷ついたのがわかった。ファニュは厳かに瞬きした。「彼は――あなたが呼びたければ実験用モルモットと言ってもいいですが——両方の性別をもつことが可能なのです。なすべきことは、一組の器官体《ローブ》を移植することで、すると特有の性質によって、その一組に分離が始まり、成功する可能性が高まります。この細胞間組織を、大量のホルモンとDNAの突然変異を促す物質に晒すことができるのです」エヴェレットが明らかに懐疑的に見えたからだろう、ファニュは実験動物の檻のほうに急ぎ、リスくらいの大きさの、毛に覆われた、この星特有の小さな哺乳動物を取り出した。「うまくいきますよ、ジョン。うまくいきます。これが証拠です。幼年期や成長期ではなく、成熟したオスになってから転換されたものです！」

エヴェレットは上の空で、ふさぎ込んだまま、その動物を撫でた。「そうだ、でもこれは人間ではない。それに——やつらは人間であり続けるのだろうか？」

ファニュは答えなかった。エヴェレットも彼が答えることを期待していなかった。

*

彼が予期したように、卑猥な発言がいくつかあったが、ほとんどの男たちは親切だった。レクリエーションホールまで降りていき、自家製のビールを一杯もらうと、彼は聞き手に徹して周囲に溶け込んだ。ほんの三、四人が不愉快な冗談を口にしたが、彼らはどんなことに対しても不愉快な冗談を言う連中であり、たんに他にすることがないためにそんなことをしているだけだった。労働者としては良かったが、共感という分野ではからっきし鈍い連中だった。

「隊長、座ってもいいですか？」

それはツェンだった。エヴェレットは身振りで応じ、この小柄な操縦士が腰を下ろすのを見ていた。噂話をしている連中に対してツェンは嫌悪感を露わにした。「コードとあの若者がしたことを、あなたも肯定していないんですね？」

「ツェン、肯定するかどうかという問題じゃないよ。生き残るかどうかという問題なんだ。それしかやり方がないと二人も感じてるし、ファニュも感じてるんだ」彼は短く苦笑した。「そして、もちろんその通りなんだ」

「でも、あなたは肯定してないんですよね」

彼は時間をかけてビールを飲むと、呟いた。「俺はそれが罪だと教えられて育ったんだ。最大の罪だと」

「それ？　同性愛がですか？」エヴェレットはひるんだが、ツェンの表情に目をやり、冷静になろうと努めた。「でも、隊長、その罪深さの最たるものは、それが生殖に関わることができないという点だったじゃないですか？」

彼は目を見張った。自分が口をぽかんと開いていることがわかったが、それでも目は見開かれたままだった。

「ドクター・ファニュは僕を二番目の――志願者として受け入れてくれると思いますか？」

「きみが！」彼は急いであたりを見回すと、声を低めた。「ツェン、俺は考えてみたこともなかったよ――」

「僕が人間だということをですか、隊長？　僕たちはほぼ二年もここにいるんですよ、そして僕たちは修道士でも、禁欲主義者でもないんです。ここにいる誰かが禁欲主義の伝統の中で育てられたとしたら、それは僕ですよ。でも、愛情、肉体的な要求――そうしたものは時に人びとを圧倒するものです。僕たちみんな、あなたのように抑制が利くわけじゃないんですよ、隊長。ある者は自分で満足を得ようとします。別の人たちは、誰かに惹きつけられることを通して満足を得ようとしますし、もしその誰かがたまたま同性だったとして、それは不幸なことではありますが――このような状況下では――不可避というしかありませんよ、隊長」

エヴェレットはたじろいだ。今の衝撃は眉間への一撃となった。「誰なんだ、もし聞いてよければ?」

「それを知れば気分が良くなりますか、隊長、それとももっと気分が悪くなるだけですか?」エヴェレットは自分の偏見のために身動きができなくなり、相手の黒い瞳を覗き込むことができなかった。「ドクター・ファニュは僕を検討してみてくれるでしょうか? 事態は――コードとティップにとってうまくいっているんでしょうか?」

「ファニュは満足しているみたいだ、それにもし彼が満足してないとすれば、誰がするっていうんだ」エヴェレットはビールのグラスを傾けると、残りを飲み干し、音を立てて置いた。「そうだね、ファニュはきみのことを検討してくれるだろうよ。きみたち二人は考え方が似てるからね、モダンなんだ。きみたちはうまくやっていけるさ」

＊

彼は数週間その状況について考えずにいた。ツェンは退院していたし、他に考えなければならないことがあったからだ。宇宙船の備品が底をつき始めていた。エヴェレットはすべての技術とエネルギーを注ぎ込んで、代替の方法を案出したり、機械装置を改造したり、現地調達品を利用してみたりしていた。男たちは応急用装備やちょっとした考案品を持ってきては、彼を驚かせ続けた。この惑星は温暖な気候で、年に二回農作物の成長期が巡ってくる。だが、彼らの備品が壊れていくにつれて、現地の家畜に頼らなければならない度合いが増し、多くの肉体労働に従事しなければならなくなっていった。

共同農場で、コードはどれほどの期間二人分の仕事をしてきたのだろうか？　ある午後遅く、仲間から遅れて食堂に向かっているときに、彼はこの大男に質問をぶつけた。

「隊長、あっしにはどうってことないんでさ。農場で育ったもんで」

「そういうことじゃないだろう、コード。ティップはどこにいるんだ？」

「家です」謝罪も怒りもなく、たんに正直に当惑しているだけだった。

「コード、やつの仕事をきみがするのは公平じゃない。きみがここで一番強い男かどうかには関係ないんだ。やつはきみにつけ込んでるんだよ」

「違うんでさ、隊長。つけ込んでるんじゃないんです。あいつは病気なんでさ。ドクター・ファニュが――」

だがエヴェレットは、すでにコードと若いラティマーが同居している小さな小屋に向かって断固たる勢いで歩いていた。大男は後ろから抗議しながら大股でゆっくりとついてきたが、隊長には若いほうの男の怠惰さが不愉快でたまらなかった。愛人に自分の仕事を肩代わりさせ、ここでぐうたらしているなんて――。

その小屋は暗かったので、しばらく彼は物を見分けることができず、コードの言葉だけがぼそぼそと背後に聞こえ続けていた。高い敷居をまたぎ越えると、周りを見回し、やがて隅のベッドの上の姿が見えてきた。

「ラティマー！」

少年は途中まで身を起こし、毛布をしっかりと体に引き寄せた。毛布を？　いやはや、ここは三十一、二度もありそうなのに！「一体全体どういうことなんだ――自分に割り当てられた仕事をコードにさせるなんて？」

「隊長、そんなわけじゃ――僕は起き上がることができないんです！」その声は痛ましかったので、エヴェレットはこの若者が仮病を使っているのだと、無理に自分に言い聞かせなければならなかった。「ギャレットはもう往診に来たのか？」

「い――いいえ、隊長。僕は――僕は――」

エヴェレットは毛布を引っ張ったが、少年は負けじと猛烈な力を振り絞ってそれを自分の体に巻きつけ、「僕を放っといて！」と叫び、それから突然泣き出し、ベッドに倒れ込んだ。コードがエヴェレットの腕をつかんだ。「ちくしょう、あいつを放っておくんだ！」大男の声は怒りで震えていた。「放っておいてくれ、隊長」

毛布の下から聞こえるティップのすすり泣きは甲高く、くぐもっていて、ヒステリーじみていた。エヴェレットは痛む自分の腕をコードの巨大な指から振りほどき、毛布にくるまれた人の形を見下ろしていた。その形は奇妙に、信じがたいほどに歪んでいた――。

「ああ、なんということだ」と彼は言い、ほとんど走るようにその小屋を出て、丘の上にあるファニュの実験室に向かった。

＊

「ですが、もちろんそれはうまくいったのです、ジョン。あなたはわたしを信じていなかったのですか？」

エヴェレットは部屋を行ったり来たりしながら、両手で髪を盛んにかきあげた。「なんてこった、いいや、俺は――俺は信じていなかった。あれは心ない不潔な冗談だと思ってたんだ、なんというか――目が覚めることもできないとんでもない悪夢、だとな」

「目が覚めることを望んでいるのですか？」

「望むだと？　ああ神よ、ファニュ、きみは俺の話を聞いてなかったのか？　これは不潔だ――神を冒瀆するものだ！」

「その言葉はわたしにはなんの意味ももたないのです、ジョン。これがなされることを求めた男たちにとっても、意味をもたないのです」

彼は歩きまわるのをやめて腰を下ろした。「もしきみにこれができるなら、なぜきみは――試験管ベビーとか――なんでもいいからこれ以外の方法ができないんだ！」

「それも可能かもしれません」

「それも可能かも——では一体なぜ、この——冒瀆行為を選んだのだ?」

「ジョン、その言葉はわたしには存在しないのです。今の提案に関して言えば、受精した卵子を作り出すことはできるでしょうが、受精卵が着床から出産にまで至ることは、自然の環境の外では極めて難しいのです。着床から出産までの全期間、二、三人が絶えず様子をみている必要があるからです。そして、それだけの男たちをたとえ手配できたとしても——」

「だが——」

「最後までよく聞いてください、ジョン。ティップは良い選択ではありませんでした、その——初めの症例としては。できることなら、わたしは同意したくなかったのです。危険について彼らに警告したのですが、ティップがぜひにと言い張ったのです。コードのほうにはためらいがずいぶんありましたが、あの若者が勝ったのです。彼には困難が待ち受けているでしょう。でもたとえそうだとしても、彼の体に胎児を宿すことは、実験室でどんなに時間をかけるよりも、ずっと安全ですし、ずっと確実なのです」

「胎児にとって安全ということか」

「その通りです」

彼はさっと立ち上がると、憤ってこの異星人を見据えた。「きみは少年の命をもてあそんで、一か八かの賭けをしてるんだぞ!」

「そうです、そしてそのことは彼にもわかっています。彼は言ったのです——コードの遺伝質を自分のものと結合したい、と」

エヴェレットは顔をそむけ、両手で顔を覆った。「ああ、神よ、俺は何という運命にとらわれてしまったのか？　なぜ宇宙船が着陸のときに衝突してしまわなかったのだろう？」

「あなたの神に訊くんですね、ジョン」

彼は言葉を失って、向き直った。

「もしあなたが神の全能を受け入れるのであれば、神がこのような運命の展開を許したという事実も、受け入れるべきではないですか？」

「もしあの少年が死んだら――ファニュ、もしやつのさっきの様子をきみが見ていたら――」

異星人は厳かに瞬きした。「ヒステリーはおそらく当然起こるでしょう」と、彼は断言した。「たとえ彼がそれに対して心構えができていたとしても、感情面での思いがけない動揺はかなりあると思います。化学物質のバランスが崩れることになるわけですから。ツェンの場合には、もっと順調にいくはずです」

ジョンは再び腰を下ろした。悪夢は彼の耳より上にあがってきて、恐ろしい暗い怒濤の中に彼を呑み込んでいた。異星人が出ていく音も聞こえなかった。

＊

冗談はぱったりとやんだ。今ではかなり多くの男たちが、冗談の種に関わりをもつことになったからだ。自分も関わっていて、まだ体が動かせる男たちは、自分のパートナーについての卑猥な発言に寛大な顔はしなかった。感情的な結びつきが生まれ、友情が深まり、新しい形の人生設計がしだいに浸透した。ぶつぶつと独り言を言う自分が、反動的な説教者のように聞こえているのではないかとエヴェレットは時どき感じた。今では男たちはみな彼と敵対していた。彼がどう思っているかを感じ取って、彼のいるところではみなそれについて話すのをやめてしまっていた。必要があれば彼らは報告をあげてきたが、それだけのことであり、習慣が続いているにすぎなかった。

彼は日誌をつけていた。いずれ紙が尽きてしまうか、代用品を調達することになるのだろう。これは検討すべき事案だった。彼らがこれまで栽培することができたのは、一種類の穀物だけだった――そう言えば植物からどうやって紙を作るのか、記録テープを調べなければならない。ツェンだったら、彼の研究データの中から助言してくれるかもしれない――いや、ツェンなんて、くそくらえだ！　苦労する価値などあるものか？　紙が尽きる前に、俺は死ぬのだし、俺たちはみな死ぬのだ。そうなったら、日誌など誰のどんな役に立つというのか？

年二回の植物の繁茂期の合間に雨季が訪れ、しばらく経ったある晩、ドアを烈しく叩く音がした。彼は振り向きもせずに、入るように呟いた。

「隊長！」

「やあ。コードか、どうした？」大男は取り乱し、髪も乱れ、目も大きく見開かれていた。「おい、どうしたんだ？」

「ティップのことです、隊長。ひどく具合が悪いんでさ！」

「あいつはずっと具合が悪かったんじゃなかったのかい？」

「今度のは——いや、隊長、今度のは様子が違うんでさ。あいつは——痛みが烈しくて。ひどい痛みに襲われているんでさ」

エヴェレットは息を呑み、ヒステリーじみた笑いを抑えなければならなかった。「ああ、つまりだ、それはきみたちがずっと待ち望んでいたものじゃなかったのか？　ファニュの提案を受け入れる前に、それについてとくと考えたはずだと思うがね」祝いの言葉を述べるべきなのだろうかと、場違いな思いが彼の頭をよぎった。

大男はエヴェレットの両肩に、恐ろしいほどの力を込めて親指をめり込ませ、その顔は怒りと恐れで蒼白だった。「いいですか、隊長、あっしはもうあんたのくだらない——」彼はそこで言葉を切ると、息を呑み、彼にしては意外なほど穏やかな調子で言った。「隊長、あっしは怖いんでさ。そのう——まだ時期じゃないはずなんだ。まだ六週間ほどあるはずなんだ。だからあっしは——あっしは怖いんでさ、隊長」と彼は言葉を切り、その様子は見るからに痛ましかった。

二人は横殴りの雨の中をコードの小屋まで駆けつけ、エヴェレットは激しいヒステリーの発作がまた爆発しそうになるのを必死で抑えていた。これじゃまるで、消滅した世界を収めたあの陳腐な古臭いヴィデオ映像じゃないか！　豪雨、夜の漆黒の闇、緊急の呼び出し——彼は自分が、的外れで淫らな考えを追い払おうとしていることに気づいた——真夜中の分娩——二人の男のあいだにできた子どもの分娩、だなんて。

だが、小屋に一歩足を踏み入れ、ベッドの上の若者の苦痛を目の当たりにしたとき、彼のそうした考えは吹き飛んだ。若者は信じがたいほどに青ざめ、ひどく汗をかき、必死で悲鳴を抑えようとしていたが、あまり成功していなかった。唇は白く、噛みしめた跡には血が滲んでいた。エヴェレットは思わず心配になり、親身になっていた。原因がなんであれ、若者の苦悩に歪む顔を無視することはできなかった。ティップは隊長を一瞥すると、顔をそむけて目を閉じた。「連れてきてくれなかったんですか——ギャレットを」と、彼は弱々しく言い、喘いだ。

「これはいつ始まったんだ?」とエヴェレットは尋ね、助けになりそうな処置は何だったかと慌てて記憶を探ってみたが、このとき初めてファニュの説明をもっと注意深く聞いておけばよかったと思った。

「しばらく前から」と、ティップは押し殺したような声を出した。

「どれくらい前からだ?」と彼はぴしゃりと言い、心配で余裕がなかったが、できるだけ同情を示そうとした。

「二——二時間」少年は突然頭をのけぞらせ、呻き声を抑え、烈しく体を痙攣させた。エヴェレットは自分の高精度時計《クロノメーター》に目をやった。痙攣はほぼ二分間続いた。彼はその膨れた体から目をそらせたままだったが、形の異常は毛布でもはや隠しおおせなくなっていた。ティップはぜいぜい息をしながら、「一体女たちはどうやって——」と呟いたが、そのとき彼の目は驚きに見開かれ、気を失ってベッドにあおむけに倒れた。

「ティップ! ティップ! 目を開けてくれ、坊主——お願いだ」と、コードは懇願し、少年の上にかがみ込み、彼を優しく揺すり、汗でびっしょりになった額を撫でた。

「そんなことをしても無駄だ」エヴェレットは気も狂わんばかりになっていた。ファニュがこれを解決しなければならない。どうあっても、どうあってもだ。この少年を死なせてはならないんだ、こんな——犠牲——の後で！

「こいつを運べるか？」彼はコードがこの意識のない体に毛布を巻きつけるのを手伝い、手の下で、断続的だが静かな痙攣が続いているのが感じられた。コードが抱きかかえ、二人は雨の中を急ぎ、異星人の実験室のありかを示す灯に向かって登っていった。

＊

「それで、そのときまでは意識があったんですね？」ファニュはそっと尋ね、呻き声をあげている体の周りを動き回った。

「そうでさ、ずっとでさ」と、コードは答えた。「まだ時期にはなってないんだよな？　時期じゃないだろ？　そのことをあいつは怖がってたんだ。怖がってなにも言おうとしなかった。じきに治まるだろうって言って——あいつが読んだ本やテープによれば——あいつは——おお、神よ、もしあいつが死んだら、あっしはあんたを生かしちゃおかないぞ！」

「わたしはあなたの神ではありませんよ」と、ファニュは静かに悲しげに言った。「生と死はわたしの自由になるものではありませんが、できることはすべてやるつもりです」

「ファニュ——」その淫らに膨れた体から目を敢えてそらしながら、エヴェレットは口を開いた。彼はこのときになるまで、この——実験——の一部たりともしっかりと見ようとしてこなかったのだが、この光景は彼を唖然とさせ、容赦なくすべてをはっきり自覚させた。たぶん、彼が愚かだったのだろう。彼だけがなぜ闇に置きざりにされたのか？　今になって彼が認識したのは、ティップやツェン、そして若い通信技術係のレディングを、彼から見えないようにするなんらかの共謀があったということだった。

「どうにかしてくれ。コードはまだ時期ではないと言ってるぞ」

「懐妊期間が七ヶ月半以上経っていることが大事なのです。望んでいたよりもうまくいっています」

「ファニュ——人間の男の体は決して適してないわけだから——この目的のためには——」と、彼は笑いそうになったが、それはおかしいからというよりも、恐怖からだった。ティップは意識を取り戻しつつあり、かすかに呻き、動物めいた低い音をだした。白衣を着たギャレットがそこにいて、安心させるように穏やかに普段通りの様子でティップの手に手を重ね、聴診器で手際よく体を調べた。「これまでのところ、心拍は問題ありません、ドクター・ファニュ。でも、あまり長く放っておくことはできません」

「コード、彼をここに運び入れてくれ。しかたないが、今回は手術をしなければならないようだ」ティップの目が彼をじっと見つめ、異星人の声——エヴェレットにはそれはもはや抑揚がないようには聞こえなかった——が優しく言った。「残念ながら、ティップ、きみはあまりにも男性的な体つきなんですよ。覚えていますか、きみには警告しておきましたね」

少年は言葉もなく頷き、唇を噛んでいた。それから、コードが彼を抱きあげると、彼は歯を食いしばって呻いた。「選ばなければならなくなったときには——約束してくださったことを覚えていますね、ドクター——」

エヴェレットは椅子に座り込み、両手に顔を埋めると、意識が暗い悪夢の中に呑み込まれていった。次に気づいたときには、コードが手術室のドアからよろめきながら飛び出してきて、エヴェレットは悪夢の続きに呆けたように感じながら、驚くべきことに彼が出産間際の父親らしいしぐさをするのを眺めていた。

＊

「女の子ですよ」と、ファニュが告げ、小さな口元が可能な限り笑顔に近い表情を形作った。コードは異星人の服の端をつかんだ。

「ティップは？　ティ、ティ、ティップは？」

「大丈夫ですよ。ひどく消耗していますが、大丈夫です。中に入って、彼の様子を見てもいいです。でも、そうっと願いますよ」

コードの顔は一挙にゆるんだ。「ああ、ありがたい、神さま」と、彼は呟き、「ああ、神さま！　隊長、あのバカ坊主はドクターに約束させていたんですよ——選ばなければならなくなったら、子どもの命のほうを救ってくれと——」

彼は二人を押しのけて、もうひとつの部屋に走り込んでいった。

「女の子ですか？」

「女の子ですよ」と、ファニュが請け合った。「そうなるように処置しました――生まれてくる子どもたちすべてについて」

「だが――」

「あなたはこうした状況が永遠に続くものと、そう考えていたのですか?」

「そのう――そうだ、俺はそう考えていたな」

ファニュは異星人が面白がるときの音をだした。「それであなたは悩んでいたんですね。そうではないんですよ、ジョン。十五年後には、この惑星には少なくとも四、五人の結婚適齢期の女性がいることになります。気候は早熟を促すでしょう。二世代も経てば、しっかりした基盤ができあがることになります。あなたたちの種族は知性があり、我慢強く、発明の才に富んでいて、若々しい――これらすべては、わたしの種族がもっていなかったものです。ティップの症例は最高に難しいものでした。彼はもう一度挑戦するまでに二年は待たなければなりません」

「もう一度?」と、エヴェレットは息を呑んだ。

「彼自身の希望によるものです。このことにさえも同意させるのに手こずりました。さもなければ不妊処置を今回施していたところです。次のときには、その処置を施します。女性たちが成長すれば、彼は任務を終えるわけですから」

「女たちが成長すれば――どうなるのだ、この――性転換された男たちは、そのとき? お互い同士の愛情は――恋人たちは、ファニュ?」

ファニュは悲しそうに瞬きした。「ジョン、わたしにはわかりません。わたしはここにはいないでしょう。わたしは年寄りです、ジョン——年寄りなのです。でも、きっとあなたたちは解決できるでしょう」

エヴェレットは向きを変えると窓辺に行き、いくつもの小屋から瞬いている灯りを、人類《ホモ・サピエンス》の復活を見渡した。遠く背後から、赤ん坊が泣きわめく声が聞こえた。いつしか雨は降りやみ、星々が、不思議な世界の不思議な星々が、姿を現していた。

「わかったよ」と、彼はそっと言った。「俺が間違ってたよ。さあ、今度はきみ自身のために、俺たちが何をしたらいいか言ってくれ」

解説

笠間千浪

「平凡社ライブラリー」という「お堅い」書目が並ぶ学術系文庫シリーズの題名に「BL」の文字をみて驚かれたかもしれない。あるいは、もうすでにBL（「ボーイズラブ」の略）という言葉はマスメディアでもアカデミズムでもお馴染になっているのでそうでもないかもしれない。いずれにしても、「平凡社ライブラリー」の一冊としては異色の部類に入るだろう。しかも小説集なのに、編者が文学畑ではなく社会学畑というのも異色である。だが、この点については、文化現象を自明視せず、かつ相対化しつつ権力作用などを分析していくカルチュラル・スタディーズなどの越境的な研究視座もあるからと、とりあえずは自己正当化させていただきたい。

それはともかく、現在では日本でもLGBT（レズビアン・ゲイ・バイセクシュアル・トランスジェンダーの略）やクィアに関する小説や研究書が多く刊行されるようになっているが、その主題は小説であろうと研究書であろうと、セクシュアリティにおける人権がベースになっていることが肝要である。それに比べると、BLには不道徳な雰囲気が漂う。実際に「ゲイのセクシュアリティを消費するとんでもない女たち」という非難がたえないジャンルでもある――。

ここまでBLという言葉を定義なしで使ってきたが、第一に本書ではたいへん広い意味で使用している。それは、「女性作家が書く男性同士のホモエロティックな（関係が含まれている）物語」である。これは広い定義である一方、現在のBLジャンルなどは男性が書いてもBLとされるので、あえて書き手を女性に限定することはこのジャンルの系譜に忠実かつ「制限のある」定義ということになろうか。とにかく、「書き手」を女性に絞ったことが、本書の一番の特徴である。

第二に、ここでBLとされる小説群は、〈やおい〉という女子サブカルチャーと関連が強いが「同義ではない」としておきたい。とはいえ、ややこしくて恐縮だが、ここでいうBL作品と〈やおい〉は同義ではないとしても、それに重複して部分的に含まれるととらえている。

なお、〈やおい〉とは、「女子たちが男性同士のホモエロティックな物語を書き、読み、話題にする」サブカルチャーである（「やおい」という用語は、「やま無し、おち無し、いみ無し」という自虐的な仲間言葉をもとにしている。自分たちがパターン化した物語を構築しているという自覚がそこではみられる）。

本書では、日本だけでなく海外の類似した現象もすべて〈やおい〉としてとらえている。日本において〈やおい〉は一九七〇年代半ば頃からアニメ、マンガなどのファンダムから出現してきたといわれている。一般的な意味のBLは、主に九〇年代前半頃に〈やおい〉を題材とした商業雑誌や単行本シリーズなどで、そうしたジャンルを示すために使用されてきた経緯がある。

ここであえてBLとした作品群は〈やおい〉が出現する以前から単独で女性作家が発表してき

たものだ。だから現在のBL小説を思い浮かべてしまうと、本書の作品はずいぶんと違う印象があり、拍子抜けするかもしれない。だが、このような定義をあえてすることによって、一九世紀末から二〇世紀中頃までに女性作家によって書かれた男性同士のホモエロティックな関係が含まれる物語をBLとして「アンソロジーする」ことが可能になった。「古典」としたのは、単に「〈やおい〉サブカルチャー出現以前」という時期的なことを示すだけである。なお、作品が欧米と日本に限られているのは、単に編者のリサーチ能力の限界を示すだけであって、他地域の作品の発掘はこれからぜひ期待したい。日本に関しては、江戸時代からBLを書く女性たちがすでにいたとたまに話題になるが、未だに証拠はない。もし戦前に存在するならば、少なくとも大正時代以降と思われる（そうした時期に書いていても不思議ではない作家に尾崎翠がいるが、もちろん書いていない）。

さて、実は「女性作家が書く男性同士のホモエロティックな物語」というアンソロジーは（これまた編者のリサーチ能力が関連してくるが）、主に英語圏まで範囲を広げても（英語圏の文献は欧米圏全体をリサーチしたものが多い）、残念ながらお手本的なものが一冊も見つからなかった。もともと「男性同士のホモエロティックな物語」は周知のように男性作家によるものが多く、改めて女性作家に絞ると実際の作品選定は難航した。幸いにも、女性作家も含めた男性同性愛をテーマにした何冊かのアンソロジーが道標となった。だが、結果として収録作品として選定したもののなかで、他のアンソロジーでその存在を知ったのは『水晶のきらめき』のみである。加えて翻訳者による「発掘」作品である『ベルンハルトをめぐる友人たち』をのぞけば、あとはすべて編者が折にふれて集めてきた作品ということになった。

また、別の課題にも頭を抱えた。それは候補になった作品のほとんどが長篇（あるいはそれに近い中篇）であったことである。それに対処するべくとられた手法が「抄訳」形式だった（七作品中の四作品が該当し、いずれも本邦初訳である）。こうした形式は少なくとも英語圏のアンソロジーにおいてはそれほど珍しくはないようである。だが、あらすじに逐語訳を織り交ぜながら作品を紹介するという方法は、まず翻訳者側に大きな負担をかけることになってしまった。読みやすさという点でも、読者側に負担をかけているかもしれない。加えて、本書のテーマである男性同士のホモエロティックな関係の箇所を重視するという観点ゆえに、原作全体としての作品を正しく伝えられるかどうかについても不安があった。とはいえ、この点に関しては翻訳者諸氏の力量によって、なんとかそうした危惧は乗り切ることができたと思っている（ともあれいずれは抄訳作品の全訳が待たれる）。もともとこの形式を提案したのは編者であり、何か不具合があるとすれば、すべての責任は編者にある。しかし、あえてこうした変則的な形式を採用した理由は、とにかく過去の女性作家のBL作品の内容をぜひ紹介したいという一心からだということをご理解いただければ幸いである。

＊

作品紹介の前に、〈やおい〉出現以前のBL作品の流れをざっとみていこう。女性作家が単なる人間関係の記述として男性同士の恋愛を書くのではなく、何らかの意味をこめて書いたであろう作品群には二つの系統があると思われる。一つは、虚構性の強い一種の実験小説のような系統で、耽美主義やデカダン派とよばれたもの、あるいは思索《スペキュラティヴ》小説やサイエンス・フィクション、空想・ファンタジーなどにカテゴライズできる作品群である。パターン化された形式を持つロマンス小説も恋愛のシミュレーションという意味でとらえるのなら、こちらの系統に含まれるとしよう。これらの系統を「実験派」とでもしておく。

もう一つは、「社会派」とでもいうべき系統で、社会における規範的な異性愛主義や性愛における差別への告発とからめて登場人物のアイデンティティ形成や危機などが主題となる一般小説の形をとる作品群である。この系譜の場合、当然恋愛関係も描かれるのだが、ロマンス小説のようなパターン化されたストーリー構成は持たない。ただし、これら二つの系統は厳密に区分できるわけではなく、実際の具体的な作品には両方の要素が見受けられることが多い。

二つの系統という流れからみると、本書で「社会派」に相当すると思われるのは、メアリー・ルノー『馭者』とアンネマリー・シュヴァルツェンバッハ『ベルンハルトをめぐる友人たち』の二作品だけで、他はすべて「実験派」に属するだろう。というのも、BLは本来実験性の高い、ないしはファンタジー系のジャンルであるからだ。ゆえに、このアンソロジーで最初にデカダン派とされるラシルドの一九世紀末の作品が配置されるのは当然といえば当然のことかもしれない。

ところで、編者がラシルドの一部の作品とBLを結び付けたのは、一九九〇年前後のころだからだいぶ前になる。当時たまたま読んだ『ヴィーナス氏』が単なるジェンダー転倒《リヴァーサル》の物語というよりもBL系の耽美小説や森茉莉作品を想い起こさせたので驚いたことが最初である。二〇〇〇年代に入ってからは、（主に英語圏文献であるが）折にふれて、ラシルドに関する論文を収集するうちに、本書に収録した『自然を逸する者たち』を「発見」してこれまたたいへん驚くことになった。兄弟同士のBLというのは、〈やおい〉サブカルチャーのなかで定番ともいえる物語だからである。しかも、不思議なことに（少なくとも日本や英語圏で）ラシルド作品をBLと結び付けて考察した論考は見当たらなかった（二〇〇〇年代になると、クィアと関連付ける論考は存在する）。その意味で初めてラシルドをBLと関連付けて紹介することも、本アンソロジーの肝の一つである。

それでは、本アンソロジーの射程である〈やおい〉以前のBL作品の流れに戻ろう。以下、年代ごとに注目される作品をみていきたい。

＊

興味深いことに、一九一〇年代にはすでにヨーロッパで「BL的な物語」に執着する若い女子（たち）が「問題」（！）として扱われていたことが注目される。

続く一九二〇年代は第一次世界大戦の戦後でもあり、また大衆消費社会化の第一波ともいうべき時代で旧時代の価値観が揺らいでいく変動期でもあった。ヴァージニア・ウルフのジェンダー攪乱的な作品である『オーランドー』（二八年。邦訳、ちくま文庫、九八年）が発表された時期でもある。ウルフをはじめ二〇世紀初頭から前半にかけては、欧米圏における女性作家も同性愛や両性愛にふれた作品を発表していったが（しばしば実際の行動を伴っていた）、男性同士の関係を主題としたBL的な作品はやはりそれほど多いとはいえない。

そのなかで、シルヴィア・タウンゼンド・ウォーナー（英、一八九三〜一九七八）の『フォーチュン氏の楽園』*Mr. Fortune's Maggot*（二七年。邦訳、新人物往来社、二〇一〇年）はアンソニー・スライドによるアンソロジー『ロスト・ゲイ・ノヴェル』にも収録されている作品である。ウォーナーが七〇年代以降、フェミニスト作家として再評価され始めているのは、キリスト教的価値観、家父長制社会における女性の地位、規範的セクシュアリティなどへの懐疑的態度が作品群に反映しているからだという。一時期、英国共産党員でもあったウォーナーは作家生活のかたわら、反ファシズムなどの記事を左翼雑誌に寄稿してもいる。初期の作品である『フォーチュン氏の楽園』によって作家としての地位を築くことになった。物語は、元銀行員の中年男性が宣教師として南の島へ行き、そこで出会った現地の少年に惚れこみ、キリスト教的価値観に縛られていた主人公がより「人間らしく」変貌するという結末になっている。宣教師は「原住民」を改宗する使命をもっていたのだが、少年と寝食を共にしていくにつれ、現地の人々の神に対する異なる考えや習慣に逆に魅了されていく。いわゆるヨーロッパにおける「高貴なる野蛮人」観が濃厚な作品だともいえるが、それをあえて男性同士の親密な関係のなかから描いているところが興味深い。

一九三〇年代では、本書収録作品である『ベルンハルトをめぐる友人たち』（三二年）のほかに、ケイ・ボイル（一九〇二〜九二）という米国女性作家の『紳士諸君、あなた方にだけお耳に入れよう』*Gentlemen, I Address you privately*（三三年）が特筆される。シュヴァルツェンバッハの作品も含めてこれらの作品は二〇年代の雰囲気を色濃く反映している。それもそのはずで、ボイルの場合は二〇代の初めころに交換留学生だったフランス人と結婚して渡仏し、以降二〇年間ほど在欧していて、その作品は二三年から二四年にかけてル・アーヴルなどのフランス北西部に住んでいた頃に出会った人物を参考にしたといわれているからである。

ボイルは一九二〇年代にはパリ在住の「アヴァンギャルド作家」であったと評されている。三〇年代になると、台頭するナチスへの批判である『ある男の死』*Death of a Man*（三六年）を出版するなど、生涯にわたって左翼的な批判的態度を貫いた。第二次世界大戦後、四人目の夫とともに帰国するも五〇年代のマッカーシズムの標的になり、『ニューヨーカー』誌通信記者の地位を失っている。六〇年代以降も反ヴェトナム戦争やアフリカ系人団体への支持など政治的な活動を大学教員や作家生活を送りながら続けた。英語圏では、八〇年代半ばからボイルへの新たな評価が始まっている。

物語は、「あること」で教会を追放された英国人の元聖職者であるマンディがフランス北西部沿岸の町でピアノを教えて暮らしているところから始まる。ある嵐の夜に、コックニー訛りの脱走水兵、アイトンが訪ねて来るとマンディは泊めてやる。アイトンは青い目にブロンドの波打つ髪の青年だが、盗みで警察から追われている身だった。マンディはアイトンの道徳をものともしない傍若無人ぶりに疑問を持ちながらもかくまう。そのうち二人の関係は性愛的なものになっていく。あからさまではないが、二人が初めてベッドを共にするシーンも描かれている。やがてスクウォッター（無断居住者）の夫婦や三人のレズビアン女性などが登場する。最後にアイトンはレズビアンたちとともにマンディのもとを去るが、スクウォッターたちの子どもの父親でもあったことが判明する。この小説において性的指向などは道徳の圏外とされているが、それは他の作品でも共通しているとスライドは指摘している。

一九四〇年代はジャネット・シェインの本書収録作品『水晶のきらめき』くらいしか見当たらなかったが、五〇年代になると、メアリー・ルノーの『馭者』（本書収録作品）をはじめ、ほかにもいくつかのBL的作品が目立つようになる。フランス人作家のマルグリット・ユルスナールの『ハドリアヌス帝の回想』（五一年）や一九六〇年公開の映画『太陽がいっぱい』の原作であるパトリシア・ハイスミスの『才人リプリー氏』（五五年。邦訳『リプリー』角川文庫、二〇〇〇年）、ヒッチコック映画原作の『レベッカ』や『鳥』の作者であるダフネ・デュ・モーリア（英）の『ガニュメイド』（五九年）などである。

デュ・モーリアの作品は休暇でヴェニスを訪れた古典学者の中年男の一人称で語られる。カフェで出会った少年給仕に一目惚れし、その少年を「ガニュメイド（ギリシャ神話に登場する美少年）」と密かに名付ける。だが、その少年の伯父たちと一緒に海遊びに出かけた際に事故が起きてしまい、少年は亡くなる。それがきっかけで男は勤め先を辞めて隠居するが、近所にあるイタリア・レストランで、亡くなった少年に似た給仕見習いの少年に再び（懲りもせずに）魅了されていく。トーマス・マン『ヴェニスに死す』のパロディという指摘がうなずける物語である。

実は一九五〇年代の収録作候補には、ルノーの作品だけではなくヴィン・パッカー（本名マリジェイン・ミーカー）の『彼の罪を囁け』*Whisper His Sin*（五四年）という作品もあった。これは「パルプ本《フィクション》」という安いペーパーバック形式のジャンルの一冊として出版されたものだが、この手の安価本に女性作家が男性同性愛を題材にした作品を書くことがあったのである。

ストーンウォール事件(一九六九年に起こり、米国におけるゲイ解放運動のきっかけとなった)以前の同性愛小説は、主人公が自殺か他殺かの悲劇的な結末を迎えるという通説があったが、五〇年代から六〇年代におけるパルプ本の近年の研究によってそうした通説は否定されつつある。たしかに「同性愛者は必ず罰せられる」とする制裁的なアンハッピーの結末になることも多かったが、作品によっては極めて明るいトーンで書かれているものや、むしろ規範的異性愛体制への異議申し立ての観点をとるものなど多様だったという。

マイケル・ブロンスキーは、一九四〇年代から六〇年代にかけての「ゲイ・パルプ本」を読みこむことによって、紋切り型ではとらえられない当時のポピュラー・カルチャーの一端を分析している。米国では安価なペーパーバックが特に第二次世界大戦以降ブームになり、五〇年代にピークを迎えることになった。そのようななかで、同性愛を題材にしたパルプ本は「トワイライト・ラヴァーズ」「シークレット・ラヴ」「第三の性」などの用語で表現され、意外にも出版部数を伸ばしていた。ただし、男性同性愛を扱ったゲイ・パルプ本と女性同性愛のレズビアン・パルプ本では違いがあった。まず、レズビアン・パルプ本の発行部数のほうが多かった。その理由は女性同士のセクシュアリティはさほど社会秩序への脅威にはならなかったことと、その多くが異性愛である男性読者の窃視的な好奇心にこたえたものであったからである。女性作家もロマンティックなレズビアン・パルプ本を書いていたが、全体としてパルプ本の多くは男性作家が女性名のペンネームで書く紋切り型の「レズビアンもの」だった。このような傾向は、六〇年代になって検閲が緩くなるとますます強まり、より露骨な性的表現に特化した異性愛男性向けジャンルを形成していったという。

パッカーの『彼の罪を囁け』は、表紙の安っぽいイラストや裏表紙の「最もショッキングなストーリー」などといった宣伝文句によって、表面的にはパルプ本らしい「トワイライト・ラヴァーズの犯罪もの」にみえるのだが、内容的にはむしろ「社会派」に属す作品である。一九五〇年代初期に実際にあった事件（同性愛者の青年が青酸カリをシャンパンに混入させて両親を殺害）を土台にしている。同級生との同性愛で退学経験のあるフェリスという主人公の青年が、大学でポールという年上の青年と出会う。フェリスは特に母親から「ノーマル」になるようにと口うるさく言われていた。ポールはそのことにうんざりしていたフェリスをニューヨークのゲイ文化の場に案内したりしていたが、ついに彼を両親殺害に導いていく。

ゲイである青年が自分の性的指向について悩み、親を含む周囲との軋轢で正気を失う過程を書くことは、「ノーマルな社会」への批判にもなりうる。パッカーのこの作品は、伝統的な男らしさや規範的な異性愛への異議申し立ての観点が際立っており、最近のクィア研究においても高く評価され（殺害そのものは別として）、二〇〇〇年代になってから復刊もされている。

一九六〇年代後半になると、すでに〈やおい〉サブカルチャーの萌芽が垣間みえてくる時期になるが、それより早い時期の六一年に一般的な意味におけるBLの「元祖」といわれる作品を発表した森茉莉のユニークさが目立つ。

一九七〇年代に入れば、もはや本書で「古典」と定義した時期の範囲を超えている。だが、あえて少し紹介すると、七二年は、メアリー・ルノーの『ペルシャの少年』*The Persian Boy*（邦訳『アレクサンドロスと少年バゴアス』中央公論新社、二〇〇五年）、スーザン・ヒル（英）の『夜の鳥』*The Bird of Night*（ウィットブレッド賞作品）、マリー・クレール・ブレ（カナダ）の『狼』*Le Loup*など複数のBL作品が同時に出版されている。しかも、これらはすべて「年の差」がある関係を扱っている。同じ年には、一〇代向けのヤングアダルト小説であるイザベル・ホランドの『顔のない男』*The Man without a Faee*（父のいない一四歳の少年と彼の家庭教師をしている元教師の中年男性との交流を描く物語。邦訳、冨山房、九四年）も出版、後に映画化（九三年）されている。ルノーの場合は古代ギリシャ期の設定なので省くとしても、欧米圏において年長男性と少年（年下男性）の関係はペデラスティ（少年相手の男色）としてとらえられ、嫌悪される。だが年の差カップルは、〈やおい〉において（時として批判されるが）王道といえる設定でもあった。

とはいっても、もちろん女性作家のBL作品は一筋縄ではいかない。たとえばブレの『狼』は、年上の男性との性愛的な関係をピアニストの青年セバスチャンが回顧する形式をとっている。彼は一〇代のころから年上の男性と関係を持ち、それは一見すると略奪者（狼）と獲物（羊）の関係のようにみえる。だが、題名が示す「狼」とはむしろセバスチャンではないかという可能性が示されていく。この作品が単なるホラー小説や宗教的な価値への挑戦として片づけられないのは、性に執着していたセバスチャンが実は真の愛に飢えていることがほのめかされているからである。

一九七〇年代の初期に複数の女性作家がこぞってBL主題を扱っていることは何を物語っているのだろうか。時代はすでに「古典期」を脱して、異なる局面に移行したといってよいのだろうか——このあたりの考察は編者の現在執筆中の単行本（平凡社より近刊）で行なっているので、そちらをご覧いただきたい。

〈やおい〉サブカルチャー出現以前のＢＬ作品の流れを大まかにみたところで、本書収録作品の紹介に入ろう。

＊

ラシルド Rachilde（一八六〇—一九五三）
（本名マルグリット・エムリー＝ヴァレット Marguerite Eymery-Vallette）
『自然を逸する者たち』 *Les Hors Nature*（一八九七）
『アンティノウスの死』 *La Mort d'Antinous*（一八九八）

第二帝政期の一八六〇年、マルグリットは南西フランスのペリグーに近い湿地帯にある館で生まれた。母方はスペインの大審問官の出自であったが、マルグリットの曾祖父が結婚して聖職を剝奪されたことが農村の迷信（聖職剝奪者は人狼となり、子孫まで祟る）を喚起することになった。その息子（マルグリットの祖父）は地方紙の記者の経歴をもつ治安判事であり、館に充実した蔵書を遺した。そのような上層ブルジョワの娘であったマルグリットの母は、騎兵隊将校だった父と出会う。だが、マルグリットが一〇歳のころ、父は普仏戦争でプロイセン軍の捕虜となり、痘瘡にかかってしまう。フランスの敗北とともに父は領地へと引退し、それ以降夫婦仲は冷え切っていく。

もともと父は息子を望んでいたので、一人娘のマルグリットに幼少のころから乗馬や武器の扱い方まで教えこんだ。マルグリットのほうも父を敬愛し、認められたい一心で父の要望によくこたえ、ズボンをはき、乗馬して過ごす少女時代だった。一方、母は神経質で情緒的に不安定であったため、マルグリットは一〇代の早いうちから館内の指揮をとるようになっていた。一五歳のときに強制的に婚約させられ、同時に可愛がっていたペットを館の近くの池に沈められる騒動があった。その際、マルグリットは動物たちを助けようとして溺れかけ、「入水自殺を図った」ということで結婚を免れている(その後しばらくの間、女子修道院に入れられている)。

一方、両親の不和が逆にマルグリットにある種の自由を与えていたこともたしかで、彼女は祖父の書庫であらゆる本を読み耽り、両親に内緒で小説を書くことに専念した。一二歳から書き始めた作品が地方紙に掲載されたほどだったという。その作品をヴィクトル・ユゴーに贈り、短い賞賛の返信を貰っている。心霊術に心酔していた一六歳のある晩、自分に「一六世紀のスウェーデンの貴族であるラシルド」が「降臨」したと宣言し、その物語を語って以降、その名前を筆名に使用することとなる(ここでも、以後ラシルドとする)。

一八歳のときに、女性誌の編集者だった母方のいとこを頼ってパリに上京すると、さっそく小説の連載を開始する。パリの文化人ネットワークへの参入は母方(と母)の後援があったからこそ可能になった。ラシルドの二〇代は時代的には第三共和制下の一八八〇年代に相当するが、この時期はフランスにおける出版文化の黄金時代でもあった。八一年に出版物に対する検閲や流通の制限などの規制緩和法が制定され、八〇年代にはパリで五〇以上の日刊紙が創刊され、小規模の文芸誌も多く出版された。

パリに出てからほどなくしてラシルドは、カルチエ・ラタンのカフェに集う後のデカダン派の男性作家たちと出会う。唯一の女性であったラシルドは、「デカダンの女王」として注目されるようになる。そのきっかけとなったのは、一八八四年にブリュッセルで出版した『ヴィーナス氏』*Monsieur Vénus* だった。そして、その「反道徳的で倒錯趣味」の内容がベルギー当局によって有罪とされ、押収される騒ぎになる。だが、かえってそのことが背徳礼賛者の作家たちを刺激し、ラシルドはヴェルレーヌ、ユイスマンス、オスカー・ワイルドなどから賞賛されることになった。折しも、それまで否定的な意味合いで使われてきた「デカダン」を意識的に創造の糧にしようとする確信犯的な動きが一部の作家や詩人の間に出てきたころであった。ラシルドはこのころから髪を短くし、男装して「文士（*Homme de Lettres*）、ラシルド」の名刺を使うパフォーマンスを行っている。だが、このことを性的指向などのセクシュアリティの問題に還元してしまうのはいささか短絡的である。

メラニー・ホーソンは、ラシルドの『マダム・アドニス』*Madame Adonis*（一八八八年）の序文で書かれているエピソードを紹介している。ラシルドがパリに出てきてからまもなくのころ、ある有名な女性作家と出版者の打ち合わせの場面に同席していたときのことである。その男性出版者は彼女が去ると「老いぼれ女」とののしった。ホーソンは、このことがラシルドの心にわだかまりを作り、それが男装へと導いたことを示唆している。ラシルドにとっての男装は社会に

「一人前の」作家として認めさせる手段だったのである（これには前例があり、ラシルドより半世紀前の女性作家ジョルジュ・サンドも男装している）。

『ヴィーナス氏』を出版して以来、ラシルドは一般社会から「色物小説の書き手」としてとらえられてしまい、「女、犬、猫、馬車の馭者にまで手をだす」性癖があると噂される始末だった。しかし、自伝だけでなく、多くの知人や友人たちが書き記したように、ラシルドは誰とでも性的関係を持つというような人物ではなかった。ラシルドの実際の「デカダンの女王」ぶりは彼らのなかで「皆の愛人」になるのでなく、きわめて精神的な次元における交流のなかにあった。ホモセクシュアルを自認していたジャーナリストのジャン・ロランはデカダン・グループの一人で、ラシルドの友人だった。そのロランとのエピソードをラシルドが『男たちの肖像』*Portraits d'hommes*（一九二九年）で取り上げている。あるとき、ロランは出会った男と安ホテルへ一緒に行ったところ、身ぐるみ剝がされてしまった。結局、ラシルドに助けを求め、事なきを得たのだった。そうしたロランについてラシルドは、「少なくとも彼は、友人は愛人よりずっと貴重なものだということを知っていた」と書いている。自らを男性形の「文士」と名乗ったラシルドが希求したのは、仲間の男性たちとのセクシュアルな関係ではなく、ホモソーシャルな関係だったのである。

一八八九年、ラシルドは文芸誌『メルキュール・ド・フランス』の主幹となるアルフレッド・ヴァレットと結婚する。ヴァレットはラシルドの信頼を精神疾患で苦しむラシルドの母への支援と「（結婚後の）自由を約束する」態度で勝ち取った。結婚後、ラシルドは続けて創作をし、小説のレヴューを書き、毎週サロンを開いた。一九五三年に亡くなるまで小説だけでも六〇作品あまりを出版している。

さて、問題の『ヴィーナス氏』だが、題名にある「ヴィーナス」とは一八世紀末にイタリアで制作され、それ以降ヨーロッパ中に広まった女性身体をかたどった解剖学用蠟人形を指す。もちろん、内臓を観察できる解剖学用蠟人形はさまざまなタイプがあり、身体の一部分だけのものや男性身体のものもあった。しかし、女性蠟人形の場合、肌色の蠟が使用され、髪の毛や装飾品が施され、恍惚とした表情を浮かべた横臥像が多いとルドミラ・ジョーダノヴァは指摘している。それは、女性身体の内奥をのぞき込む性的な窃視を呼び覚ます装置でもあった。『ヴィーナス氏』は、そうした女性蠟人形＝ヴィーナスの男性版を示す題名からわかるように、いかにもデカダン派が好みそうな性別転倒の物語である。

主人公である上流階級の娘ラウールは、乗馬や剣術が得意で育ての親である伯母から「甥」と呼ばれていた。ある日、造花職人の美貌の青年ジャックに出会い一目惚れしたラウールは階級差を利用して彼を「女性として囲う」ことにする。ラウールにはレトルブ男爵という求婚者がいたが、むしろ彼女は彼を友人としてあしらう。そして、レトルブに対して「自分は男の恋をしている」と宣言する。レトルブはラウールが「サッフォーの恋」（女性の同性愛）をしていると勘違いするが、ラウールは「男としてジャックを愛している」という。

ラウールがジャックの日常生活を支配すると、ジャックは日増しに「真の女の心」を持つようになり、身体的な所作や服装も女性化していく。レトルブもジャックの美しさに惑わされ、それを否定しようとして逆に棒で叩いてしまう事件がおきる。そのことを知ったラウールは激怒して、ジャックを自分の所有物にしようとして結婚する。だが、しばらくしてジャックがレトルブを誘惑しようとしていることを知る。そこで、ラウールは「夫ジャックがレトルブに決闘を申し込む」ことを仕掛ける。その決闘は茶番であると説明されたジャックはしぶしぶ応じるが、あっけなくレトルブの剣の一突きで死んでしまう。レトルブは「愛していたのに殺してしまった」と狼狽し、死にゆくジャックをかき抱く。傷心のレトルブはその後任務でアフリカに旅発つ。ラウールはジャックの通夜に髪の毛や爪などを剥ぎ取る。それらはジャックに似た蠟人形を職人に作らせるときに使われた。蠟人形はバネが腹部の中に取り付けられ、口を動かすと同時に股を開くようになっていた。館の一室に寝台が置かれ、その上に今や「ヴィーナス」となったジャックが横たわっている。ラウールはその部屋を毎晩訪れるのだった。

形式的にはデカダン派が繰り返した男性を破滅させるファム・ファタール（運命の女）の物語そのものであるので、ことさら驚くほどの内容でもない。それに、一九世紀にはすでに同性愛や両性具有を描くさまざまな小説（バルザック『ゴリオ爺さん』『セラフィータ』『幻滅』、テオフィル・ゴーティエ『モーパン嬢』など）が存在していた。しかし、それらはやはり男性作家の手になるものであり、女性作家の作品ではない。そのようなことからみると、ラシルドの『ヴィーナス氏』には、ジャックの官能的な姿態およびレトルブとジャックの関係がホモエロティックに描かれている点が注目される。

そして、本書収録作品『自然を逸する者たち』は、年の離れた兄が弟を欲望し、最後には放火された館で炎に巻き込まれながら二人とも破滅する物語である。主人公が男性同士の兄弟である点で、ＢＬとしてはこちらの作品のほうがふさわしい。

題名の *Hors Nature* とは、直訳すれば「自然から外れた」という意味だが、当時のデカダン派たちの間では「倒錯」の隠語であったという。『メルキュール・ド・フランス』誌に連載された作品で、もとの題名は *Les Factices*（まがいもの、不自然な者たち）である。そこでいう「自然」とは主にセクシュアリティをも規範化する父権的な近代的ジェンダー秩序であり、そこから逸脱する者たちを暗に指すものとまずみてよいだろう。

兄弟の父はプロイセン男爵の武官で、母はフランス貴族の出であるからか、二人の名前も兄はルトレール（プロイセン系）とジャック（フランス系）、弟はポール（フランス系）とエリック（プロイセン系）の両方を持っている。フランスのデカダン派にとって、普仏戦争の記憶からフランスをオスマン・トルコ（「野蛮」の表象）によって滅亡した後期ビザンティン帝国になぞらえることはありふれたことで、こうした国家的ステレオタイプ（ここではプロイセンに対するフランス）がこの小説でも下敷きになっている。それは、同じ両親から生まれたにしても、兄のルトレールはプロイセン生まれで化学研究に熱心で軍人的な厳格さをもつ性格であるが、フランス生まれの弟ポールは気まぐれな性格で、アドニスに匹敵する繊細な美貌の持ち主であるという設定からも明らかである。このことから、この作品を二項対立的な国家的紋切り型イメージを使用しながら、フランスにおける普仏戦争敗戦の記憶が色濃く反映されたものと解釈することも可能だろう。

ただし、前述のホーソンはこの物語の主要なイメージを「鉄のプロイセンによって暴行されるビザンティンの王女」であると指摘している。このイメージはきわめて性的なニュアンスが強い。権力関係の表象には常に性的なイメージがつきまとう。それは、第Ⅰ部の終わりのほうで、兄のルトレールがカーニヴァルの夜に「ビザンツの王女」の仮装のままで疲れ果てて寝台にまどろむ弟ポールの妖艶さを目の当たりにし、加虐的な所有欲が極まって「君と結婚する」と宣言するシーンをはじめとして、とりわけ第Ⅱ部にはポールの人工的な美がルトレールにより、「ハーレムの女のような生活」で調教されて磨きがかかるようなシーンで描かれる。

それにしても、「鉄のプロイセンによって暴行されるビザンティンの王女」の物語をあえて近親相姦的な兄弟同士の愛憎をからめた物語に仕立て上げるラシルドの感覚はやはり見逃せない。ラシルドの作品のなかでも「BL度」が高いといえる『ヴィーナス氏』と本作品に共通している点をあげてみると、第一に男性身体のマゾヒスティックでエロス化された描写、第二に男性登場人物たちのホモエロティックな関係（しばしば、杖や鞭で相手を叩くシーンがともなう）、そして第三に強い女性の登場人物の存在である。

この強い女性という登場人物はラシルド作品にとって重要な役割をすることが多いのだが、『自然を逸する者たち』において相当する人物はマリーであろう。たしかにマリーは下層出身で孤児、兄弟たちの召使であり、強さとは対極にいる存在のようにみえる。マリーは、教会に放火した後に森のなかで兄弟たちに発見される。教会という体制的な権威および最終的には兄弟たちの城館にも放火するということによって彼らを破滅に導くマリーは、明らかに一種の「狂女」である。

このマリーは荒ぶる「自然＝女」の意味における野生を象徴しているのだろうか。いやむしろ、ここでは、マリーは「自然」とされているジェンダー秩序を破壊する者の位置を占めていると言い換えるべきだろう。ある批評家はマリーこそはこのド・フェルゼン兄弟よりも hors nature であると指摘している。そのようにみると、女性たちを快楽のために翻弄するポールと、女性の存在をミソジニックに語るルトレールとの二人の閉鎖的な関係も、結局は歴史的社会的に構築されたジェンダー秩序という「自然」のうちの一要素にみえてくる。兄弟の間の同性愛的な結びつきも元をただせば父権制文化にビルトインされている男同士の絆の変奏態かもしれないのである。

それはさておき、ラシルドよりは一回り年下ではあるが、同時代の女性作家であるコレット（一八七三―一九五四）も、自由奔放で強い女性登場人物を描いたことで有名である。実際、ラシルドは一八九〇年代に自分のサロンに呼んで交流していたし、二〇世紀初頭に大人気となったコレットの「クロディーヌ」シリーズに対しても好意的だった。最近では、二人の女性作家の小説における男性像などがフランスの研究者によって考察され、なにかと比較されるようになっている。しかし、二人にはもちろん共通点はあるのだが、世代よりも性や身体に関するとらえ方やライフスタイルの違いが無視できないように思える（事実、一九一〇年代を迎えるころには交流もなくなっているようである）。

たとえば、コレットの『シェリ』（一九二〇年）は、元「ココット」（高級娼婦）のレアとシェリと呼ばれる青年の関係を描いたいわゆる「ツバメ小説」（！）の一種である。一般的に女性が年下の男性を「ツバメ」とする場合、当然女性の立場が強いとみられているだろう。なるほど、レアはボクシングをするほぼ裸体の若い男たちを鑑賞したりする。だが、そこでは年下の愛人の若さや美貌がいたるところで「盛りの過ぎた」レアの老いと対比され、レアの立場は残酷なまでに弱いことが露呈している。実生活においてもコレットはその後、小説をなぞるように夫の連れ子で義理の息子を恋人にした。彼女には女性の恋人がいたこともあったが、コレット自身は「女であること」に違和感をもたない、いわゆる世間的な意味での「恋多き女」だったといえようか。

一方、ラシルドは二〇世紀に入ってからもラシルドであり続けた。すでにジャン・ロランとの友情について述べたが、彼女はその後も特に同性愛を自認する男性たちとの交流を続けていた。交流といっても、ロランの言葉でいう「男友だちにエスコートされることはあっても、一人の愛人もいない」という「デカダンの女王」時代と同じだった。一九二〇年代（六〇歳代）になっても、男装をしたり、アンドレ・ダヴィドとの共著である『囚人』*Le Prisonnier*（二八年）において、歴史教師とその男子生徒との恋愛を「愛に性別は無関係」として、少年愛を擁護している。

だが、ラシルドは同性愛者たちの人権やフェミニズムに直接参加するということはほとんどなかった。年下の友人である同性愛男性たちとは七〇歳代になっても夜遅くパーティで彼らと過ごしたりしていたが、同性愛者の実生活に無関心であったり、時として嫌悪を語っている。また、女性であることを所与とする当時のフェミニズムに対しても辛辣な態度をとってきた。だからといって、ラシルドが父権制における同性愛差別や女性差別の立場にあったということではない。その証拠はさまざまな作品や言動から垣間みえる。

『アンティノウスの死』（『メルキュール・ド・フランス』誌一八九八年九月号掲載。作品の終わりにメデューサの顔のイラストが添えられている）は、さまざまな文学や芸術のモチーフになってきたローマ帝国皇帝ハドリアヌスと、彼の寵愛を受けた（小アジアのビテュニア出身とされる）美青年アンティノウスとの関係を下敷きにしている。『自然を逸する者たち』のなかでも、ポールが兄をハドリアヌスになぞらえるシーンがある。

史実としてのアンティノウスの死（一九歳位でナイル河にて溺死）の原因は、自殺、事故、暗殺、皇帝のための自発的な犠牲（いけにえ）など諸説があり、不明である。その死を悼んだハドリアヌスはナイル河のほとりにアンティノポリスを建設し、平民では異例のことに彼を神格化して祀ったという。また、作品の中でハドリアヌスが「新たに発布した勅令」についてふれているが、それはユダヤ人の文化や宗教に対する弾圧をさすだろう。ハドリアヌスはユダヤ人の反乱の要因を文化や慣習にあるとみていたのである。だが、この掌篇において焦点は二人の関係に絞られている。アンティノウスの溺死の前後を淡々と時系列的に描いたというよりも、晩年に病に苦しんだ皇帝が憔悴し、朦朧とした意識の中ですでに亡きアンティノウスとの対話を夢うつつにしているありさまを内省的に描いているとみなすほうがしっくりする作品である。

アンネマリー・シュヴァルツェンバッハ Annemarie Schwarzenbach（一九〇八―四二）

『ベルンハルトをめぐる友人たち』 *Freunde um Bernhard*（一九三一）

日本において、アンネマリー・シュヴァルツェンバッハはおそらくドイツ語圏文学関係の研究者にしか知られていない存在と思われる。それもそのはずで、ドイツ語圏においても彼女の仕事は一九八〇年代後半から「発掘」され始めたにすぎない。その理由は、いくつかある。女性であることや富豪の出だということで、何事も「道楽」とみなされて本気にされなかったことや、反ファシズムの立場から書かれた作品自体ドイツではナチス時代に忘却されたことに加えて、自転車で転倒した事故が原因で三四歳の若さで亡くなった時に、母親によって日記や書簡、草稿などが処分されたことも指摘できる。それでも九〇年代に入ると、雑誌や新聞で特集が組まれ、ドキュメンタリーなども制作されてヨーロッパにおいては一般的な認知度も上がっている。その両性具有的な美少年を彷彿とさせる容姿のため、認知度アップに拍車がかかったようである。

それにしても、容姿だけではなく、アンネマリーの人生自体があたかも映画や小説の主人公のような様相を呈している。父親が絹織物企業を経営するスイスでも有数の資本家であり、母方はプロイセン時代のビスマルク宰相の親族にもつながっている。両親はサロンを開いて文化人を招き、芸術のパトロンとしての役割も果たしていた。そのような裕福で文化資本に恵まれた家庭環境で育ったアンネマリーは、二三歳で歴史学の博士号を取得しただけでなく、乗馬、ピアノ、ダンス、写真の才能にも恵まれ、その後小説家やフォトジャーナリストとしても活躍することになった。女性を愛する傾向があったが、その母親も結婚していながらソプラノ歌手の女性と親密な関係にあるという環境だった（ブルジョワジーでも上層部になると、一般的なブルジョワジーの性規範などは無関係ということであろう）。二七歳のときに同性愛者であるフランス人外交官の男性と結婚しているが、お互いに束縛はなく、ほぼ別居状態で中東やソ連、米国、アフリカ、アフガニスタンなどへと取材旅行に駆け回った。

アンネマリーは、一九三〇年にトーマス・マンの娘である三歳年上のエーリカ・マンとその弟であるクラウス・マンに出会い、交流をもつことになった。このマン家が反ナチスの立場をとり、亡命したことで、アンネマリーは反ファシズムに目覚めることになる。だが、それだけではない。特にエーリカは、ナチス批判を目的としたカバレット（歌や寸劇、演芸などを組み合わせたパフォーマンスで政治的な問題提起の場ともなった）である「プフェッファーミューレ（胡椒挽き）」を主宰する、反ナチ闘士の自律した女性としてアンネマリーを魅了した。しかし、厄介な問題があった。それは、資本家であり、国防関係の社会関係資本をもつシュヴァルツェンバッハ家が親ナチスだったことである。

当然のごとく、マン姉弟との交際は、ナチスに心酔していたアンネマリーの母親や親族を怒らせることになる。母親とマン姉弟の板挟みになったアンネマリーは薬物依存に陥ってしまう。武田良材によれば、マン姉弟にとってアンネマリーの存在はそれほど重要ではなかったようだ。しかし、彼らの友人関係は続き、アンネマリーもクラウスの亡命雑誌『集合』の出資者となり、反ファシズムの仲間に休暇を過ごす山の家を提供するなど支援を続けた。ある研究者によれば、世界中を取材して社会主義や資本主義の矛盾も見据えたアンネマリーは、ヨーロッパ以外に目をむけること自体もファシズムとの闘いととらえていたという（翻訳者から参考文献等の紹介を受けた）。

本書収録作品は長編デビュー作であり、ちょうどマン姉弟と出会ったころに書かれたと思われる。武田によれば、主題が芸術と同性愛であり、少数の若者たちが散漫な物語を展開するというこの作品はクラウス・マンの初期小説群によく似ているという(特に『敬虔な踊り』*Der fromme Tanz* 一九二五年)。出来事を時系列的に配列するようなストーリー重視ではないスタイルをとるアンネマリーの小説の傾向がこの作品でもよく現れており、それが場合によっては断片的な印象を与えているかもしれない。博士号を取得した後にベルリンに転居しているが、この時期にアンネマリーはスポーツカーを乗り回し、夜遊びでアルコールに溺れるなどしてヴァイマール末期のベルリンに似つかわしい生活をしていた。この小説にもそういった雰囲気が反映している。

ベルンハルトが題名になっているとはいえ、主人公は画家志望の法学生であるゲルトであろう(そして、ゲルトはアンネマリーの分身である)。ゲルトにとって自分を心配してくれるイネスや可愛がっている美少年のベルンハルトは気のおけない自分の仲間である。それに対して、クリスティーナとレオンの妹兄にはいくばくかの距離感がうかがえる。もし、この小説が本当にマン姉弟との出会い以降に書かれたとするのならば、レオンの描き方や関係にエーリカが投影されていよう。

全体としては同性愛に悩むというよりは、将来の自分に対する不安や焦燥のほうが強く出ているような印象がある。しかし、レオンがベルリンへ帰るのを見送る駅のシーンでは、レオンがゲルトの頬に軽くキスをすると、その場にいた女性が「なんて気持ち悪い」と誹謗する。そういった場面をさりげなく描写することによって、かれらの同性愛関係が何の葛藤も生まないわけではないことが示唆されている。

ジャネット・シェイン Janet Schane（生没年不明）
『水晶のきらめき』 *The Dazzling Crystal*（一九四六）

この作品に関しては、前出のスライドによるアンソロジーでその存在を知った。ロンドンの古書店から原本を入手したが、ハードカヴァーの裏表紙にシェインと思しき写真（三〇代くらいか）と略歴が書かれているだけである。それによると、シェインはニューヨーク在住、ニューヨーク大学で学び、ファッション・デザインも手掛けていて、米国の職人やデザイナーたちの作品を扱う店を開いたという。以前からいくつかの作品を書いてきたが、この作品が初めての長編小説だということである。

スライドも指摘しているが、この作品の主人公であるジュディがイラストレーターという設定になっており、おそらくこの登場人物に著者自身を反映させているようである。このジュディという人物は、かなり理想化されて描写されている。ハーヴァード大学教授の娘であり、頭がよく偽物と本物の見分けがつく。「男たちの注目を集めないわけではない」容貌をしており、年上の男性からは「可愛い子」だと評されるが、女友だちからは「あなたは善いひと」すぎると諭される。そのような人物描写を読むと、ある作品のファンが書く二次的な創作（＝ファン小説）における「メアリー・スー」（書き手の願望を反映させた女性登場人物）という言葉もちらついてしまうが、作品としては「夫が過去に同性との関係をもっていたことを知ってしまった女性の葛藤」というよくある主題を扱ったロマンス小説である。

おそらく、こうしたロマンス小説は同性愛を自認する男性たちにとって、「(意図せずとしても)男性同士の関係を破壊する女の物語」として忌み嫌われるであろう。スライドもこの作品において、マークという同性愛者を登場させる必然性について疑問を投げかけている。マークのように年下の男を誘惑し、自分の支配の下に置くというステレオタイプ的な同性愛男性の表象に対する不満もあるようだ。むしろマークを非同性愛者にして、ニッキーやロロなどの作家志望者を若い女性にする設定のほうが自然だということだろうが、あえてその設定を外して男性同士の関係にしたことがこの作品の肝とみるべきではないか。

当時の書評のすべてがこの作品を「女性読者向き」と評した。女性主人公の視点を重視し、その女性の主体形成が描かれ、カップルの間に偽りのない本心からの関係性が成就するというロマンス小説の王道が描かれているからそれは当然だろう。

この作品でマークとニッキーの関係の場面が長々と描かれていることは注目すべき点である。とりわけ、ニッキーが権力を持つ男性と関係があったということは大きな意味を持つだろう。これがもし単に異性愛の不倫で裏切られたのならば、この小説の流れからすると、たぶんジュディを以前より積極的な主体に仕立てることはもっと困難だったはずだ。その鍵は、ニッキーが上下関係のからんだ性的な関係のなかで弱い立場にあったということである。そのことが、ニッキーとジュディを対等な位置に配置する役割を果たしたのである。

メアリー・ルノー Mary Renault（一九〇五—八三）

（本名アイリーン・メアリー・シャランズ Eilleen Mary Challans）

『馭者』 *The Charioteer*（一九五三）

ロンドン郊外で医者の娘として生まれるが、両親が娘の教育に熱心ではなかったために、叔母の支援で教育を受ける。オックスフォード大学で英文学の学位を取り、周りから教師になることを期待されていたが、子供のころからの夢である作家をめざす。卒業後にナースの資格を得たのも独立して生活するためであった。第二次世界大戦中の看護の経験が後の作品に生かされている。仕事をしながら執筆した『愛の約束』*Promise of Love*（一九三九年）がデビュー作で、四七年に『夜への帰還』*Return to Night* で米国映画会社のＭＧＭ賞を取ると経済的に余裕ができ、執筆に専念できるようになる。

一九四八年にナース時代に知り合ったジュリー・ミュラードと一緒に南アフリカに移住し、結局二度と英国に戻らなかった。五〇年代には反アパルトヘイトの女性運動にも参加している。

ルノーの主要著作は現代的な小説が六冊、古代ギリシャに関係する小説が八冊、およびアレクサンドロス大王の伝記が一冊ある。米国ではルノーの古代ギリシャに関する小説群のほうが先に受け入れられたようである。ジョン・Ｆ・ケネディ大統領が好きな作家を問われてルノーの名前を答えたこともあったという。古代ギリシャの作品群にも男性同士の関係が扱われており、それが主題になっているのは『ワインのなごり』*The Last of the Wine*（一九五六年）と『ペルシャの少年』である。

『馭者』はルノーの六作目の作品で、現代的小説としては最後となった。ルノーはこれ以降、古代ギリシャの歴史小説の世界に没頭していく。

第二次世界大戦後の英語圏では、男性同性愛を肯定的に扱った作品はすでにゴア・ヴィダールの『都市と柱』（一九四八年）があった。だが、ヴィダールは当時、英国ではほとんど知られていなかったこともあり、ルノーのこの作品は戦後の英国で初めて男性同性愛を真正面から主題とした作品になったという（米国ではマッカーシズムの影響で一九五九年まで出版されず）。しかも、同性愛の扱いが逸脱としてのそれよりも、より普遍的な恋愛の形の一つとして扱われているところに特徴がある。もちろん、当時の同性愛に対する厳しい状況を忘れたわけではないが、主人公ローリーと先輩のラルフ、後に出会うアンドリューとの間における関係をプラトンの『パイドロス』における「魂＝二頭立て馬車の馭者」説になぞらえて描き、最終的にローリーが真の恋をつかむことができるか否かがモチーフにあり、一種のロマンス小説のようにも読める。

プラトンの『パイドロス』（第三四節から三七節）では、魂は三つの部分に分けられ、一つは節度と慎みをあわせもつ名誉の馬で言うことをよく聞き、もう一つは放縦と高慢の徒の暴れ馬である。その二頭を操る馭者が一体となってはたらく力が魂の似姿である。神と違って人間の魂の場合、暴れ馬＝悪馬の制御という問題が生じ、馭者の仕事がどうしても困難になってしまう。

馭者が恋する対象に出会ったとき、良馬は馭者の欲望を制御するが、悪馬は、良馬と馭者に愛欲の歓びを味わうことを強要する。そして、馭者が恋する対象の姿に近づくと、魂はかつて眺めていた真実在《イデア》を想起する。馭者は畏怖に打たれて馬とともに倒れてしまうが、怒りにかられた悪馬は、良馬と馭者を愛する人のそばに強引に近づけようとする。しかし、馭者がなんとか悪馬を制圧することができると、ようやく悪馬も従うようになり、ついに恋する者の魂は、愛する対象に対して慎みと畏れに満たされることになる。

『パイドロス』のこの部分は、恋愛における肉体的欲望と精神的な高揚の相克を表現している。この葛藤が作品の主題であろう。

ローリーは、パブリック・スクールで出会った生徒代表である年上のラルフを尊敬していた。そのラルフから署名入りの『パイドロス』を贈られる。二人はその後別々の人生を歩むことになる。ローリーは大学時代に同性に魅かれるという自覚をもつようになるが、同性愛者たちの閉鎖的な空気になじめなかった。戦時中に負傷したローリーは療養中に良心的兵役拒否者であるアンドリューに出会い、彼とともに真の恋を生きたいと願うようになるが、二人の関係はローリーの一方的な想いが強くてなかなか進まない。

しばらくしてローリーは新しい病院で療養することになり、そこでラルフと再会すると、彼の気持ちは一挙にラルフに傾いていく。ただ、ラルフが同性愛者たちの享楽的なサークルの一員になっていることを知り、ローリーは失望する。しかし、ラルフは今までの関係は終わりにしたと言い、ローリーの世話を何かと焼くようになる。やがて二人の関係は深まる。ラルフの主導的な態度にローリーは反感を感じつつも、再びラルフとの関係を続ける。ローリーの理想とは異なり、二人の関係はあたかも悪馬が先導しているようなものになっていた。だが、ある誤解をきっかけにした騒動のなか、ローリーは初めてラルフが取り乱した姿を目撃することになる。新たな二人の関係の予兆が示される場面の後に、馭者が手綱を緩めて眠り、二頭の馬も首を寄せあって眠りにつくという姿が書かれている。

この最後の描写をめぐっては、いろいろな解釈がある。ある評者は、ついにローリーが馭者として二頭の馬をバランスよく制御し、理想的な関係をラルフと打ち立てることができた寓意とみなした。また、ある評者は逆にローリーは自分の自律をあきらめたということを暗示しているとみなす。しかし、そのような二極的な見方よりは、ローリーもラルフもそれぞれ馭者としての葛藤をへて、二人の関係は真の恋の成就とはいまだ言えずとも、それを模索していく前の静寂に至ったとみなすことも可能だろう。

この作品は、女性の読者には好評で長年読まれ続けてきたが、男性同性愛者の間では評価が分かれたという。たとえば、ローリーの態度にも表れているように、同性愛者たちのサブカルチャーをかなりステレオタイプに描いている点が指摘されている。この点で、ゲイ研究のなかでもルノーを批判する者がいる。

もともとルノーは人間の性愛的な多様性のなかで同性愛を一例として扱う傾向があり、厳密な意味でのアイデンティティ・ポリティクスが苦手だった。晩年のルノーに直接インタヴューして伝記を書いたデヴィッド・スウィートマンによると、一九六九年のストーンウォール事件以降のゲイ・リブの運動者たちから「性革命の唱道者」として扱われることに困惑していたという。ルノー自身はそういった社会運動が「性部族主義」のようにみえたようである。九〇年代以降になると、ルノーに対する評価もよりバランスのとれたものになっているということである。

森　茉莉（一九〇三―一九八七）

『恋人たちの森』（一九六一）

明治・大正期の日本を代表する小説家で軍医総監であった森鷗外の長女である森茉莉は明治三六年生まれで、ルノーとほぼ同世代である。また、仏文学者と結婚したこともあって、一九二二年から二三年（一九歳から二〇歳）にかけてパリを中心に滞欧生活を送っている。

あまり知られていないことだが、森茉莉のBL系作品は六篇ある。発表順にいうと、収録作品である『恋人たちの森』が一九六一年八月、他は『日曜日には僕は行かない』（同年一二月）、『枯葉の寝床』（六二年六月）、『或殺人』（同年一〇月）、『金色の蛇』（六五年七月）、『月の光の下で』（六六年一〇月）である。

この六作品のなかでは、やはり初めから三作品までが代表的な「美少年愛三部作」といえそうである。本人も四作目の『或殺人』を「さすがに出がらしのお茶のようだ」と評しているからだ。長い間、森の担当編集者だった小島千加子による解題においても、四作目について「前半にクライマックス・シーンを出し、後半に回想という創り方だったが、前半部を丹念に書かねばならないのをやり損ねたと残念がっていた」と記している。なお、本書におけるBL定義によれば『枯葉の寝床』が選択されるべきかもしれないが、やはり美少年愛が登場する耽美小説の初出である本作品を優先することにした。

さて、この六篇のうちの一篇『月の光の下で』（登場人物がすべてヨーロッパ人で、年上の男と年下の美少年のカップルにはそれぞれ女性の恋人もいる。美少年の彼女だけが二人の関係を知らない。断片的な二人の関係の描写が中心）をのぞいて、すべて殺人や事故死、自殺などがからむ事件小説でもある。そのなかでも三部作とは異なり、『或殺人』（年上の男性に捨てられた青年が年上男の新しい恋人である少女を嫉妬で殺す）と『金色の蛇』（日仏ハーフのクロウドが年老いた父のために梨枝と結婚するが、同時に年下の美少年春次《ジェニ》を秘書として同居させる。ジェニは二人の関係を梨枝にわざとみせつけて自殺に追いやる）は、美少年が悪役となっている。

この六篇のうち、意外なことに男性だけの世界は『枯葉の寝床』のみであり、あとはすべて女性の登場人物との関係を含んでいる。だが、三部作には共通する特徴的な構図があり、それは美少年の「所有」をめぐる抗争関係が軸になっているということである。『日曜日には僕は行かない』の場合、美少年の「所有」に関与してくるのは与志子という婚約者であるので、それは婚姻という社会制度である。ゆえに、作家である達吉は弟子の美青年である半朱《ハンス》に婚約を解消させるという手段にでるわけである。『枯葉の寝床』では、日仏ハーフの作家であるギランとレオと名付けられた美少年の二者関係に、「黒い男」陶田オリヴィオというヘロイン中毒のサディストがからんでくる。「黒い男」が登場することによってギランの所有欲が刺激され、それが狂気に至らせ、レオの殺害と自害という結末を招く。

『恋人たちの森』の場合、フランスの富豪の父と日本外交官の娘の母をもつ仏文学者のギドウとパウロと名付けられた美少年との関係に、「黒い男」沼田礼門がパウロの所有をねらって登場する。ギドウは年上の既婚女性（植田夫人）と以前から不倫関係にあるが、パウロと出会ってからうとましく思っている。パウロも同世代の梨枝と恋人関係を続けているが、それは本気ではない。しばらくして二人の関係が順調であるにもかかわらず、パウロはギドウの死を予感して怯える。その予感は植田夫人が二人の関係を知り嫉妬に燃え、ギドウを射殺して現実になる。庇護者を失ったパウロは死体発見現場から逃げ出すが、そのうち「黒い男」が彼に近づき関係をもつだろうことを暗示して終わっている。

　このように、これら三部作はほとんど同工異曲といってもいいような登場人物設定、繰り返されるフランス趣味、閉鎖的な特権的世界を構築している。年上の男と美少年の二者関係に介入する所有をめぐる抗争において、「欲望される対象」となることで美少年の価値が高められている（同時に男性の位置からは脱落することになる）。

　森における美少年の造形は、単に両性具有的な存在というよりは、少年／青年＝男性もコケットリー（誘惑と拒否を同時に言動で表現し、相手を翻弄する態度）などの「女性的要素」を体現しうるという点にエロティシズムを見出すところに特色がある。だから森の描く美少年は、己の美しさや媚態は充分に知ってはいるが、どこか幼いところがあって時にはそうした自分の魅力をまったく忘れているかのような、誘惑されているのに気が付かないようなあやうい小悪魔的な雰囲気をもつ性格として描かれているわけである。

　それに、森のＢＬ系作品である六篇が同工異曲的になるのには理由があった。本人が何度もエッセイのなかで記しているように、これらの作品群のほとんどが森のお気に入りの俳優であるジャン・クロード・ブリアリとアラン・ドロンのスナップ写真のイメージをもとにしているからである。その二人の俳優が寝室で親しそうにすごしている写真を見たとたん、二人が恋人同士だと森は想像する。「私はただ陶然として、微笑い、抱き合い、ミケランジェロの彫刻に生命が通って、動き出したかのようにして絡み合い、真夜中に吹き始めた強い風に搏《う》たれた勁《つよ》い木と、繊《ほそ》い若木とのように折れ重なって倒れ伏す」二人の「綺麗な映像」が消えてしまわぬうちに急いで原稿用紙に写したのだという。最初の『恋人たちの森』がそのように出来上がると、他の二つも余勢で次々と出来上がった。三部作そのものが「シナリオのような小説で一行目からもう映画になっているような小説」で、「作家魂というもので書いた気がしない」としている。それもそのはずで、こうした書き方は、ある作品や人物のファンたちが書く「ファン小説」の形式そのものである。この点が、これまでの女性作家の作品と異なるところであろう。

しかも、森はそうした「綺麗な映像」を醸し出す想像力を他の女性たちと共有しようとした。たとえば、あるエッセイでは萩原葉子にドロンとブリアリの写真をみせると、「凄い、凄いわよ、ほんとうだわ」と同感してくれたと嬉しそうに書いている（だが後に「葉子は私の小説には興味がない」と残念がっている）。

しかし、時にはそうした話を共有できる幸福な時があったようだ。黒柳徹子は以前から森の三部作を気に入って繰り返し読んでいたという。森が週刊誌にエッセイを連載していたころ、二人はある雑誌の編集長のためのパーティで初めて会うことになる。その帰り、一緒に食事に行き、黒柳が車で送って行くと森の部屋に招待される。「三分だけ」のはずだった。「私たちは女学生同士のような気分だった」と黒柳は記している。森はいつものように、ドロンとブリアリが写っている写真をみてあの作品を書いたと説明した。複数で撮った写真でも「離れているブリアリとドロンの二人の目が、ピッタリ合っていたのよ！」という森の「大発見の喜び」に応えて、黒柳もブリアリが自分の番組に出演した際、若いころにドロンと暮らしていて俳優になることを勧めたという想い出話で返している。「三分だけ」が三時間になるのも当然のエピソードであった。

このように、森の場合、すでに一九六〇年代前半の時期から女子たちのサブカルチャーである〈やおい〉の実践を（一人で）していたことになろうか。さらに付け加えると、晩年である一九八一年のエッセイでもピーター・オトゥールとオマー・シャリフとの「恋愛」の発見について書くとともに、今度は「大人同士の男の、そういう話を描きたいと思っている」としている。結局、森にとってBL系作品は過渡的なものでは決してなかったということだろう。

マリオン・ジマー・ブラッドリー Marion Zimmer Bradley（一九三〇―九九）

ジョン・ジェイ・ウェルズ John Jay Wells（一九三三―　）

『もうひとつのイヴ物語』*Another Rib*（一九六三）

ブラッドリーは米国ニューヨーク州オールバニ生まれで、一一歳のころにすでに歴史小説をノートに書いていた子どもだった。一六歳でSFファンタジーに出会い、それ以降SFファンダムに籍をおきながら一九五三年に商業デビューをはたす。それ以降、異郷ファンタジーである「ダーコーヴァ年代記」シリーズなどの代表作を発表していく。一般的な女性役割への批判的な視点は、自律する女性像（「フリー・アマゾン」など）や因襲的な社会における女性たちの困難を描くことによって、六〇年代初期の作品にすでに現れている。

ブラッドリーは、作家生活の初期では特にファンダムとのつながりを大切にしていた。本作品は、『ファンタジー＆サイエンス・フィクション』誌に掲載された単発ものの短篇である。ジョン・ジェイ・ウェルズなる作者との共作になっているが、このウェルズは女性で、ファンダムでも有名なSF同人誌を主宰していた人物である。女性作家が男性名やイニシャル使用で女性であることを隠す手法は、一九五〇年代までヒーローが中心の冒険譚であったSF界（ヒロインはヒーローの戦利品扱いが多かった）において、作品が不当に評価されないための戦略の一手段だった。ブラッドリーは本名をそのまま使用しているが、同人作家が男性名を使用していることを考えると、六〇年代前半までは以前の状況が残存していたようである。

SFこそは実験的な状況設定ができる特異なジャンルであるにもかかわらず、実際に女性作家が性／ジェンダーを思考実験するような作品を出版し始めた時期は一九六〇年代末ごろから七〇年代における「ニュー・ウェーヴ」の時代（アーシュラ・K・ル・グインやジョアナ・ラスなど）までほとんどなかったという。そうしたなかで、六三年という早い時期に生殖技術とジェンダーの主題を扱った本作品の先駆性は注目に値しよう。

それに、男性同士で生殖をするという物語のパターンは、シリアスでもパロディでも〈やおい〉ではよくみられる。英語圏では、日本の〈やおい〉サブカルチャーに相当するものとして、「スラッシュ slash」がある。「定説」では、その形成はTV番組『スター・トレック』（邦題『宇宙大作戦』）のファンダムにおいて一九七〇年代前半ごろから始まったと説明されるのだが、それよりも一〇年ほど前にこのような作品が書かれているということは、SFにおける女性ファンのネットワークの層の厚さを感じさせる。

なお、ブラッドリーは、SFファンタジーのほかにもさまざまなジャンルの小説を書いており、そのなかに『キャッチ・トラップ』*The Catch Trap*（一九七九年）という、サーカスのブランコ乗りの青年同士の恋愛を描いた長編BL小説がある。

＊

最後に、表紙の絵画について紹介しよう。裸身の少年二人がポーズをとっているこの絵画が描かれたのは一八八一年のことで、タイトルは『明けの明星と宵の明星』*Phosphorus and Hesperus* という。夜明けや夕暮れにひときわ明るく輝く星、すなわち金星がギリシャ神話由来では、しばしば双子的な兄弟にたとえられてきた。二人は夜明けの女神エオスの息子たちで、この絵画で描かれている情景は、夜の間ずっと輝いていた（トーチを掲げていた）宵の明星であるヘスペラスが夜明けの到来とともに疲れ果てて眠りにつこうとすると、今度は明けの明星であるフォスフォラスが自分の番とばかりにトーチを掲げはじめるというところだろう。

画家の名前はイヴリン・ピカリング・ド・モーガン（一八五五―一九一九）といい、当時の（後期）ラファエル前派とされる数少ない女性画家の一人で、この作品は彼女が二六歳のときのものである。イヴリンはラシルドより五歳年上であるが、この絵画が発表されたのは『ヴィーナス氏』の出版の三年前ということになるので、この作品を同時期のBL的創作とみなしてもおかしくはない（少なくとも本書の表紙としてはふさわしい）。

当時の英国社会では芸術分野の裸体表現に関して、新たに保守的な批判がまきおこっていた。たとえば、一八八五年の『タイムズ』紙の投書に「英国の主婦」からとする投書があるが、そこにはこう書かれていた。「女性画家の皆さんは女性の裸体を描いて自分たちを恥にさらしていますが、それらの絵と同じような巧みさで服を着ていない男性の絵を描けば、私たちのギャラリーの壁は完璧になるでしょうよ」。この投書は裸体表現に対する痛烈な皮肉なのであるが、読み方によっては（女性裸体には男性裸体で対抗？）、イヴリンのこの作品を評価しているようにもみえるのが面白い。

後期ヴィクトリア朝時代に若い時期を過ごしたイヴリンは、女性でありながらプロフェッショナルな画家への道をめざしたため、両親の説得が必要だった。しかし、父が弁護士で、母方も貴族の家系につながるという裕福な状況に加えて、叔父がラファエル前派の画家だったことが幸いしたようである。一八歳（一八七三）でスライド美術学校に入学して本格的な勉強を始め、さっそく賞を獲得している。その後、フィレンツェにいる叔父のもとでボッティチェルリなどを勉強し、一八七〇年代後半から続けて作品を発表していくことになった。

英国ではロイヤル・アカデミー・スクールがすでに一八六〇年代から女学生を受け入れていた

が、そこで人物モデルのデッサンが女性に許可されたのは一八九三年のことである。本格的な絵画を学ぶには美術解剖学とともに人体モデルのデッサンが欠かせない。当時、理想的な身体とは男性身体であり、デッサンも男性モデルでする必要があった。イヴリンが入学したスライド美術学校はデッサンに力を入れており、女子学生にも男子学生と同様な学修環境を与えようとしていた。ただ当時、女子学生に男性モデルでデッサンさせることには反対意見が強く、男性裸体モデルはあくまでも下着着用だったようである。そこでは明らかに女性が男性裸体をみる眼差しが水面下の争点になっていた（結果として、美術学校時代から描いた下着や腰布着用の男性モデルのデッサンが多く残っており、二〇一四年にロンドンで『メン・イン・パンツ』というタイトルのもとでイヴリンのデッサン企画展が開催されたくらいである）。

『明けの明星と宵の明星』が、当時いかに大胆な構図であったかを示すエピソードがある。奇しくも、イヴリンのこの作品が発表された同年に、パリのサロンで『アトリエにて』という女性画家の作品が入選した。その作品では、一〇歳に満たないであろうと思われる裸の少年が腰に毛皮をまいて台の上にモデルとして立っている。それを取り囲むように女性画学生たちのデッサンに余念がない状況が描かれている。その画家はパリ在住のロシア出身であるマリー・バシュキルツェフ（一八五八―八四）といい、イヴリンと同世代である。バシュキルツェフは結核によって二六歳で没するが、一〇代から日記を書き、それが出版されると、当時女性が芸術家をめざすことがいかに制度的に困難だったかを世に知らしめ、日本を含め世界的に大きな影響を与えた。フランスでは女性がエコール・デ・ボザールに入学許可がされたのは一八九七年で、それ以降も女子学生が男性裸体をデッサンする場合、モデルは下着着用とされた時期があった。

バシュキルツェフが毛皮をまいた男の子をモデルにしていた同時期に、イヴリンは自分のアトリエで一〇代の少年二人を下着なしのモデルで描いたわけであり（見ようによっては少年二人の所作はかなり親密である）、その作品を目の当たりにした前述の「英国の主婦」もさぞや驚いたことであろう。

ラファエル前派の男性画家の多くが、か弱く陶然とした表情をしている女性像を描いたのに対して、イヴリンの絵画における女性像は美しく描かれてはいるが同時に強い意志や逞しさも表現されている点が特徴的である。題材もデメテル、メディア、カッサンドラなどギリシャ神話由来の悲劇や、悲嘆のなかにあっても芯の強い女性を好んで題材にした。女性の社会的抑圧を寓意化した絵画を多く描いているため、最近ではジェンダーの観点からもイヴリンは再注目されている。さらに彼女は一八八九年の「女性参政権のための宣言」における署名人の一人であり、その作品が当時のフェミニズムに霊感を与えたともいわれている。

そうすると、本アンソロジーに収録された作品はフェミニズムの観点で語ることができるだろうか。それともフェミニズムよりはセクシュアリティの観点で語ったほうがよいのだろうか。たしかに、収録作品の書き手のなかには同性愛者の自覚があった作家もいる。しかし、そのような「性的指向」によってBL作品の創作を説明できるであろうか。ラシルドや森は典型的ともいえるBL作品を創出しているが、彼女たちを固定的な「性的指向」によって説明することはできないだろう。

また、ラシルドは父や出版社に認めてもらうために、馬を乗りこなし、男装し、男性の友人をもつことに喜びを感じていた。森も、熊井明子との電話のやりとりで「私、女流文学賞なんて、ほしくないの。女流なんて、それじゃ男の小説は男流ですか。差別してるわけじゃないそうですが、いやですよね」と話し、エッセイでも同様な不服を述べている。そうだとすると、彼女たちはフェミニズムの観点でBL作品を書いていたのだろうか。もちろん、本書の女性作家たちの何人かはフェミニストとしての自覚があった。

とはいえ、実は何を基準にフェミニズム（もしくはフェミニスト）であるのかということを定義することは不毛な議論にしかならない。リサ・タトルが一九八〇年代にすでに指摘したように、フェミニズムの定義は常に係争中なのであり、流動的である。ゆえに、タトルはフェミニズムを「どんな方法や理由であれ女性の従属に気づき、それを終わらせようとすること」とし、それがより広い「社会の変革」を展望していることに注意を喚起したのである。

しかし、フェミニズムをあまり広い意味でとらえると、何もかもがフェミニズムになってしまい、不都合である。そこで、フェミニズムを少なくとも「焦点の定まった」思想や実践の総体とすると、「焦点の定まらない」領域（愚痴や違和感などに表現される）も存在することに気が付くだろう。そのような曖昧な領域と「焦点の定まった」フェミニズムをすべて含めて最広義に名づけて、それを「ジェンダー化への抗い」と表現したい。そうすれば、彼女たちの古典的BL作品は「焦点の定まらない」ものであるにもかかわらず、それらは「焦点の定まった」フェミニズムと同様に「ジェンダー化への抗い」とみなすことができる。

彼女たちは自分たちが生きた時代の社会のなかで、「女性」や「身体」に制約的役割を課し、象徴的な序列化を強いる「ジェンダー化」とそれぞれ格闘していた。彼女たちの作品や言動からそのことは読み取ることができる。たしかにその抗いはあまり言語化されなかったとしても、彼女たちのBL系作品はその痕跡を表しているとみることができるのではないか。焦点が定まっていようといまいと、ジェンダー秩序への異議申し立ての言説実践を「ジェンダー化への抗い」とするのなら、本アンソロジーの収録作品はその一つの具体的な形を示すものになっているだろう。

＊

本アンソロジーは、筆者が現在執筆中の単行本の第一章の内容がきっかけになっている。その原稿を読んで、平凡社ライブラリー編集部の竹内涼子氏が「どんな女性たちが、どんな作品を書いていたのか。書き下ろしと合わせてまとまった形で読んでみたい」と提案され、企画として成り立った。訳者の方々も研究や授業でお忙しいなか、制約の多い翻訳作業を快く引き受けてくださった。お礼申し上げます。それにしても、この企画を竹内氏とともにいろいろと形にしていく作業はわくわくするような楽しい仕事だった。同時に的確なアドヴァイスもいただいたことに感謝申し上げます。

参考文献

Boyle, Kay (1991). *Gentlemen, I Address you Privately*. Santa Barbara, CA: Capra Press.

Blais, Marie-Claire (2008). *Le Loup* (translated by Sheila Fischman). Ontario, Canada: Exile Editions.

ブラッドリー、マリオン・ジマー（1986）『ダーコーヴァ年代記——惑星救出計画』大森望訳、米村秀雄解説、創元推理文庫

Bronski, Michael (Ed.). (2003). *PULP FRICTION: Uncovering the Golden Age of Gay Male Pulps*. New York: St. Martin's Press.

『ユリイカ：特集　森茉莉』二〇〇七年一二月号、青土社

藤澤令夫（2001）『藤澤令夫著作集Ⅳ　プラトン『パイドロス』註解』岩波書店

平島正郎・菅野昭正・高階秀爾（1975）『徹底討議——19世紀の文学・芸術』青土社

Hawthorne, Melanie (1997). (En) Gendering Fascism: Rachilde's "Les Vendanges de Sodome" and *Les Hors-Nature*. In M. Hawthorne & R. J. Golsan (eds.), *Gender and Fascism in Modern France* (pp. 27–48). Hanover, NH: University Press of New England.

—— (2001). *Rachilde and French Women's Authorship: From Decadence to Modernism*. Lincoln: University of Nebraska Press.

Holmes, Diana (1996). *French Women's writing: 1848-1994*. London: Athlone.

—— (2001). *Rachilde: Decadence, Gender and the Woman Writer*. Oxford: Berg.

James, Edward (1994). *Science Fiction in the Twentieth Century*. Oxford: Oxford University Press.

ジョーダノヴァ、ルドミラ（1989=2001）『セクシュアル・ビジョン——近代医科学におけるジェンダー図像学』宇沢美子訳、白水社

柿沼瑛子・栗原知代（編著）（1993）『耽美小説・ゲイ文学ブックガイド』白夜書房
工藤庸子（1991）『プルーストからコレットへ――いかにして風俗小説を読むか』中公新書
黒柳徹子（1994）「三分だけ」『森茉莉全集　第八巻』月報八、筑摩書房
Lawton-Smith, Elise (2002). *Evelyn Pickering De Morgan and the Allegorical Body*. New Jersey, US: Fairleigh Dickinson University Press.
森茉莉（1993-94）『森茉莉全集　全八巻』筑摩書房
ラシルド（1884=1980）『ヴィーナス氏』高橋たか子・鈴木晶訳、人文書院
――（1928=1995）『超男性ジャリ』宮川明子訳、作品社
Slide, Anthony (ed.). (2003). *Lost Gay Novels : A Reference Guide to Fifty Works from the First Half of the Twentieth Century*. London: Harrington Park Press.
須永朝彦（編著）（1989=1992）『泰西少年愛読本』新書館
――（編）（1997）『書物の王国（8）　美少年』国書刊行会
Sweetman, David (1993). *Mary Renault: A Biography*. London: Chatto & Windus.
田村久男（2007）「スイスにおける文学キャバレー：プフェッファーミューレ――エーリカ・マンと父親トーマス（2）」『明治大学教養論集』四一九号、pp. 29-62.
武田良材（2008）「アンネマリー・シュヴァルツェンバハにおける反ナチス：エーリカ、クラウス・マン、そして山との関係」『京都大学研究報告』22号、pp. 91-111.
――（2009）「オリエントでの自分探し――アンネマリー・シュヴァルツェンバッハの『幸せの谷』」『京都大学研究報告』23号、pp. 97-115.
Tuttle, Lisa (1986). *Encyclopedia of Feminism*. Longman Group Ltd.

海野弘（2005）『ホモセクシャルの世界史』文藝春秋

米村典子（2003）「「描／書く」女——マリー・バシュキルツェフとフェミニズム美術史」、神林恒道・仲間裕子（編）『美術史をつくった女性たち——モダニズムの歩みのなかで』勁草書房

ユルスナール、マルグリット（2001）『ユルスナール・セレクションI　ハドリアヌス帝の回想』多田智満子訳、白水社

Zilboorg, Caroline (2001). *The Masks of Mary Renault: A Literary Biography*. US: University of Missouri Press.

出典一覧

『自然を逸する者たち』

Rachilde, *Les hors-nature*, Paris, Mercure de France, 1897.

参照：Rachilde, *Les hors-nature*, Paris, Séguier, « Bibliothèque Décadente », 1993.

『アンティノウスの死』

Rachilde, "La mort d'Antinoüs", *Mercure de France*, septembre, 1898.

『ベルンハルトをめぐる友人たち』

Annemarie Schwarzenbach, *Freunde um Bernhard*, Amalthea-Verlag, Zürich, Leipzig, Wien, 1931.

参照：Annemarie Schwarzenbach, *Freunde um Bernhard*, Lenos Verlag, Basel, 2008.

『水晶のきらめき』

Janet Schane, *The Dazzling Crystal*, Reynal & Hitchcock, 1946.

『馭者』

Mary Renault, *The Charioteer*, Longmans, Green & Co. Ltd, 1953.

参照：Mary Renault, *The Charioteer*, Sceptre, 1994.

『恋人たちの森』

森茉莉「恋人たちの森」『新潮』一九六一年八月号、新潮社

参照：森茉莉『恋人たちの森』一九七五年、新潮文庫

『もうひとつのイヴ物語』

Marion Zimmer Bradley and John Jay Wells, "Another Rib", *The Magazine of Fantasy and Science Fiction*, June, 1963, Mercury Press.

【編者】
笠間千浪（かさま ちなみ）
神奈川大学人間科学部教授．早稲田大学大学院修了，
博士（人間科学）．社会学，ジェンダー研究専攻．
編著に『〈悪女〉と〈良女〉の身体表象』（青弓社），
共著に『日本社会とジェンダー』（明石書店）など．

【訳者】
熊谷謙介（くまがい けんすけ）
神奈川大学外国語学部准教授．パリ・ソルボンヌ大学大学院修了，
博士（仏文学）．フランス文学，表象文化論専攻．
著書に*La Fête selon Mallarmé*（L'Harmattan），
共著に『〈悪女〉と〈良女〉の身体表象』（青弓社）．

小松原由理（こまつばら ゆり）
神奈川大学外国語学部准教授．東京外国語大学大学院修了，
博士（学術）．ドイツ文化，前衛芸術論専攻．
共著に『ドイツ文化史への招待』（大阪大学出版会），
『ジェンダー・ポリティクスを読む』（御茶の水書房）．

片山亜紀（かたやま あき）
獨協大学外国語学部准教授．イースト・アングリア大学大学院修了，
博士（英文学）．イギリス小説，ジェンダー研究専攻．
共著に『現在と性をめぐる９つの試論』（春風社），共訳書に
ピルチャー他『ジェンダー・スタディーズ』（新曜社）など．

利根川真紀（とねがわ まき）
法政大学文学部教授．学習院大学大学院博士課程単位取得退学．
アメリカ文学専攻．編訳書に
『女たちの時間——レズビアン短編小説集』（平凡社），
共訳書にジョンソン『差異の世界』（紀伊國屋書店）など．

平凡社ライブラリー　829

古典《こてん》BL小説集《しょうせつしゅう》

発行日…………2015年5月8日　初版第1刷

著者……………ラシルド、森茉莉ほか
編者……………笠間千浪
発行者…………西田裕一
発行所…………株式会社平凡社
〒101-0051　東京都千代田区神田神保町3-29
電話　東京(03)3230-6579[編集]
東京(03)3230-6572[営業]
振替　00180-0-29639

印刷・製本　……藤原印刷株式会社
DTP…………大連拓思科技有限公司＋平凡社制作
装幀……………中垣信夫

ISBN978-4-582-76829-9
NDC 分類番号930
B6変型判（16.0cm）　総ページ356

平凡社ホームページ　http://www.heibonsha.co.jp/
落丁・乱丁本のお取り替えは小社読者サービス係まで
直接お送りください（送料、小社負担）。

平凡社ライブラリー　既刊より

【日本史・文化史】

網野善彦……………………………異形の王権
田中貴子……………………………外法と愛法の中世
大山誠一 編…………………………聖徳太子の真実
服部幸雄……………………………大いなる小屋——江戸歌舞伎の祝祭空間
前田　愛……………………………樋口一葉の世界
須永朝彦……………………………日本幻想文学史
村山修一……………………………日本陰陽道史話
鶴見俊輔……………………………アメノウズメ伝——神話からのびてくる道
氏家幹人……………………………江戸の少年
宮本常一・山本周五郎 ほか監修………日本残酷物語1　貧しき人々のむれ
宮本常一・山本周五郎 ほか監修………日本残酷物語2　忘れられた土地
宮本常一・山本周五郎 ほか監修………日本残酷物語3　鎖国の悲劇
宮本常一・山本周五郎 ほか監修………日本残酷物語4　保障なき社会
宮本常一・山本周五郎 ほか監修………日本残酷物語5　近代の暗黒
与謝野晶子 訳………………………蜻蛉日記

【世界の歴史と文化】

【フィクション】